○古代闲雅小品丛书○

主编 吴小林

一言一世界
——杂言小品赏读

刘洪妹 胡冠莹 编著

中州古籍出版社
·郑州·

图书在版编目（CIP）数据

一言一世界：杂言小品赏读 / 刘洪妹，胡冠莹编著. —郑州：中州古籍出版社，2012. 4（2023. 6重印）
（闲雅小品丛书）
ISBN 978-7-5348-3767-8

Ⅰ.①一⋯ Ⅱ.①刘⋯②胡⋯ Ⅲ.①小品文–作品集–中国–古代 Ⅳ.①I207.6

中国版本图书馆CIP数据核字（2011）第276594号

YI YAN YI SHIJIE：ZAYAN XIAOPIN SHANGDU
一言一世界：杂言小品赏读

丛书策划	梁瑞霞
责任编辑	梁瑞霞
责任校对	李接力
装帧设计	知耕书房

出 版 社	中州古籍出版社（地址：郑州市郑东新区祥盛街27号6层 邮编：450016 电话：0371-65723280）
发行单位	河南省新华书店发行集团有限公司
承印单位	河南大美印刷有限公司
开　　本	890 mm×1240 mm　A5
印　　张	12.125
字　　数	240千字
版　　次	2012年4月第1版
印　　次	2023年6月第5次印刷
定　　价	25.00元

本书如有印装质量问题，请联系出版社调换。

总序

  小品文是源远流长、丰富多彩的中国古代散文遗产中的重要组成部分。钱穆先生曾指出："中国散文之文学价值，主要正在小品文。"(《中国文学中的散文小品》) 此说有些绝对化，不尽恰当，但他认为小品文有很高的文学价值的看法十分正确。古代小品文短小隽永，活泼灵动，饶有情趣，富于美感，在中国散文史上独具魅力，广为人们所喜爱。

  "小品"一词，在晋代就已出现，原是佛教用语。南朝宋刘义庆《世说新语·文学》中有"殷中军读小品"语，刘孝标注曰："释氏《辨空经》有详者焉，有略者焉。详者为大品，略者为小品。"小品与大品相对，是佛经的节本。把"小品"一词移植到文学领域，并将其看做一种文章的类型，是在晚明时期，当时出现了许多以"小品"命名的文学作品。当时，有人把自己的集子称为"小品",如朱国桢的《涌幢小品》、陈继儒的《晚香堂小品》等;有人把编选的作品命名为"小品",如王纳谏编的《苏长公小品》、陆云龙编的《皇明十六家小品》等。这些作品所收多为短篇小文。"小",即篇幅短小,就成为小品文外在形式上的一个特征,也是其最基本的标志。

不过,短篇文章不等于小品文,正如叶圣陶先生所言:"篇幅短小,不一定就是小品文。"(《关于小品文》)小品文除有短小的外在特征外,还具有其内在特质。对此,前人多有论述。如陈继儒提出"短而隽异"(《苏长公小品叙》),在篇幅短小之外,还强调隽永新异。唐显悦说"幅短而神遥,墨希而旨永"(《文娱序》),突出语短意长,尺幅千里。袁中道指出:"率尔无意之作,更是神情所寄,往往可传者。托不必传者以传,以不必传者易于取姿,炙人口而快人目。"(《答蔡观察元履》)认为文章应该随意任情,富有神韵,快人耳目。要而言之,简约隽永,以小见大,自由灵活,韵趣兼胜,就是小品文所具有的内在特质。

一提起小品文,人们往往想到晚明小品,似乎古代小品文直至晚明才出现。其实小品文历史悠久,古已有之,晚明只不过是小品文的鼎盛时期。本丛书所收小品文,自魏晋始,至清末终,并以晚明为侧重点,是与古代小品文的流变轨迹相一致的。有的论者认为小品文最早在先秦就产生了,《论语》、《孟子》、《庄子》等书中含有不少很好的小品文,但那只是著述片断,还未独立成篇,故而只能看做古代小品文的滥觞。小品文正式出现于"文学的自觉时代"（鲁迅《魏晋风度及文章与药及酒之关系》）——魏晋。曹丕、曹植兄弟的书札，王羲之的序文，陶渊明的序、记，吴均、陶弘景的书信，其中有不少精美的小品文。刘义庆的笔记集《世说新语》，更是后世小品文的典范。唐代白居易的序、记，韩愈的杂著，柳宗元的游记、寓言，其中优秀的小品文甚多。至唐末，皮日休、陆龟蒙、罗隐等人的讽刺小品，成为"一塌糊涂的泥塘里的光彩和锋芒"（鲁迅《小品文的危机》）。及至宋元，欧阳修、苏轼、黄庭坚、秦观、陆游、倪瓒等人的序跋、笔记、书信、游记中颇多隽秀的小品文。其中尤为突出的是苏轼，被公认为晚明小品文名家的不祧之祖。明代嘉靖年间的唐宋派唐顺之、归有光等人富有情韵的散文小品，可看做晚明小品文高潮的前导。之后，公安派"三袁"，竟陵派钟惺以及稍后的张岱，则为晚明小品文作家群体的中坚，他们与同时或前后的徐渭、屠隆、汤显祖、张大复、江盈科、陈继儒、李日华、王思任、刘侗、祁彪佳、吴从先等人，创作和编选小品文蔚然成风，佳作迭现，异彩纷呈，共同创造出晚明小品文的繁荣局面。清代则是其余波，金圣叹、李渔、廖燕、郑燮、袁枚等人，在小品文创作上都有不少上乘之作。这就是古代小品文发展的大致轮廓。可见，小品文的创作由来已久，代不乏人，名家辈出，众星闪耀，形成了中国散文史上的亮丽景观。

古代小品文林林总总，千姿百态，不过就其内容风格而言，大致可分为两类。一类是金刚怒目、激昂奋发的，一类是闲适清雅、冲淡飘逸的，后者占了古代小品文的大部分,也是这套"闲雅小品丛书"收录的主要内容。此处所说的"闲雅",是个比较宽泛的概念,或闲适,或清雅,或萧散,或简淡,或爽朗明快,或轻松活泼。

本丛书精选历代闲雅风格的小品文,按文体分为五册,即笔记小品、序跋小品、尺牍小品、游记小品、杂言小品。笔记小品收随笔、杂录、杂记等闲散小文。序跋小品收短篇序(叙)、引、题词和题跋、书后。尺牍小品收书信短文。游记小品除山水游记外,亦包括园亭台阁记和序跋、尺牍中记叙山水的短文。杂言小品收录富有哲理的杂感、杂说等议论短文和箴言式、格言式及语录体小文。每篇包括原文、注释和赏读三部分。注释简明准确,以帮助读者排除文字障碍。赏读是为了使读者更好地理解原文,文字活泼生动,优美流畅,与所选原文相得益彰,相映成趣。

工作之余,偶尔得半日闲暇时光,捧起一本装帧精美的小书,翻阅那些"闲暇自得,清美可口",赏心悦目的美文,时而被其真挚绵邈的深情所感染,时而被其情趣盎然的叙事所吸引,时而为其精辟警策的议论所打动,体味淡泊宁静的平和心境,领略青山绿水的秀丽风光,感悟耐人寻味的人生哲理,收到娱耳目、益心智之功效,那么我们编纂这套丛书的目的也就达到了。是为序。

吴小林

2011 年 10 月于北京

前言

所谓杂言，包括富有哲理、有益心智的议论短文和箴言、警句式的语录体小品文。

议论短文以议论说理为主，但它既注重严谨的论理，也强调理中有趣，从现实生活琐事入手，关注自然和人类的密切联系，以富有趣味的语言阐述道理，因此少了严肃的说教，多了理趣和智慧。《论语》《孟子》《老子》中便有许多充满韵味与智慧的议论短文。后世作家也创作了许多理趣结合的议论短文，如韩愈的《杂说》、柳宗元的《罴说》、刘禹锡的《陋室铭》、周敦颐的《爱莲说》等。

箴言、警句式的语录体小品文用简练的语言抒发人生感悟、表达深刻哲理和独特见解，现代人常称为"文艺格言"或"语言小品"。

这种格言式或语录体的随笔小品并非传统意

义上的文章，它多数不设标题，没有叙事和起承转合，篇幅短小精致，风格清雅俊秀，少到十余字，多也仅数十字，结合了诗歌的意境和散文的气势，骈散相间，常用对偶句、排比句和比喻、对比，韵律既和谐又变化灵活，言简意赅但意蕴绵长，平淡浅显而优美雅致，生活化和艺术性兼具，清新流畅如行云流水，体现的是作者即时闪现的心灵火花和深思熟虑的片段感悟以及对人生省察的忠实记录。

语录体小品文的历史源头可追溯至先秦，《论语》《老子》等诸子著作里就有一些只言片语但含义隽永的句式，如"知者乐水，仁者乐山。知者动，仁者静。知者乐，仁者寿"等。此后，这一语录体的格言警句时有出现，但只是零星地夹杂在整部作品的片段之间，或偶有"连珠"、"箴"、"戒"等短小的格言体，并未形成文体潮流。

魏晋南北朝时，玄学盛行，士人崇尚清谈，在记录士大夫逸闻轶事和玄虚清谈的《世说新语》中有许多清谈妙论，为后代语录体小品文的创作提供了优秀的范例。

唐宋时期，记载高僧谈话的禅家语录大量出现，如《坛经》《五灯会元》《景德传灯录》等。此后，又有《朱子语类》《近思录》《省心录》等记录和阐释儒家学者语录的著作问世。这些语录体的著作主要是记录僧人或智者的言论，语句简短凝练，富含哲理。

明清时期，语录体小品文的创作达到高潮，其中最为典型的是清言。清言又称清语、清话、冷语、隽语、韵语、箴言、格言、语录等。原意为清谈。明清时期的清言创作主要分为两大类，一类是原创作品，著名的有吕坤的《呻吟语》、屠隆的《娑罗馆清言》、陈继儒的《岩栖幽事》、吴从先的《小窗自纪》、张潮的《幽梦影》等。另一类是辑录古代典籍和古人言论的作品，著名的有曹臣的《舌华录》、陆绍珩的《醉古堂剑扫》、郑瑄的《昨非庵日纂》等。

明清清言写作的内容有两类。一类是处世箴言，从道德角度阐明为人处世的方式方法，虽含说教意味但因为语言雅洁隽永、讲究哲理性，而且多由生活出发，因此并无枯燥之感，而是理趣与美感并重，如吕坤的《呻吟语》、姚舜牧的《药言》等。另一类是抒发情感的美言，将自然美和艺术美结合，给人以美轮美奂的艺术感染力，如《娑罗馆清言》《小窗幽记》《幽梦影》等。

明代尤其是晚明是清言小品最活跃的时期。代表作家有屠隆，他的《娑罗馆清言》及《续娑罗馆清言》语言空灵简洁且极具趣味，理趣与神韵兼备，是清言小品成熟的标志。陈继儒在清言创作数量上居明清作家前列，著有《小窗幽记》《安得长者言》《岩栖幽事》等，而且还编订了多部他人的清言作品。此外，著名的清言小品还有田艺蘅的《玉笑零音》、吕坤的《呻吟语》、吴从先的《小窗自纪》、洪应明的《菜根谭》、朱国桢的《涌幢小品》等。

清代的清言创作依然兴盛,代表作家张潮的《幽梦影》清丽优雅,将自然万物与人间百态勾连得情趣盎然,在丰富的内涵中充盈着丰富多彩的情趣和寓意深刻的理趣。其他著名的清言小品还有《荆园小语》(申涵光)、《㾗外余言》(袁枚)、《散花庵丛语》(叶鐄)、《围炉夜话》(王永彬)、《格言联璧》(金缨)、《幽梦续影》(朱锡绶)等。

明清时期语录体小品文的盛行与文人隐逸现象密不可分。这些隐士文人由于各种原因远离官场而退隐田园山林。他们心气清高,追求清净脱俗,在读书和生活中从感性出发,总结生活经验,省察心灵旅程,于理性思考中捕捉思想闪光点,于温故知新中感慨人世沧桑,随时记录读书与人生心得,将田园生活感悟以及置身自然的惬意即时记下。他们无意承担传统的"文以载道"的沉重责任,追求单纯的艺术审美娱乐,所以,他们的写作往往是兴致所至、灵光一闪的火花碰撞。如围炉夜谈,似棚下闲聊,轻松谐趣,淡雅安适,于自在随意中流露出个性十足的真情实意,以清新睿智的风格道出人生探索和生活体验。语言风格通俗清逸、感性隽永,智慧而富趣味性,富于节奏感和韵律感,体现了清雅闲适的生活乐趣和审美情趣。既给人灵魂与思想的启迪,又陶冶了艺术情操和生活情趣,具有独特的审美艺术价值。读来令人倍感亲切,兴趣盎然,回味无穷。

　　清言的内容包罗万象,从人生哲理、为官之道、世态纷扰、居家琐事到山川风光、四季万物、花木虫鸟等,但这些被收纳的人生百态和天地自然都聚焦于作者所着力渲染的疏离尘世的超脱之心、修身养性的灵性之愿和清净自足的隐逸之气。作者从儒、释、道等理论出发,主张抛弃富贵追求,倡导闲适自在的生活态度。无论是"扫地焚香,愧作佛前之弟子;草衣木食,永为世外之闲人",还是"宠辱不惊,闲看庭前花开花落;去留无意,漫随天外云卷云舒",都蕴含着淡泊名利、清静惬意的闲适心境和超脱的精神追求。晚明黑暗的统治,令众多文人对现实无比失望,他们看透人生,失去了对现实生活的热情,修身齐家、治国平天下的儒家雄心渐渐被无为无不为的道家淡泊所替代。于是,他们倾向于营造自我世界,构建逍遥超脱的理想王国,"闭门即是深山,读书随处净土"。在这个世界里,与三五好友品茶笑谈,在美妙的自然图景中捕捉具有审美特性的意象,清雅恬淡的文人闲趣和清新脱俗的格调尽情释放,也在诗化的意境中构筑了一个灵动的艺术世界。

　　这个社会繁华而喧闹,让我们迷惑,让我们疲惫。何不放慢匆忙的脚步,寻找绿意盎然的风景,欣赏大自然勃发的生机?何不给自己一个停下的机会,闲心安坐,翻开美文,沉浸在古人闲适自在的审美世界中?这里有风舞霞飞的美景,有花开鸟鸣的恬淡,有人与自然的亲密和谐,更有看透尘世纷扰的淡定。

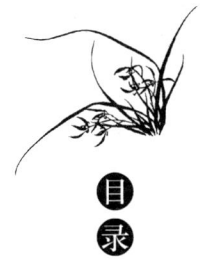

目录

诸葛亮	与群下教	1
曹丕	交友论	3
刘伶	酒德颂	5
张华	秦青	7
葛洪	长生之理	9
刘义庆	鸟兽禽鱼自来亲人	11
	木犹如此人何以堪	13
慧能	仁者心动	15
韩愈	杂说（其四）	17
刘禹锡	陋室铭	19
柳宗元	罴说	21
林逋	君子责己小人责人	23
道原	一指头禅	25
欧阳修	人生一乐	27
周敦颐	爱莲说	29
苏轼	日喻	31

	荔子龙眼说	34
黄庭坚	解疑	36
秦　观	二侯说	38
杨　时	言默戒	40
张　耒	说爱	42
朱敦儒	东方智士说	44
吕本中	尽心为急	47
袁　采	子弟谨其交游	49
陆　游	烟艇记	51
朱　熹　吕祖谦	实心	54
朱　熹	事物之理各极其至	56
	天地初间只是阴阳之气	58
刘清之	非善不交	61
普　济	灵泉竹	63
罗大经	山静日长	65
何　坦	人心如盘水	68
邓　牧	名说	70
吴　亮	人生世间无足心满意者	72
许名奎	利害之忍	74
王　祎	不遇盘根错节无足以别利器	76
范立本	利人之言暖如绵丝	78
王　达	交友之道	80
	不怨天不尤人	82
赵世显	有志竟成	84
吴与弼	淡如秋水贫中味	85

薛　瑄	名节之大	87
陈献章	菊逸说	89
	禽兽说	91
胡居仁	心不可一日放	92
祝允明	彩色养目亦病目	94
唐　寅	菊隐记	96
王阳明	天下无心外之物	98
	一言剪裁	100
王廷相	自得	102
郎　瑛	物随气以变化	104
陆树声	见境以生情	106
徐　渭	友琴生说	108
徐学谟	失意时寻一条出路	111
张元忭	遗子说	113
田艺蘅	禽之集也翔以择木	115
	味美者曰甘泉	118
吕　坤	大其心容天下之物	120
	"五不争"之味	122
祝世禄	愿力学之根	124
洪应明	闲中气象从容	126
	闲看庭前花开花落	129
	冷眼观人	131
苏　浚	风光月霁	133
屠　隆	烟火神仙	135
	达禅之理	138
	黄斋淡饭	141

	一性惟真	144
姚舜牧	淡泊最好	146
刘元卿	两瞽	147
陈于陛	欹枕看儿戏	149
陈益祥	秋坐小楼	151
张大复	独坐	153
	静画	155
朱国桢	以石激水水更清	157
陈继儒	兴来醉倒落花前	159
	闭门即是深山	161
	香令人幽	163
	多读两句书	165
	模世语	167
谢肇淛	藏书万卷其中	169
	好书之人	171
李 鼎	自安小乐	173
江东伟	忠恕二字一生用不尽	175
江 熙	光明磊落之素	177
叶秉敬	自心难料	179
李日华	清灵之气集	181
彭汝让	图大于微知着于细	183
来斯行	得失听之有命	185
袁宏道	宜称	187
	清赏	189
	王以明	191
袁中道	书游山豪爽语	193

王　佐	人心愈炼愈透	195
徐祯稷	蕴火得久热	196
	成事者后言	198
杨梦衮	作之不止可以胜天	200
钟　惺	夏梅说	202
冯梦龙	好好先生	204
费元禄	处末世之法	205
刘芳喆	人向前我向后	207
曹　臣	醉各有所宜	208
	闻雨过蝉声	209
	无人自悠然	211
	山灵着意处	213
文震亨	论画	215
董斯张	善忧善乐	217
余绍祉	晨窗看菊	219
沈　捷	人生是戏场	221
闵　度	人生于世	223
朱之瑜	漱芳	224
黄淳耀	眼欲明口欲讷	226
郑　瑄	会做快活人	228
陆绍珩	脱俗是奇	230
	人生快意事	232
王纳谏	闲行闲卧乐	234
吴从先	文章之妙	236
	月上木兰	239
	白云深山	241

倪允昌	花开花落也春秋	243
何伟然	一心交万友	245
傅　山	天下大勇者	247
金圣叹	不亦快哉	249
	声色移人说	251
李　渔	谈	253
	黄杨	255
	芙蕖	257
许　友	闲花野草	259
魏裔介	勿以炫露而招损	261
魏象枢	天地间真男子	263
申涵光	行天下而后知天下	265
	君子终身是乐	267
汤传楹	时各有宜	269
魏际瑞	难忍	271
魏　禧	知足者天不能贫	272
吴　庄	草木之精能移我情	274
恽寿平	绝俗故远天游故静	276
王士禛	应尽之心	278
梁文科	鸟雀亦有好音	280
熊赐履	用功之要	282
王　晫	闭门读诗	284
张　英	日与两君同卧起	286
陈星瑞	水中月影	288
卫　泳	闲赏·元旦	290

廖 燕	山居杂谈	292
张 潮	读书快乐	294
	天下有一人知己	297
	春听鸟声	299
	楼上看山	301
	花不可以无蝶	303
	春风如酒	305
石成金	莫扯满篷风	307
申居郧	坦荡自舒之怀	309
石 庞	慈悲眼清净心	311
金 农	题画	313
卢存心	才子之穷	315
史震林	一年有可惜事	317
曹庭栋	自有余乐	319
刘因之	有余与不足	321
袁 枚	沙弥思老虎	322
	以著作争胜负	324
	牡丹说	326
钱德苍	择交要言	328
汪辉祖	慎交	330
孟超然	枕上回思	332
钱 泳	造园	334
	贫者是天下最妙字	336
金 缨	人之心气寡欲则刚	338
	当厄之施甘于时雨	340
叶玉屏	行之须量力有渐	342

王　侃	所谓得志者 …… 345
朱锡绶	霜晨月夕笑之时也 …… 347
	唐人之诗多类名花 …… 349
	花是美人后身 …… 351
黄钧宰	岂不哀哉 …… 353
王永彬	春风和气 …… 355
	信字是立身之本 …… 357
	贫贱非辱富贵非荣 …… 359
叶　鑅	天地自然良友 …… 361
林　纾	湖之鱼 …… 363
梁启超	养心语录 …… 365

与群下教① 诸葛亮②

夫参署③者,集众思广忠益也。若远小嫌④,难相违覆⑤,旷阙损⑥矣。违覆而得中⑦,犹弃敝蹻而获珠玉。然人心苦不能尽,惟徐元直⑧处兹不惑,又董幼宰⑨参署七年,事有不至,至于十反⑩,来相启告。苟能慕元直之十一,幼宰之殷勤,有忠于国,则亮可少过矣。

《诸葛亮集》

【注释】

①群下:百官、下属。教:古代上对下告谕的一种公文。

②诸葛亮(181~234):字孔明,号卧龙,琅琊阳都(今山东沂南南)人。三国时杰出的政治家、军事家。代表作有《前出师表》《后出师表》等。

③参署:参与政府机关的事务。

④远小嫌:避免小小的嫌疑。

⑤难相违覆:不想提出不同的意见。违,违背。覆,通"复",反复。

⑥旷阙损:意谓缺点和损失越来越多。阙,缺点。损,损失。

⑦得中:获得正确的结论。

⑧徐元直:即徐庶,字元直。曾与诸葛亮共事。

⑨董幼宰:即董和,字幼宰。曾与诸葛亮长期合作。

⑩十反:多次反复。十,喻多。

【赏读】

  这篇公文稿不足百字，是诸葛亮刚掌丞相权时对属下提出的建议，表达的意思很简单，就是鼓励广开言路，鼓励向领导提意见。但诸葛亮利用严密的逻辑思路将这一想法阐述得滴水不漏。首先，他便提出中心观点，即参署就是要集思广益。接着从正反两方面指出，如果不提出意见尤其是对立的意见则会造成工作上的损失；而如果对立的意见得到阐述并进而获得中肯评价，就好像丢了破鞋而拾得珠玉一样令人高兴。这就从上级的高度表达了想获得下属合理正确建议的诚恳态度。这还不够，诸葛亮又用了徐庶和董和两人时常直率指出自己错误的例子进一步表达自己的诚意。最后希望徐、董二人成为大家的榜样，希望下属忠心为国。全篇层次清楚，将抽象的道理和具体的实例结合，并从正反两方面阐述，从忠心为国家的高度把希望下属畅所欲言以便减少自己决策失误的中心表达得非常充分，体现了政治家应有的豁达胸襟。

  新官上任，摆个开明的亮相姿态以赢得掌声，这种做法并不鲜见，可当真的听到不同意见尤其是不同于自己的意见时还能虚心接受就很难得了。诸葛亮不要献媚和阿谀奉承，而是鼓励下属向自己开炮，大胆提出不同意见甚至反对意见，并且真心地接受批评和建议，态度诚恳溢于言表，是个好上司。

交友论　曹　丕①

　　夫阴阳交，万物成；君臣交，邦国治；士庶交，德行光。同忧乐，共富贵，而友道备矣。《易》②曰："上下交而其志同。"由是观之，交乃人伦之本务，王道之大义，非特③士友之志也。

　　《白虎通》④曰："朋友之道有四：近则正之，远则称之，乐则思之，患则死之⑤。"杨子《法言》⑥曰："朋而不心面朋也，友而不心面友也。"⑦《说苑》⑧曰："魏文侯叹田子方⑨曰：'自友方也，君臣益亲，百姓益附，吾是以知友士之功焉。'"

《魏文帝集》

【注释】

　　①曹丕（187~226）：字子桓，谯（今安徽亳州）人。三国时文学家、魏国开国君主，即魏文帝。文学成就主要在文学创作和文学理论方面，与其父曹操、其弟曹植并称"三曹"。其文语言通俗，描写细致。有《魏文帝集》。

　　②《易》：即《周易》，亦称《易经》，儒家经典之一。《周易》有"天地交而万物通，上下交而其志同"句。

　　③特：只是。

　　④《白虎通》：《白虎通义》的简称，亦称《白虎通德论》，东汉班固等编撰。该书记录了章帝建初四年（79）在白虎观经学辩论的结果，是今文经学的政治学说提要。

　　⑤"近则正之"四句：在他身边时给他指正错误，在他背后要称赞他，快乐的时候能想到与他分享，在他患难时能为他赴汤蹈火，不惜舍命。

⑥杨子：即扬雄，西汉文学家。《法言》：扬雄仿《论语》写成，共十三卷，内容主要是宣扬儒家传统思想的。

⑦"朋而"二句：意谓与人作朋友，但不付出真心，那只是表面的朋友而已。

⑧《说苑》：西汉刘向所撰，共二十卷，分类纂辑先秦至汉代的史事和传说，以阐明儒家的政治思想和伦理观念。

⑨魏文侯：战国时魏国的建立者。田子方：战国时贤士，名无择，字子方，战国时魏国人，道德学问闻名于诸侯，魏文侯慕名聘他为师，执行甚恭。

【赏读】

人生在世必有朋友，但何谓朋友？朋友何用？东汉郑玄说："同师曰朋，同门曰友。"以此界定朋友似乎范围窄了点。曹丕说："同忧乐，共富贵。"你富贵快乐时朋友不离你，你忧患困难时朋友不弃你，这才是交友之道。那种不交出真心的人只是表面的"朋友"，当然不能冠之以朋友之名，以真心换真心才是真朋友。

交友之道不只是三五人志同道合地聚会宴游、诗酒唱和。交朋友的好处多多，他可以直率地纠正你的问题，真诚地帮助你的事业，甚至甘愿为你献出自己的生命。

"上下交而其志同"，普通人交到一个真朋友，是一生一世的情谊。而像魏文侯与田子方一样，君王交到一个真朋友，不仅是一个人的幸运，也惠及整个国家，是一个国家的幸事。

天地交融万物成，融洽和谐是人类发展的基本信条。以融洽相处的交友之道推而广之，君臣融洽则国家富强，士庶融洽则德行光大。从交友之道窥及治国之方，曹丕的眼光足够远大。

只是，如此清醒深入地理解交友之道的曹丕，怎么会那样对待自己的同胞兄弟呢？

酒德颂　刘　伶①

有大人先生②，以天地为一朝，万期③为须臾，日月为扃牖④，八荒⑤为庭衢。行无辙迹，居无室庐，幕天席地，纵意所如。止则操卮执觚⑥，动则挈榼⑦提壶，唯酒是务，焉知其余？

有贵介公子，缙绅处士，闻吾风声，议其所以。乃奋袂攘襟，怒目切齿，陈说礼法，是非锋起⑧。先生于是方捧罂承槽，衔杯漱醪⑨，奋髯箕踞⑩，枕曲藉糟，无思无虑，其乐陶陶。兀然⑪而醉，豁尔而醒，静听不闻雷霆之声，熟视不睹泰山之形，不觉寒暑之切肌，利欲之感情。俯观万物，扰扰焉如江汉之载浮萍；二豪⑫侍侧焉，如蜾蠃之与螟蛉⑬。

《西晋文纪》

【注释】

①刘伶（约221~300）：字伯伦，沛国（治今安徽濉溪县西北）人。西晋文学家，"竹林七贤"之一。好酒。

②大人先生：指作者自己。

③期（jī）：周年。

④扃（jiōng）：门。牖（yǒu）：窗。

⑤八荒：指极远的地方。

⑥卮（zhī）：古时圆形酒器。觚（gū）：古时细腰、长身、大口的酒器。

⑦榼（kē）：古时一种酒器。

⑧锋起：同"蜂起"。

⑨醪（láo）：浊酒。

⑩箕踞（jī jù）：对人不恭敬的坐姿。

⑪兀然：浑然不知的样子。

⑫二豪：指贵介公子和缙绅处士。

⑬蜾蠃（guǒ luǒ）：一种寄生蜂。螟蛉（míng líng）：蛾的幼虫。

【赏读】

衣裾飘飘、放浪形骸，特立独行、纵酒狂欢，崇拜老庄、轻视传统。这是魏晋名士给后人留下的时代画面。在饮酒纵乐的名士中，刘伶是最著名的一位，他的《酒德颂》便是"意气所寄"，典型地再现了自己饮酒行乐、狂放不羁的生活。

有一位先生，不顾时光飞逝，头顶日月，天地为家，时时刻刻手提酒壶，以酒为乐，将喝酒当做一种生活方式，除了酒外不知世间还有何物。这是刘伶嗜酒图的绝妙写照。

不过，如果把刘伶看做酒鬼那就错了。喝酒能达到抛弃世间一切的地步，体现的正是他旷达和豪爽的个性气质。在豪饮中避世，蔑视礼法，与世无争，逍遥地抛开对人间和现实世界的种种物质需求，在人格精神的至高境界中与天地融合为一体。也因此，在面对缙绅处士的非议时，他不屑于与其争辩，而是我行我素地依然饮酒不止，以居高临下的姿态傲慢地表达他的蔑视，彰显"真旷达、真风流"之气概。

秦 青 张 华[1]

薛谭学讴于秦青[2]，未穷青之技，自谓尽之，于一日遂辞归。秦青弗止，乃饯于郊衢，抚节[3]悲歌，声振林木，响遏行云。薛谭乃谢求返，终身不敢言归。

秦青顾谓其友曰："昔韩娥[4]东之齐，匮粮，过雍门，鬻歌假食，既去而余音绕梁，三日不绝，左右以其人弗去。过逆旅[5]，旅人辱之，韩娥因曼声哀哭，一里老幼悲愁垂泪，相对三日不食，遽追而谢之。娥还，复为曼声长歌，一里老幼喜跃抃舞，弗能自禁，忘向之悲也，乃厚赂发之。故雍门之人至今善歌哭，效娥之遗声也。"

《博物志》

【注释】

①张华（232～300）：字茂先，范阳方城（今河北固安西南）人。西晋文学家。博学多闻，他编撰的十卷《博物志》记载了异境奇物、古代琐闻杂事及神仙方术等。

②薛谭、秦青：传说中的歌唱家。讴：唱歌。

③节：古代一种乐器。

④韩娥：传说中韩国的歌唱家。

⑤逆旅：旅舍。

【赏读】

学要精，业要勤。学业的精通需要长期的反复历练方能达成，甚至需要付出毕生精力。薛谭没有明白这个道理，自以为已经取到真经，便想离开。可老师秦青一番精湛的表演震撼了他，于是他承认错误，重新回到老师身边学习，终身再也不敢提归。

薛谭不是坏学生，他认识到自己的浅薄，改正了错误并留在老师身边。老师秦青更是好先生，他深知言语无用，论述一番大道理于事无补，不如以身作则，亮出真功夫，用行动暗示学生：你还差得远呢！秦青关于韩娥的故事道出了歌唱的最高意境，也提醒薛谭：天外有天，学无止境。

长生之理 葛 洪[①]

才所不逮[②]，而困思之，伤也；力所不胜，而强举之，伤也；悲哀憔悴，伤也；喜乐过差，伤也；汲汲[③]所欲，伤也；久谈言笑，伤也；寝息失时，伤也；损弓引弩，伤也；沉醉呕吐，伤也；饱食即卧，伤也；跳走喘乏，伤也；欢呼哭泣，伤也；阴阳不交，伤也；积伤至尽则早亡，早亡非道也。是以养生之方，唾不及远，行不疾步，耳不极听，目不久视，坐不至久，卧不及疲，先寒而衣，先热而解，不欲[④]极饥而食，食不过饱，不欲极渴而饮，饮不过多。凡食过则积聚，饮过则痰癖。不欲甚劳甚逸，不欲起晚，不欲汗流，不欲多睡，不欲奔车走马，不欲极目远望，不欲多啖生冷，不欲饮酒当风，不欲数数[⑤]沐浴，不欲广志远愿，不欲规造异巧。冬不欲极温，夏不欲穷凉。不露卧星下，不眠中见肩，大寒大热，大风大雾，皆不欲冒之。五味入口，不欲偏多，故酸多伤脾，苦多伤肺，辛多伤肝，咸多伤心，甘多伤肾，此五行自然之理也。凡言伤也，亦不便觉也，谓久则寿损耳。是以善摄生[⑥]者，卧起有四时之早晚，兴居[⑦]有至和之常制；调利筋骨，有偃仰[⑧]之方；杜疾闲[⑨]邪，有吞吐之术；流行荣卫[⑩]，有补泻之法；节宣劳逸，有与夺[⑪]之要。忍怒以全阴气，抑喜以养阳气。然后先将服草木以救亏缺，后服金丹以定无穷，长生之理，尽于此矣。

《抱朴子》

【注释】

①葛洪（约281~341）：字稚川，号抱朴子，丹阳句容（今属江苏）人。晋代道家，一生从事炼丹和医学研究。主要著作为《抱朴子》。内篇言神仙方药、养生延年，外篇言人间得失、世事臧否。本文节选自《抱朴子·内篇·极言》。

②逮：及，达到。

③汲汲：急切的样子。

④欲：宜，应该。

⑤数数：常常，屡次。

⑥摄生：养生。

⑦兴居：起居。

⑧偃仰：安居的样子。

⑨闲：栅栏。引申为阻止。

⑩荣卫：即"营卫"，是指人体之气在身体中循环。也泛指气血。

⑪与：给予。夺：夺取，取得。

【赏读】

当今时代，在物质追求基本得到满足后，人们开始注重生活品质和生活质量，于是养生之道成为时尚，各种养生书籍充斥书架，养生秘方受到追捧，有人甚至为得到"神医"的眷顾甘愿倾其所有。不过，读完这篇长生之理，我们豁然开朗：凡事不过度，对事物不强求，起卧注意四季变化，日常家居规律和谐。所以，最好的养生保健秘诀朴实而简单，就是健康、自律、平衡地生活。

葛洪号抱朴子，取抱朴守真、拒绝物欲诱惑之意。他的这番长生之理所贯彻的原则恰恰也是涤除嗜欲，自然淡泊地生活。近两千年前的古人总结的养生之道在今天依然是我们健康生活的箴言。

鸟兽禽鱼自来亲人　刘义庆①

王子敬②云:"从山阴③道上行,山川自相映发④,使人应接不暇。若秋冬之际,尤难为怀⑤。"

简文⑥入华林园⑦,顾谓左右曰:"会心处不必在远,翳然林水,便自有濠濮间想⑧也,觉鸟兽禽鱼自来亲人⑨。"

顾长康⑩从会稽⑪还,人问山川之美,顾云:"千岩竞秀,万壑争流,草木蒙笼其上,若云兴霞蔚。"

《世说新语》

【注释】

①刘义庆(403~444):南朝宋文学家。彭城(今江苏徐州)人。好文崇儒,召聚文学之士杂采众书编撰的《世说新语》记载了从汉末到东晋豪门贵族和士大夫阶层的逸闻轶事和玄虚清谈。也是我国最早的笔记小说。

②王子敬:即王献之,字子敬,东晋书法家。王羲之第七子。

③山阴:地名,在今浙江绍兴。

④自相映发:互相辉映。

⑤难为怀:使人难以忘怀。

⑥简文:东晋简文帝司马昱。

⑦华林园:宫苑名,故址在今南京鸡鸣寺南古台城内。

⑧濠濮（háo pú）间想：在濠水和濮水上闲游的想法。间，通"闲"。

⑨亲人：亲近人。

⑩顾长康：即顾恺之，字长康，东晋画家。

⑪会稽：郡名，治今浙江绍兴。

【赏读】

魏晋南北朝时期是中国历史上一个动乱的年代，国家分裂，政权频繁更迭。但这一时期的社会思想呈现出自由活跃的风气，魏晋名士们放浪形骸，张扬个性，在对风云变幻的社会现实失望的同时常常将目光投向自然，忘情于田园与山水之间，以田园诗见长的陶渊明和创作山水诗的谢灵运便是杰出的代表。

王献之走在山间道路上，周围山川起伏、交相辉映，景色之美令人目不暇接。顾恺之形容会稽山群山奇秀、万溪争流、草木茂盛。两人是艺术家，他们对自然美的赞叹并不出人意料，而简文帝在对自然的感悟中形象地体味出别样人生，将自然美与人的好心境完美地结合，突出的是人与环境的心神和谐。

木犹如此人何以堪　刘义庆

桓公①北征，经金城②，见前为琅邪③时种柳，皆已十围④，慨然曰："木犹如此，人何以堪！"攀枝执条，泫然流泪。

顾悦⑤与简文同年，而发蚤⑥白。简文曰："卿何以先白？"对曰："蒲柳⑦之姿，望秋而落；松柏之质，经霜弥茂。"

褚季野语孙安国⑧云："北人学问渊综广博。"孙答曰："南人学问清通简要。"支道林⑨闻之曰："圣贤固所忘言⑩。自中人⑪以还，北人看书如显处视月⑫，南人学问如牖中窥日⑬。"

《世说新语》

【注释】

①桓公：即桓温，东晋大将。

②金城：地名，在今江苏句容附近。

③琅邪：郡名。桓温曾为琅邪内史，此次北征距他任内史已经近三十年。

④围：计量圆周的单位，指两手拇指和食指合起来的长度。亦说是两臂合抱的长度。

⑤顾悦：东晋人，官至尚书左丞。

⑥蚤：通"早"。

⑦蒲柳：即水杨，树叶到秋天时很早就会凋零。

⑧褚季野：即褚裒。孙安国：即孙盛。二人皆东晋大臣。

⑨支道林：东晋高僧。

⑩固：本来、固然。忘言：即得意忘言，指心领神会，不必用言语表达。

⑪中人：中等才智的人。

⑫显处视月：看得开阔但不细致。

⑬牖中窥日：看得细致但不开阔。牖，窗户。

【赏读】

魏晋时代，无论是带兵打仗的大将还是名士、大臣抑或高僧，其情感流露、人生感受以及思想情趣都富有个性和神采。大将桓温激战疆场，但见到当年种植的柳树已经长大时居然感慨而落泪；顾悦面对简文帝的问题回答得如此睿智；针对褚裒、孙盛二人为南人与北人的学问高低展开的争论，支道林一语点出核心：北人博而不精，南人精而不博。

《世说新语》中的这些故事正是魏晋时期名士生活的典型写照。魏晋南北朝时代背弃儒家、崇尚老庄的社会思潮在名士身上多表现为举止怪诞放纵，但本质的体现则是个性率真。所谓魏晋风度便是当时士大夫阶层的某种人格表现，他们将这种率性而为的生活方式与尊重个性的人格精神有机地结合起来，集中体现的便是独具特色的精神气质。

仁者心动　慧　能①

（慧能）一日思惟："时当弘法，不可终遁。"遂至广州法性寺，值印宗法师讲《涅槃经》②。时有风吹幡动。一僧曰："风动。"一僧曰："幡动。"议论不已。慧能进曰："不是风动，不是幡动，仁者③心动。"一众骇然。

《坛经》

【注释】

①慧能（638~713）：也作惠能，俗姓卢，人称卢行者，祖籍范阳（治今河北涿州），出生于南海（今广东广州）新兴。中国佛教禅宗南宗创始人。《坛经》一名《六祖法宝坛经》，是中国佛教典籍中唯一称为"经"的著作。该书是慧能传法的主要言论记录，由其弟子法海编录。

②《涅槃经》：佛教经典，有大乘和小乘之分。

③仁者：对对方的尊称。

【赏读】

慧能是中国佛教禅宗南宗的创始人，也是禅宗第六祖。当年，他投在禅宗五祖弘忍门下，后在广州法性寺正式受戒。本文便是他在南方云游时听法性寺住持印宗法师宣讲《涅槃经》时发生的故事。

微风吹过，幡旗舞动，二僧见状争议起来，一个说是风在动，一个说是幡在动，谁也不相让，谁也无法说服对方。慧能上前指出了两人的错误：不是风动，也非幡动，而是你们的心在动。大家都愣住了，印宗法师看出慧能非常人，给他剃发并拜慧能为师。

"仁者心动"是禅宗的一桩公案，形象而典型地反映了禅宗的主张：用心顿悟。风动也好，幡动也罢，都是心在动。心动，才能发现万物的动与静。自然的动、静以及事物的发展是由心来感受并由心发挥了作用所致。明心见性，悟得自性、自修。自性从而清净，自性因此无拘无束，在自性的心灵世界中获得超脱，自在适宜，活出独立于世的真我。

杂说（其四） 韩 愈[1]

世有伯乐[2]，然后有千里马。千里马常有，而伯乐不常有；故虽有名马，只辱于奴隶人[3]之手，骈死于槽枥之间[4]，不以千里称也。

马之千里者，一食或尽粟一石。食马者[5]，不知其能千里而食也；是马也，虽有千里之能，食不饱，力不足，才美不外见[6]，且欲与常马等[7]，不可得，安求其能千里也？

策[8]之不以其道，食之不能尽其材，鸣之而不能通其意，执策而临之曰："天下无马。"呜呼！其真无马邪？其真不知马也！

《昌黎先生集》

【注释】

①韩愈（768~824）：字退之，自言郡望昌黎，故世称韩昌黎，河阳（今河南孟州南）人。唐代文学家，唐宋八大家之一，与柳宗元倡导古文运动。其散文创作构思富于变化，善于运用修辞和描写，雄健大气，具有强烈的情感力量。有《昌黎先生集》。

②伯乐：春秋时秦国人，名叫孙阳，擅长相马。

③奴隶人：受役使的人。

④骈死：相继而死。槽枥（lì）：马槽。

⑤食（sì）马者：喂马的人。食，通"饲"，喂。

⑥外见：表现在外面。见，通"现"。

⑦等：等同，一样。

⑧策：鞭策，驱使。

【赏读】

  千里马难寻，识马的伯乐罕有，一旦伯乐相中千里马便成了千古流传的佳话。但韩愈从另一个角度道出了自己的心声。

  千里马出类拔萃，但因未遇伯乐，所以只能与"常马"为伍，"食不饱，力不足，才美不外见"。韩愈具体形象地描写了千里马无法施展千里之能的委屈和不平，强调的是千里马渴望伯乐的急切心情。因此后人将本文改名《马说》。

  据说韩愈初踏仕途时，几次上书请求提拔重用但遭到冷遇，在长安奔波数年仍无结果，因此颇不得志的他写下本文，表达了遇不到伯乐的感叹。本文寓意明显，以马喻人，名写马，实写人，抒发了施展自身才华的渴望以及无人赏识自己的失望之情。

  韩愈突出体现的是对慧眼识人才的伯乐的渴求，而现实中却是那些占据伯乐之位而无伯乐才能的假伯乐，丝毫不懂马，认识不到真正的千里马。"真不知马"的感叹是韩愈从自身遭遇出发流露的怀才不遇的感愤。这种巧妙的隐喻开发了原有典故的新寓意，含蓄、形象而深刻。

陋室铭　刘禹锡①

　　山不在高，有仙则名；水不在深，有龙则灵。斯是陋室，惟吾德馨。苔痕上阶绿，草色入帘青。谈笑有鸿儒②，往来无白丁③。可以调素琴，阅金经④。无丝竹之乱耳，无案牍⑤之劳形。南阳诸葛庐⑥，西蜀子云亭⑦。孔子云："何陋之有？⑧"

《全唐文》

【注释】

①刘禹锡（772~842）：字梦得，洛阳（今属河南）人，世称刘宾客。唐代文学家。官至检校礼部尚书。著有《刘梦得文集》。

②鸿儒：大儒，指学问渊博的人。

③白丁：指没有功名的平民。此指令人生厌的俗客。

④金经：用金色颜料抄写的佛经。

⑤案牍：指官府文书。

⑥诸葛庐：指诸葛亮出山前隐居的草庐，在南阳（今属河南）隆中。

⑦子云亭：指西汉辞赋家扬雄（字子云）在郫县（今属四川）所建的亭子。

⑧"何陋之有"句：语出《论语·子罕》：子曰："君子居之，何陋之有？"

【赏读】

　　刘禹锡曾因参与政治变革或作诗讽喻朝政而数次被贬，但他坚持原则不妥协的个性始终不变,《陋室铭》便形象地表达了他的这种信念。

铭这种文体原本刻于器物上,主要表达颂扬和警戒等内容。刘禹锡借鉴了这种文体短小精悍的特点为自己的陋室作铭,但主要内容却创新地抒发了自己的内心情怀。

《陋室铭》通篇洋溢着洁身自好、乐观豁达的情绪。居室虽简陋但满目美景,与朋友谈笑间轻松往来,身居陋室但乐趣无穷。从生动形象而有气势的开篇到以诸葛庐、子云亭自勉再以引言作结,"惟吾德馨"的抒情线索贯穿始终,抒发了作者的闲适情趣、雅洁情怀以及高远的精神世界。

这篇不足百字的短文没有沉郁和愤懑,映现在读者脑海中的是一个志趣高雅不愿随波逐流的风流名士、一个身居陋室但相信自己可以声名远扬的旷达文人。

罴　说　柳宗元①

鹿畏貙②，貙畏虎，虎畏罴。罴之状，被③发人立④，绝有力而甚害人焉。

楚之南有猎者，能吹竹为百兽之音，寂寂持弓矢罂⑤火而即之山。为鹿鸣以感其类，伺其至，发火而射之。貙闻其鹿也，趋而至。其人恐，因为虎而骇之。貙走而虎至。愈恐，则又为罴，虎亦亡去。罴闻而求其类，至则人也，捽搏挽裂而食之。

今夫不善内而恃外，未有不为罴之食也。

《柳河东集》

【注释】

①柳宗元（773~819）：字子厚，河东解（今山西运城市西南）人，世称柳河东或柳柳州。唐代文学家，唐宋八大家之一，与韩愈同为唐代古文运动的倡导者。其散文论说性强，峭拔简练。有《柳河东集》。

②貙(chū)：一种似狸而大的野兽。

③被：通"披"。

④人立：可以像人一样立起。

⑤罂：小口大肚的瓶子。

【赏读】

有个猎人会用竹子吹出百兽的声音，便自信地上山打猎去了。

他吹出鹿鸣的声音，希望将鹿引来以便获得猎物。果真鹿被吸引来了，不过也引来了猎食鹿的貙。猎人惊慌地吹出更凶猛的虎的声音。怕虎的貙吓走了，但更凶猛的虎闻声而来。猎人如法炮制，又吹出了比虎还凶猛的罴的声音。最后，怕罴的虎逃走了，循声而来的罴看见猎人，不由分说便揪住猎人，将他撕裂吃了。

柳宗元的这个故事含意深刻，形象地揭示了一个道理：人应有真才实学，应该清楚自己的不足，不断学习以充实、完善自我。如果像这个猎人一样，不在提高狩猎的技术上下苦功，不练得矫健的身手和一身真本领，只是耍一些雕虫小技，或是仅仅学得皮毛便以为自己无所不能，最终只能害了自己，落得悲惨的下场。照这样看，东郭先生实在是幸运的。

君子责己小人责人 林逋①

知不足者好学,耻下问者自满,一为君子,一为小人,自取如何耳。

静吉动凶,德休伪拙,圣人戒告甚切至。反身而诚,乐莫大焉,知此为君子,昧此为小人。

昼之所为,夜必思之,有善则乐,有过则惧,君子哉!私心胜者,可以灭公;为己重者,可以利物。

礼义廉耻,可以律己,不可以绳人。律己则寡过,绳人则寡合,寡合则非涉世之道。故君子责己,小人责人。

不欺暗室者,肯欺心乎;不愧屋漏②者,肯愧于人乎。不欺其心,无愧于人,庶几君子矣。

和以处众,宽以接下,恕以待人,君子人也。

小人诈而巧,似是而非,故人悦之者众;君子诚而拙,似迂而直,故人知之者寡。

《省心录》

【注释】

①林逋（967~1029）：字君复，后人称和靖先生，钱塘（今浙江杭州）人。宋代诗人、隐士。大半生时间隐居西湖孤山，以赏梅养鹤为乐，有"梅妻鹤子"之雅称。著有《林和靖诗集》等。《省心录》主要阐释发挥儒家经典章句，劝导为人处世之道，多警策语。

②不愧屋漏：语出《诗经·大雅·抑》，指心地光明，不在暗中做坏事。屋漏，古代室内西北隅设小帐的地方。

【赏读】

林逋是历史上著名的隐士，他生性淡泊，拒绝仕途，不慕名利。他的作品多记录隐居生活的快乐闲适。《省心录》主要体现了他对儒家思想的理解与研究，其中许多至理名言历久弥新，至今仍给世人有益的启迪。

以上几则是林逋对君子与小人的研判。他给二者确立了一些标准，就是怎么做才能成为君子，与君子背道而驰的自然就是小人喽。

是君子还是小人，都在自己的选择。知道自己的不足而谦逊好学；夜晚反思一天的作为，做了好事心中高兴，有过错则惶恐不安；以礼义廉耻来严格要求自己以便少犯错误；不欺瞒自己的内心，面对他人时问心无愧；与大家和睦相处，对下属宽容，宽恕别人。诚挚朴实，心直口快。能这样做的就一定是君子。想要成为君子，也必须如此行事待人。反之，则是小人作为。

对照看看，你是君子还是小人？

一指头禅 道　原①

婺州金华山俱胝②和尚，初住庵，有尼名实际到庵，戴笠子执锡绕师三匝③，云："道得即拈下笠子。"三问，师皆无对。尼便去。师曰："日势稍晚，且留一宿。"尼曰："道得即宿。"师又无对。尼去后，叹曰："我虽处丈夫之形，而无丈夫之气。"拟弃庵，往诸方参寻。其夜，山神告曰："不须离此山，将有大菩萨来为和尚说法也。"果旬日，天龙和尚到庵。师乃迎礼，具陈前事。天龙竖一指而示之，师当下大悟。自此凡有参学僧到，师唯举一指，别无提唱。

有一童子于外被人诘曰："和尚说何法要？"童子竖起指头。归而举似师，师以刀断其指头，童子叫唤走出。师召一声，童子回首，师却竖起指头。童子豁然领解。

师将顺世，谓众曰："吾得天龙一指头禅，一生用不尽。"言讫示灭④。

《景德传灯录》

【注释】

①道原（生卒年不详）：宋代僧人。原为东吴僧，师嗣法于天台德韶，住苏州承天寺永安院。著有《景德传灯录》三十卷，该书成书于宋真宗景德年间，为我国禅宗史书之一。

②俱胝（zhī）：唐代禅僧，嗣法于杭州天龙和尚。

③笠子：笠帽。执锡：执锡杖。师：指俱胝和尚。

④示灭：（僧尼）去世。

【赏读】

  灯能照亮黑暗，禅宗以法传人，犹如传灯，以心传心，代代相授，这就是《景德传灯录》书名的由来。该书中多是弟子辈记录其祖师的言论。

  俱胝和尚的一指头禅是禅宗著名公案。俱胝和尚从天龙和尚"竖一指"而得悟，从此"唯举一指，别无提唱"。禅宗的奥秘在于它并不拘泥于具体的形象，而是完全超越了形象。俱胝和尚因为竖一指而得悟，童子因为无指而领悟，便说明了两人的得悟并不在于一个具体的手指本身。这种超越具体形象的现象便说明了佛法的无所不在。俱胝的一指将宇宙涵盖于一指中，山川河流、自然万象尽在这一指之间。理解竖一指之意不必也不应该拘泥于一个唯一的答案，而应多方面地领悟，如天地万物归于一、一归何处、万殊一本、一心不乱等。

人生一乐　欧阳修[①]

苏子美[②]尝言：明窗净几，笔砚纸墨，皆极精良，亦自是人生一乐。然能得此乐者甚稀，其不为外物移其好者，又特稀也。余晚知此趣，恨字体不工，不能到古人佳处，若以为乐，则自是有余。

自少所喜事多矣。中年以来，渐已废去，或厌而不为，或好之未厌，力有不能而止者。其愈久益深而尤不厌者，书也。至于学字，为于不惜时，往往可以消日。乃知昔贤留意于此，不为无意也。

学书勿浪书，事有可记者，他时便为故事。

《试笔》

【注释】

①欧阳修（1007~1072）：字永叔，号醉翁，又号六一居士，吉州吉水（今属江西）人。北宋文学家，唐宋八大家之一，北宋诗文革新运动领袖。为文学习韩愈又有创新，简洁、明快、晓畅。有《欧阳文忠公集》。《试笔》是欧阳修平时信笔所书，内容广泛，涵盖诗文书画等，生动活泼，富有情趣，开创了宋代笔记文写作先河。

②苏子美：即苏舜钦，字子美。北宋诗人。

【赏读】

　　文房四宝被书家奉为生命，少了它们，书法家的创作便无从体现，因为创意都靠文房四宝来实现，书家的作品需要借助这些传播媒介才能为读者所欣赏。因此，窗明几净的创作环境和精良的笔砚纸墨被苏舜钦视为"人生一乐"并得到欧阳修的赞同也就不奇怪了。

　　当然，能得到此乐的人不多，毕竟书法的乐趣未必人人都能深刻领会，尤其是不受外界的干扰，并且拒绝了其他诱惑而不改其衷，这种乐就更稀缺了。

　　本篇几则格言记录了欧阳修的学书体会。《试笔》中转述了不少苏舜钦的学书言论。苏舜钦与欧阳修几乎同年出生，虽然苏舜钦壮年早逝，但他的学书思想通过欧阳修为世人所知，他的快乐理论也为学书增添了趣味。

　　书法是一门高雅的艺术。欧阳修视苏舜钦为书家前辈，学书也爱书，"愈久益深而尤不厌"，虽然自谦"晚知此趣，恨字体不工，不能到古人佳处"，其实，他的书法技艺也很了得，苏轼就称赞他"笔势险劲，字体新丽，自成一家"。

爱莲说　周敦颐①

水陆草木之花，可爱者甚蕃②。晋陶渊明③独爱菊；自李唐来，世人甚爱牡丹。予独爱莲之出淤泥而不染，濯④清涟而不妖，中通外直，不蔓不枝，香远益清，亭亭净植⑤，可远观而不可亵玩焉。予谓菊，花之隐逸者也；牡丹，花之富贵者也；莲，花之君子者也。噫！菊之爱，陶后鲜有闻；莲之爱，同予者何人？牡丹之爱，宜乎众矣。

《周子全书》

【注释】

①周敦颐（1017～1073）：字茂叔，道州营道（今湖南道县）人，世称濂溪先生。北宋哲学家，理学创始人之一。著有《周子全书》。

②蕃：多。

③陶渊明：东晋诗人，性爱菊。

④濯（zhuó）：洗。

⑤植：树立。

【赏读】

世间爱花者众，爱花理由杂，但爱花人常以所爱之花作比，并赋予所爱之花以自己的品格，于是爱花人与所爱之花便有了某种人格联系。

周敦颐爱莲，他敏锐地捕捉到莲花的自然特点，赋予了莲花"出淤泥而不染"的品格，而这也是作者自己的人格特征。写莲花、爱莲花，实质都是写人、爱人。赋予莲花某种寓意，实际寄托的却是向往美好的心灵追求和坚贞高洁的精神期望。

为了突出爱莲，周敦颐以另两种花作映衬：菊花和牡丹。菊花是花中的隐逸者，是如陶渊明般的隐士钟爱的花；牡丹是花中的富贵者，爱牡丹者众多；而莲花是花中的君子。三种花隐喻的是三种人，但现在洁身自好的隐士太少，趋炎附势者太多，而像"我"这般爱莲花的高洁之人还有吗？这既是对现实的准确描述，也是对缺少知音的感慨和无奈。

日 喻 苏 轼①

生而眇②者不识日,问之有目者。或告之曰:"日之状如铜盘。"扣盘而得其声,他日闻钟,以为日也。或告之曰:"日之光如烛。"扪烛而得其形。他日揣籥③,以为日也。

日之与钟、籥亦远矣,而眇者不知其异,以其未尝见而求之人也。道之难见也甚于日,而人之未达也无以异于眇。达者告之,虽有巧譬善导,亦无以过于盘与烛也。自盘而之钟,自烛而之籥,转而相之,岂有既④乎?故世之言道者,或即其所见而名之,或莫之见而意⑤之,皆求道之过⑥也。然则道卒不可求欤?苏子曰:"道可致而不可求。"何谓致?孙武⑦曰:"善战者致人,不致于人。⑧"子夏⑨曰:"百工居肆,以成其事;君子学,以致其道。⑩"莫之求而自至,斯以为致也欤!

南方多没⑪人,日与水居也。七岁而能涉,十岁而能浮,十五而能没矣。夫没者岂苟然⑫哉?必将有得于水之道者。日与水居,则十五而得其道;生不识水,则虽壮,见舟而畏之。故北方之勇者,问于没人而求其所以没,以其言试之河,未有不溺者也。故凡不学而务求道,皆北方之学没者也。

昔者以声律取士,士杂学而不志于道⑬;今也以经术取士,士知求道而不务学⑭。渤海吴君彦律⑮,有志于学者也,方求举于礼部⑯,作《日喻》以告之。

《苏轼文集》

【注释】

①苏轼（1037～1101）：字子瞻，号东坡居士，眉山（今属四川）人。北宋文学家，唐宋八大家之一。其词成就卓著，散文畅达明快，议论文形式活泼，艺术感染力和逻辑说服力俱佳。著有《东坡全集》等。

②眇（miǎo）：一只眼失明，此泛指盲人。

③籥（yuè）：一种笛状管乐器。

④既：尽，结束。

⑤意：推测。

⑥过：弊病。

⑦孙武：春秋时齐国军事家。

⑧"善战"二句：语出《孙子·谋攻》。

⑨子夏：春秋时卫国人，孔子弟子。

⑩"百工"四句：语出《论语·子张》。意谓工匠居住在作坊中，长期实践，故能精通其专业；君子若能勤学，则也能获得其道。

⑪没（mò）：潜水。

⑫苟然：未经训练便会潜水。

⑬"昔者"二句：意谓北宋前期以诗赋（注重声律）取士，其弊端是使学者只注重声律等杂学而无明道的更高要求。声律，指诗赋。

⑭"今也"二句：意谓近来改以经术取士，其弊端是使学者只重空谈义理而不注重实学。经术，儒家经典。

⑮吴君彦律：名琯，曾任监酒正字。

⑯求举于礼部：指应进士科的考试。中唐后由礼部主管进士考试。

【赏读】

"眇者识日"和"北人学没"是普通的生活现象，苏轼通过这两个故事形象地表达了只有全面认识事物并重视实践才能真正得"道"的观点。"眇者识日"从反面说明了不能全面地认识事物而只是经别人转达而片面臆想，结果就是差之千里，远离事实真相；"北人学没"同样从反面证明不认真学习，不重视实践造成的悲剧后果，表明只有坚持学习并勇于实践才能揭开"道"的奥秘。作者通过两个来自生活的故事通俗形象地阐述了观点，清晰全面地归纳总结了"士杂学而不志于道"和"士知求道而不务学"这两种弊端，论证严密完整。

这是一篇以议论见长的小品文，但全文并没有过多的逻辑推理和理性分析，而是以比喻形象论证，借生活事例来说理，因而富于联想，深入浅出，寓意鲜明深刻，形象性与说服力并重，给人以美的愉悦。

荔子龙眼说 苏轼

闽越人高荔子而下①龙眼,吾为评之。荔子如食蝤蛑②大蟹,斫雪流膏,一啖③可饱。龙眼如食彭越石蟹,嚼啮久之,了无所得。然酒阑口爽④,餍饱之余,则咂啄之味,石蟹有时胜蝤蛑也。戏书此纸,为饮流一笑。

(《苏轼文集》)

【注释】

①下:以……为下,看不起。
②蝤蛑(yóu móu):梭子蟹。
③啖(dàn):吃。
④酒阑:酒宴残尽之时。口爽:口味败坏。

【赏读】

　　荔枝和龙眼是两种热带水果,虽然有点相似,但口味与外观仍有差异:荔枝鲜肥而味美,而龙眼核大肉多,味道平淡,故而闽越人喜爱荔枝而看低龙眼。但苏轼比喻得好,吃荔枝就像吃大蟹,味道浓郁,一吃就饱;而吃龙眼如同吃石蟹,起初无甚味道,但吃后回味无穷。相比之下,龙眼不是比荔枝更值得喜爱吗?

　　可见对人对事的评价,都不能一概而论,须顾及其各自的特点和长处,以一时一技的长短、得失妄论高下,是不科学的。但每个事物都有其存在的价值和理由,在我们生活的宇宙中都有各自的位置和地位,是生命循环系统中必不可少的一环,它们尽职地发挥自己的作用，让这个世界和谐顺畅地运动，让生命健康自然地延续。

东坡此文论说荔枝、龙眼各有所长，虽属"戏书"，却意味隽永，含意深刻，让我们明白在任何时候都不应妄自菲薄，而要相信自己所独有的价值。

解 疑 黄庭坚①

或议涪翁②御奴婢不用鞭挞,能慈而不能威,涪翁笑曰:"奴婢贱人,不过为恶而诈善,慢令而诈恭,当其见效在前,虽我亦不能不怒,退而自省不肖之状,在予躬者甚多,方且自鞭其后,又何暇舍己之沐猴③而治人之沐猴哉?"或曰:"孔子曰:'小惩而大戒,小人之福。④'然则非欤?"涪翁曰:"然,有是言也。不曰'不教而诛谓之虐,不戒视成谓之暴,慢令致期谓之贼⑤'乎?今之用鞭挞者,有能离此三过者乎?昔陶渊明为彭泽令,遣一力助其子之耕耘,告之曰:"'此亦人子也,善遇之。'此所谓临人而有父母之心者也。夫临人而无父母之心,是岂人也哉!是岂人也哉!"

《山谷集》

【注释】

①黄庭坚(1045~1105):字鲁直,号山谷道人,又号涪翁。洪州分宁(今江西修水)人。北宋著名文学家、书法家。治平四年(1067)进士,以校书郎为《神宗实录》检讨官,迁著作郎。后来以修实录不实遭贬。他是"苏门四学士"之一,诗与苏轼齐名,世称苏黄,是江西诗派的祖师。著有《山谷集》。

②涪翁:作者自称。

③沐猴:沐猴而冠。猴子戴帽子,冒充人类。意思是外表好,本质坏。

④"小惩"二句：语出《易·系辞下》，意思是犯小错时稍加处罚以警戒大错，是小人的福分。

⑤"不教"三句：语出《论语·尧曰》。原文"诛"作"杀"。这几句话的意思是：不加教育便杀叫做虐；不加劝诫便要求人成功叫做暴；起初懈怠，而后又突然限制期限叫贼。

【赏读】

封建社会主人与奴婢是役使与被役使的关系，主人对奴婢可以任意鞭挞，如同驱使牛马。可是黄庭坚却不这样，他推己及人，反躬自问，这些不肖之状在自己身上也甚多，自责还来不及，哪里还能去指责别人呢？然后他进一步解剖自己，觉得奴婢做得不好，是由于主人自己不肖。因此他反对不教而诛、不戒视成、慢令致期；认为主人应该做到"临人而有父母之心"。这种人本主义思想和勇于解剖自己的精神，都是难能可贵的。推而广之：主人对待奴婢如此，那么官员对待百姓不是也应当这样吗？

为了阐明自己的看法，他引经据典，两次引用孔子的言论，一次引用陶渊明的史实，使得这篇几百字的小文有理有据，说服力极强。最后用"临人而无父母之心，是岂人也哉！是岂人也哉"从反面反复强调治理百姓必须有父母之心，感情色彩十分浓烈，表达了一位有良知的读书人的心声。

二侯说 秦 观①

闽有侯白,善阴②中人以数,乡里甚憎而畏之,莫敢与较。一日,遇女子侯黑于路,据井旁,佯若有所失。白怪而问焉,黑曰:"不幸坠珥③于井,其直百金,有能取之,当分半以谢。夫子独无意乎?"白良久计曰:彼女子亡珥,得珥固可绐④而勿与。因许之。脱衣井旁,缒而下。黑度白已至水,则尽取其衣亟去,莫知所途⑤。故今闽人呼相卖曰:"我已侯白,伊⑤更侯黑。"

余谓二侯皆里巷滑稽之民,适相遇而较其技,势固不得不然,于其所亲戚旧游,未必尔⑥也。而今世荐绅之士,闲居负道德、矜仁义、羞汉唐而不谈,真若无徇于世者⑦,一旦爵位显于朝,名声张于时,稍迫利害,则释易而趋险,叛友而诬亲,挤人而售己,更相伺候,若弈棋然。唯恐计谋之不工,侥幸一切之胜,而曾黑白之不若者,武相仍⑧,袂相属⑨也。则二侯之事,亦何所怪哉!

《淮海集》

【注释】

①秦观(1049~1100):字少游,一字太虚,号淮海居士。高邮(今属江苏)人。北宋著名词人,婉约派代表人物之一,"苏门四学士"之一。工诗词,风格委婉含蓄,清丽雅淡。著作有《淮海集》《淮海居士长短句》等。

②阴:这里指暗中算计。

③珥（ěr）：珠玉镶嵌的耳环。
④绐（dài）：欺骗，欺诈。
⑤伊：他（她）。
⑥尔：如此。
⑦无徇于世者：社会上都找不到，指清高脱俗。徇，这里通"寻"。
⑧武相仍：脚步相随。武，半步，泛指脚步。
⑨袂（mèi）相属：衣袖相连。形容人密集的样子。

【赏读】

这个小故事在奇险的情节中勾勒出人物的行为和心理，令人捧腹。作者告诉我们："侯白侯黑"的意思是，我本来很厉害，他比我更厉害，即一个更比一个狠。

然而作者并没有停留在给我们讲笑话的层面上，他把"侯白侯黑"的作为与一些荐绅显贵的丑行相对比，前者是偶然相遇，见财起意，坑害的是与己无干的人；后者是"稍迫利害"，便挖空心思，"释易而趋险，叛友而诬亲，挤人而售己"，害的是亲朋好友。前者是个人行为，后者则联袂接踵，成帮成群，形成一种丑恶的社会风气——这不比"侯白侯黑"可怕得多吗？作者目光的犀利，思想的深邃很值得钦佩。

言默戒 杨 时[①]

邻之人有鸡夜鸣，恶其不祥[②]，烹之。越数日，一鸡旦而不鸣，又烹之。已而谓予曰："吾家之鸡，或夜鸣，或旦而不鸣，其不祥奈何？"予告之曰："夫鸡鸣能不祥于人欤？其自为不祥而已。或夜鸣，鸣之非其时也；旦而不鸣，不鸣非其时也，则自为不祥而取烹也，人何与[③]焉？若夫时然后鸣，则人将赖汝以时夜[④]也，孰从而烹之乎？"又思曰：人之言默，何以异此？未可言而言，与可言而不言，皆足取祸。故书之以为言默戒。

《龟山集》

【注释】

①杨时（1053～1135）：字中立，人称龟山先生，南剑州将乐（今属福建）人。北宋学者。师从程颢、程颐，官至龙图阁直学士致仕，优游林泉，以读书讲学为事。著有《龟山集》。

②祥：吉祥，吉利。

③与（yù）：参与，此处意为相关、相干。

④时夜：司夜，指打鸣报晓。

【赏读】

有一只鸡，半夜便迫不及待地打鸣，主人觉得不吉利，便杀了。过几天，又有一只鸡被主人杀了，这次是因为天亮了它还不打鸣。主人觉得这种不吉利的事很奇怪，百思不得其解。其实在作者看来，鸡是否打鸣与人并无多大关系，更谈不上是否吉利，该打鸣而不打鸣或者不该打鸣而打鸣，说明鸡失去了存在的价值，因而被杀，如果按时打鸣给人们报时，于人有用，人也就不必吃了它。

这个关于打鸣的鸡的故事有点绕人，概括起来就是不该鸣而鸣或者该鸣而不鸣的鸡都丢了小命，拿它来喻人，则是未可言而言与可言而不言都会给人带来麻烦甚至灾祸。所以该说时必须得说，不该说时绝对不说，否则就是不会办事、不识时务，结果常常"取祸"。

但是，何时沉默、何时发言很有讲究，也是门学问。这似乎简单，当说则说，职责所在嘛，如史上的谏官。但困难的是不仅需要看说话的时间、场合，更要看说话的对象，因此，训练有素的人早学会了左右逢源、八面玲珑、看人下菜，见人说人话，见鬼说鬼话。只是，这么做的结果是世上多了许多说鬼话的人，少了不少仗义执言、"不识时务"的人。

说　爱 _{张耒①}

世之常言皆曰："人之所爱莫如身。胥靡②乞丐之民，使戕其身，未有乐之者。"张子③曰：世未尝有爱其身者而害其身者。方且日夜与其身为仇，惶惶乎惟恐其害之不至也，而何有万一之爱于身乎？天下之物，其害寿命而致病者，莫如饮食男女之际。节嗜味，远声色，呼吸屈伸，以期于久寿，此有生之大务也。且世之人有日夜自勉于久寿，而若急于饮食男女之际者乎？使勉于益生之道，如进其所甚憎；而使其夺其害生之欲，如闻其所甚爱。彼其为爱生，亦不足为矣。老子曰："人常不畏死，奈何以死惧之？"④夫人未有语之以死而不畏者也，而日夜之所为则取死之道过半矣。

《柯山集》

【注释】

①张耒（1054～1114）：字文潜，号柯山，楚州淮阴（今江苏淮安市淮阴区西南）人。北宋诗人，"苏门四学士"之一。其诗受白居易、张籍影响。其文汪洋淡泊。著有《柯山集》。

②胥靡：囚徒。

③张子：作者自称。

④"人常"二句：语出《老子》第七十四章："民不畏死，奈何以死惧之？"

【赏读】

爱是什么？答案千千万。对普通人来说，爱是爱护自己和家人，是爱惜自己和他人的身体健康。

人都爱惜自己的身体，希望健健康康、快快活活地生活，以不枉来世间走一遭。这道理人人明白，无须赘言。但张耒却不这么看。他认为，人们并不爱惜自己，相反却一直在残害自己。不是吗？人们无节制地享受美味、美色，还高举爱的旗号，美其名曰享受生活，这不是在每时每刻地残害自己的身体，与自己的健康为敌吗？人生头等大事是生活节制、有规律，保持健康的身体以延年益寿。但在这个世界上，有人更愿意追求饮食之美味、男女之美色，他们视养生之道如憎恶的东西唯恐避之不及，要他们抛弃危害生命和健康的欲望就如同夺走他们最心爱的东西似的难以割舍。如此下去，他们成天热衷追逐的东西会将他们早早地送上死亡之路。

爱自己就要珍惜自己，珍惜自己的健康，摈弃有害健康和生命的不良生活方式，克服贪婪的欲望，科学、健康、快乐地生活。一千年前的古人对爱的理解和论说，与我们今天的健康追求如此契合。其实，养生之道自古有之，健身之法代代相传，只不过人们常常为了贪欲而不顾一切，其结果就是害了自己。

以爱的名义，行的是"害其身"之实。张耒的《说爱》所谈的话题不轻松，道理却显而易见。

东方智士说 朱敦儒①

东方有人，自号智士，才多而心狂，凡古昔圣贤与当世公卿长者，皆摘其短缺而非笑之；然地寒力薄，终岁不免饥冻。里有富人，建第宅甲其国中，车马奴婢，钟鼓帷帐物物惟备。一旦，富人召智士语之曰："吾将远游，今以居第贷子，凡室中金玉资生之具无乏，皆听子用，不计。期年还，则归我。"富人登车而出，智士策杖而入。童仆妓妾，罗拜堂下，各效②其所典簿籍以听命，号智士为假公。智士因遍视居第，富实伟丽过王者，喜甚。忽更衣③东走圊④，仰视其舍卑狭，俯阅其基湫隘⑤，心郁然不乐，召纪纲仆⑥让⑦之曰："此第高广而圊不称。"仆曰："惟假公教！"智士因令彻⑧旧营新，狭者广之，卑者增之，曰如此以当寒暑，如此以避风雨。既藻其梲⑨，又丹其楹⑩，至于聚筹积灰，扇蝇攘蛆，皆有法度。事或未当，朝移夕改，必善必奇。智士躬执斤寻⑪，与役夫杂作。手足胼胝，头蓬面垢，昼夜废眠食，忉忉⑫焉，惟恐圊之未美也。不觉阅岁，成未落也。忽闻者⑬奔告曰："阿郎至矣。"智士仓皇弃寻而趋迎富人于堂下。富人劳之曰："子居第乐乎？"智士恍然自失曰："自君之出，吾惟圊是务。初不知堂中之温密，别馆之虚凉，北榭之风，南楼之月，西园花竹之胜，吾未尝经目。后房歌舞之妙，吾未尝举觞。虫网琴瑟，尘栖钟鼎⑭，不知岁月之及，子复归而吾当去也！"富人揖而出之。智士还于故庐，且悲且叹，悒悒而死。市南宜僚⑮闻而笑之,以告北山愚公。愚公曰:"子奚笑哉?世之治圊者多矣,子奚笑哉?"

《宾退录》

【注释】

①朱敦儒(1081~1159):字希真,洛阳(今属河南)人。南宋文学家。历任兵部郎中、临安府通判、秘书郎、都官员外郎、两浙东路提点刑狱。有词三卷,名《樵歌》,有"词俊"的美称;另有《岩壑老人诗文集》,已佚。

②效:奉献。

③更衣:上厕所。

④圊(qīng):厕所。

⑤湫(jiǎo)隘:低洼窄小。

⑥纪纲仆:仆人的总管,管家。

⑦让:批评、责怪。

⑧彻:通"撤",拆除。

⑨藻其棁(zhuō):彩饰房梁上的短柱。

⑩丹其楹:把柱子涂红。

⑪躬执斤帚:亲自拿着斧头、扫帚(干活)。

⑫忉(dāo)忉:忧愁的样子。

⑬阍(hūn)者:守门人。

⑭尘栖钟鼎:钟鼎等礼器上都落满了灰尘。

⑮市南宜僚:古代楚国的勇士。在本文中与前面的东方智士、后面的北山愚公一样,都是作者假托的人物。

【赏读】

这个寓言式的小品收录在赵与时编的《宾退录》中。人们对它的解读各不相同。有人说它的意义在于劝诫人们读圣贤之书不要舍本逐末；有人说它告诉我们，人生苦短，应该抓紧时间及时行乐……

其实我们也可以这样理解：东方智士是一个过分追求完美、刻意求全责备的人。他看到富人家的厕所与豪华的宅第不相称，就身体力行带领奴仆对它加以改造。他力求完善厕所里的每一个细节，甚至不必要地过分装饰。不仅如此，他觉得哪个地方不妥当，便"朝移夕改，必善必奇"，把自己累得心力交瘁，"手足疮茧，头蓬面垢，昼夜废眠食，忉忉焉，惟恐圊之未美也"。等富人回到家中时厕所改建还未完工，按照最初的约定，东方智士只得回到自己的家，最后"悒悒而死"。

这个故事启示我们：世界上的任何事物都不可能是完美无缺的，即所谓"金无足赤，人无完人"。不看地点，不考虑时间等客观因素，一味追求完美，甚至对细枝末节都求全责备，往往耽误了人生，耽误了事业，使人一辈子疲于奔命，结果却一事无成。聪明人切莫做"东方智士"啊！

尽心为急 吕本中①

事君如事亲,事官长如事兄长,与同僚如家人,待群吏如奴仆,爱百姓如妻子,处官事如家事,然后为能尽吾之心。如有毫末不至,皆吾心有所未至也。故事亲孝,故忠可移于君;事兄悌,故顺可移于长;居家理,故治可移于官。岂有二理哉!

处事者不以聪明为先,而以尽心为急;不以集事为急,而以方便为上。

当官者,前辈多不敢就上位求荐章,但尽心职事,所以求知也。心诚尽职,求之虽不中,不远矣。未有学养子而后嫁者也。当官遇事,以此为心,鲜不济②矣。

《居官格言三十三条》

【注释】

①吕本中(1084~1145):字居仁,初名大中,号紫薇,世称东莱先生,寿州(治今安徽凤台)人。宋代诗人、词人,诗属江西诗派,官居中书舍人。著有《春秋集解》等。《居官格言三十三条》又称《官箴》,是他官宦生涯、生活阅历的心得体会,言简意赅。

②济:成功。

【赏读】

吕本中生活于北宋与南宋之交,他的《居官格言三十三条》开篇提出的当官三要"曰清,曰慎,曰勤"成为后世的为官箴言,"千古不可易",深得人心。

本文选择的几则语录围绕着尽心处事、尽职行事展开。吕本中将处理官务比喻为管理家事,为家必定尽心尽力,为官自然也应尽力尽职。用侍奉长辈的心侍奉君王,用对待长兄的爱心对待长官,把同僚视为家人,爱百姓如爱妻小,待部下如待自家奴仆。如此一来,处理官事与处理家事便是同一个道理,哪些方面出现了问题,不要推卸责任,毫无疑问是为官者(或家长)没有付出百分之百的精力和心力。

以科学的眼光看,为官与治家显然是两码事,不可混淆。不过,从爱心和尽心的角度来看,两者确有相通之处。

凡事尽心尽力,吕本中强调的是做事的态度,关键不是人有多聪明,而是要认真、尽心,努力工作,以得到同仁和上级的理解与认同。以此种态度工作、处事,便没有不成功的道理。

子弟谨其交游 袁 采①

世人有虑子弟血气未定,而酒色博弈之事得以昏乱其心,寻至于失德破家,则拘之于家,严其出入,绝其交游,致其无所见闻,朴野蠢鄙,不近人情。殊不知此非良策。禁防一弛,情窦②顿开,如火燎原,不可扑灭。况拘之于家,无所用心,却密为不肖之事,与出外何异?不若时③其出入,谨其交游,虽不欲之事,习闻既熟自能识破,必知愧而不为。纵试为之,亦不至于朴野蠢鄙,全为小人之所摇荡也。

《袁氏世范》

【注释】

①袁采(?~1195):字君载,信安(今属浙江衢州)人。宋代官员,官至监登闻检院。著有《袁氏世范》等。《袁氏世范》三卷初名《俗训》,是袁采总结自己的生活经验并博采众家之长编写而成的家训格言集,通俗易懂,说理透彻。

②情窦:指各种感情和欲望。

③时:规定一定的时限。

【赏读】

有一个时期,我们常常听到"温室里的花朵"这样的话,意思是年轻人经不起考验。因为被限制在一个人为的环境中,所以他们无法独自地面对世界,独立地处理成长中的各种问题。这个现象其实古已有之。对此,袁采针对性地给出了一个简单易行的办法:给孩子自由。

因为害怕孩子沾染恶习,父母就简单甚至粗暴地采取与世隔绝的方法,把孩子拘禁在家里阻止孩子与外界的联系,以为这样他们就不会学坏。其实,不经历风雨怎么见彩虹?辨别是非、处理问题的能力是在学习中积累和提高的,孩子迟早要走向社会,他们的能力需要培养,他们需要生活阅历的积累才能发现问题、解决问题。而父母的角色则应是导师,以自己的经验引导孩子走在正确的人生道路上,帮助他们尽早适应错综复杂的现实生活,学会独立处理与解决生活中遇到的各种难题。

把孩子关在家里,他们沾染恶习的机会可能少了,但其实害处更多,结果也往往适得其反。所以,雏鸟高飞才能搏击长空,寒梅经霜方才怒放。放开阻拦的手,让孩子大步往前走。

烟艇记 陆 游①

陆子②寓居，得屋二楹。甚隘而深，若小舟然。名之曰烟艇。

客曰："异哉！屋之非舟，犹舟之非屋也。以为似欤？舟固有高明奥丽逾于宫室者矣，遂谓之屋。可不可耶？"

陆子曰："不然！新丰③，非楚也；虎贲④，非中郎也。谁则不知？意所诚好而不得焉，粗得其似，则名之矣。因名以课⑤实，子则过矣。而予何罪？予少而多病，自计不能效尺寸之用于斯世，盖尝慨然有江湖之思；而饥寒妻子之累劫而留之，则寄其趣于烟波洲岛苍茫杳霭之间，未尝一日忘也。使加数年，男胜锄犁，女任纺绩，衣食粗足，然后得一叶之舟，伐荻钓鱼而卖芰芡，入松陵⑥，上严濑⑦，历石门⑧、沃洲⑨而还，泊于玉笥⑩之下，醉则散发扣舷为吴歌，顾不乐哉！

"虽然，万钟之禄⑪，与一叶之舟，穷达异矣，而皆外物；吾知彼之不可求，而不能不眷眷于此也。其果可求欤？意者使吾胸中，浩然廓然，纳烟云日月之伟观，揽雷霆风雨之奇变，虽坐容膝之室⑫，而常若顺流放棹，瞬息千里者，则安知此室果非烟艇也哉！"

绍兴三十一年八月一日记。

《渭南文集》

【注释】

①陆游（1125～1210）：字务观，号放翁，越州山阴（今浙江绍兴）人。南宋爱国诗人。诗、词、文俱佳，散文文辞精妙，朴实清新。有《渭南文集》《剑南诗稿》等传世。

②陆子：作者自称。

③新丰：刘邦定都长安后，为解其父思乡之情，在长安附近仿照家乡沛郡丰邑建造新城，后取名新丰。

④虎贲：汉代宫廷宿卫武官之一种。蔡邕曾官至中郎将，后被杀，其朋友见到一位虎贲的面容与蔡邕酷似，与其同座饮酒。

⑤课：求，责。

⑥松陵：即吴淞江，俗称苏州河。

⑦严濑：即严陵濑，位于浙江桐庐县富春江边。

⑧石门：山名，在安徽黟县。

⑨沃洲：山名，在浙江新昌。

⑩玉笥：山名，在浙江绍兴附近。

⑪万钟之禄：形容高官厚禄。

⑫容膝之室：形容屋子极小。

【赏读】

陆游是一位爱国诗人，他的诗作中多寄托、抒发了抗击金兵、收复失地的强烈心愿。在这篇短文中也抒发了这种爱国情思，不过是用一种含蓄的表达方式。

《烟艇记》中，作者陆游解释为何将自己的一所小屋命名为"烟艇"。他以与客人问答的方式敞开了自己潇洒阔达的心胸：身处似一叶小舟的陋室，胸襟无限大，心怀全天下。

陆游为我们描绘了一幅身居小屋其乐融融的惬意生活图画。男耕女织，衣食粗足，驾着一叶小舟北上南下，伐荻、钓鱼、卖芰芡，醉酒中扣舷而歌，好不快乐！

但这种田园牧歌式的生活未必是陆游的理想。在政治上受到排挤，又难以随心所欲归隐江湖，这种内心的矛盾自然有所流露，其中有抱负无法施展的无奈，有对闲适生活的向往，但更多的仍然是欲"效尺寸之用于斯世"，展现"浩然廓然"的心胸和"纳烟云日月之伟观，揽雷霆风雨之奇变"的气概。正是由于这种博大的情怀，陆游才会居小室如坐小舟"瞬息千里"。作者的理想、抱负与追求既含蓄又如此清晰形象地展现，极富感染力。

实　心　朱熹　吕祖谦[①]

人心作主不定，正如一个翻车[②]，流转动摇，无须臾停。所感万端，若不做一个主，怎生奈何？张天祺[③]昔尝言："自约[④]数年，自上著床，便不得思量事。"不思量事后，须强把他这心来制缚，亦须寄寓在一个形象，皆非自然。君实[⑤]自谓："吾得术[⑥]矣，只管念个'中'字。"此又为"中"所系缚。且"中"亦何形象？有人胸中常若有两人焉，欲为善，如有恶以为之间；欲为不善，又若有羞恶之心者。本无二人，此正交战之验也。持其志，使气不能乱，此大可验。要之，圣贤必不害心疾。

心清时少，乱时常多。其清时视明听聪，四体不待羁束而自然恭谨。其乱时反是。如此何也？盖用心未熟，客虑[⑦]多而常心少也，习俗之心未去，而实心未完也。人又要得刚，太柔则入于不立。亦有人生无喜怒者，则又要得刚，刚则守得定不回，进道勇敢。载[⑧]则比他人自是勇处多。

《近思录》

【注释】

①朱熹（1130～1200）：字元晦、仲晦，号晦庵、晦翁，别号考亭、紫阳，祖籍徽州婺源（今属江西）。宋代哲学家，宋代理学的集大成者。有《朱子全书》等传世。吕祖谦（1137～1181）：字伯恭，学者称东莱先生，婺州（治今浙江金华）人。宋代哲学家，

婺学创始人，曾任著作郎兼国史院编修官。主要著作有《东莱集》《东莱书说》等。朱、吕二人合编的《近思录》取切问而近思之意，辑录了北宋新儒家周敦颐、程颢、程颐和张载四人的日常语录，是一部北宋理学的入门之作，奠定了中国儒学发展新阶段的思想基础。

②翻车：可灌溉农田的水车。

③张天祺：张载之弟。

④自约：自己给自己规定。

⑤君实：北宋政治家、史学家司马光的字。

⑥术：方法。

⑦客虑：心随外物而起的思虑。

⑧载：张载自称。

【赏读】

周敦颐、程颢、程颐、张载等人在中国本土文化传统遭遇外来佛教强烈冲击的时候创新和丰富了儒家思想，他们解构了佛、道学说的本质并整合了其思想结晶，在新时代背景下重新研究、诠释并发展了儒家学说，进而创立了宋代理学。

心决定言行，心智是否成熟决定人的言行是否合体，处事是否得当。人心不能自主，说明内心涵养远未养成，就如同水车流转不停歇。想要心志专一，必须锻炼坚强刚毅的性格，弃绝外在的杂念、欲望、舍弃内在的柔弱、摇摆。必须"持其志"，勇于坚持、心志刚强才能遇事勇往直前不退缩，才能"进道勇敢"。

这是卷四《存养》中的两则语录，分别辑自《二程遗书》卷二下、《张子全书》卷七。该卷主要辑录的是四人存心养性、培育涵养功夫的论述，涉及言行、饮食、人际交往、守义等许多方面。相对于其他卷，该卷更贴近生活，通俗而形象，因此论理少了一些单调，多了一点趣味，读来颇有兴味。

事物之理各极其至 朱 熹

上而无极、太极,下而至于一草、一木、一昆虫之微,亦各有理。一书不读,则阙①了一书道理;一事不穷,则阙了一事道理;一物不格,则阙了一物道理。须著逐一件与他理会过。

穷理格物,如读经看史,应接事物,理会个是处,皆是格物。只是常教此心存,莫教他闲没勾当处。公且道如今不去学问时,此心顿放那处?

"大凡为学,须是四面八方都理会教通晓,仍更理会向里来。譬如吃果子一般,先去其皮壳,然后食其肉,又更和那中间核子都咬破,始得。若不咬破,又恐里头别有多滋味在。若是不去其皮壳,固不可;若只去其皮壳了,不管里面核子,亦不可,恁地②则无缘到得极至处。《大学》③之道,所以在致知、格物。格物,谓于事物之理各极其至,穷到尽头。若是里面核子未破,便是未极其至也。如今人于外面天地造化之理都理会得,而中间核子未破,则所理会得者亦未必皆是,终有未极其至处。"因举五峰④之言,曰:"'身亲格之以精其知',虽于'致'字得向里之意,然却恐遗了外面许多事。如某,便不敢如此说。须是内外本末,隐显精粗,一一周遍,方是儒者之学。"

《朱子语类》

【注释】

①阙（quē）：空缺，亏损。

②恁地（nèn dì）：宋代口语，意为"怎样，如何"。

③《大学》：儒家经典之一。原为《礼记》的一篇，朱熹撰《四书章句集注》，将其列为"四书"之一。

④五峰：即宋代理学流派之一的创始人胡宏，人称五峰先生，著有《知言》等。

【赏读】

《朱子语类》内容丰富，涉及哲学、宗教、经学、治学等多方面，是南宋哲学家朱熹长期讲学的问答语录，由他的弟子记录并分类汇编。该书对研究朱熹晚年的重要见解、观点极有价值。

本文语录选自卷十五和卷十八，朱熹集中论述了格物致知的观点，这一出自《礼记·大学》的学说经过程颐的发展后由朱熹建立了完整的学说体系，成为朱熹理论的核心部分。

格物就是穷天下万事万物之理，致知即由已知推至极致探究事物内在的精微之理。在朱熹看来，格物就是穷尽外面天地造化之理，不论是自然现象还是社会现象都应如此，上至无极、下到昆虫都各有其理，须仔细探究、研习。理存在于具体的事物中，少读一本书便少知一书的道理，少追究一事便少了知晓一事的道理。致知则是一种向内的探究和寻找，即要了解"核子"的诸多滋味，不断地了解客观事物、积累认知，得"向里"之意。

而如何格物、致知呢？就要四面八方"逐一""理会"，"更理会向里来"，就如同吃果子，先去壳，再吃肉，还要咬破果核方能尝到果子的滋味，这其实不就是由表及里、由浅入深认识事物的过程吗？朱熹用一个极其通俗的比喻便将格物致知的原理说得形象、透彻。

天地初间只是阴阳之气 朱 熹

天地初间只是阴阳之气。这一个气运行,磨来磨去,磨得急了,便拶①许多渣滓;里面无处出,便结成个地在中央。气之清者便为天,为日月,为星辰,只在外,常周环运转。地便只在中央不动,不是在下。

夜明多是星月。早日欲上未上之际,已先烁退了星月之光,然日光犹未上,故天欲明时,一霎时暗。

风只如天相似,不住旋转。今此处无风,盖或旋在那边,或旋在上面,都不可知。如夏多南风,冬多北风,此亦可见。

霜只是露结成,雪只是雨结成。古人②说露是星月之气,不然。今高山顶上虽晴亦无露。露只是自下蒸上。人言极西高山上亦无雨雪。

"高山无霜露,却有雪。某尝登云谷。晨起穿林薄中,并无露水沾衣。但见烟霞在下,茫然如大洋海,众山仅露峰尖,烟云环绕往来,山如移动,天下之奇观也!"或问:"高山无霜露,其理如何?"曰:"上面气渐清,风渐紧,虽微有雾气,都吹散了,所以不结。若雪,则只是雨遇寒而凝,故高寒处雪先结也。

道家有高处有万里刚风之说，便是那里气清紧。低处则气浊，故缓散。想得高山更上去，立人不住了，那里气又紧故也。离骚有九天之说，注家妄解，云有九天。据某观之，只是九重。盖天运行有许多重数。以手画图晕，自内绕出至外，其数九。里面重数较软，至外面则渐硬。想到第九重，只成硬壳相似，那里转得又愈紧矣。"

问龙行雨之说。曰："龙，水物也。其出而与阳气交蒸，故能成雨。但寻常雨自是阴阳气蒸郁而成，非必龙之为也。'密云不雨，尚往也'③，盖止是下气上升，所以未能雨。必是上气蔽盖无发泄处，方能有雨。横渠④《正蒙》论风雷云雨之说最分晓。"

《朱子语类》

【注释】

①拶（zā）：压紧。

②古人：指程颐。

③"密云"二句：语出《二程全书·伊川易传一》，后句是"自我西郊，施未行也"。典故出自《周易·小畜》："密云不雨，自我西郊。"

④横渠：指张载，世称横渠先生，北宋哲学家、新儒家。

【赏读】

朱熹把宇宙变化归结为"气"，因为阴阳之气的摩擦与碰撞产生了大地和日月、星辰等宇宙万物。要求古人作出今天的科学解释是苛求，朱熹的解释源自于他的观察以及想象与推理，反映了古人探求天地的思路与逻辑。

在《朱子语类》中，有不少关于风雨、霜雪、彩虹、雷电等自然现象的阐述。因为朱熹少时便对宇宙万物充满兴趣，细致地观察并探索其中的奥秘，有些观点颇为符合现代科学理念。如他否认龙行雨之说，认为霜是由露凝结成的，并反驳了程颐的说法。

朱熹一生从不间断地观察宇宙，对自然与环境的观察细致周到，如敏锐地发现天亮前"一霎时暗"；以优美的语言描绘晨起的山谷"烟霞在下，茫然如大洋海，众山仅露峰尖，烟云环绕往来，山如移动"。

朱熹以求真的态度观察与阐释自然，当然这种态度未必是为了探求自然的本质和规律，最终目的仍然与他的格物致知相契合，与他的"理"相联系，正如他自己所说："虽草木亦有理焉。"

非善不交　刘清之①

　　上品之人不教而善，中品之人教而后善，下品之人教亦不善。不教而善，非圣而何？教而后善，非贤而何？教亦不善，非愚而何？是知善也者，吉之谓也；不善也者，凶之谓也。吉也者，目不观非礼之色，耳不听非礼之声，口不道非礼之言，足不践非礼之地。人非善不交，物非义不取。亲贤如就芝兰，避恶如畏蛇蝎。或曰不谓之吉人，则吾不信也。凶也者，语言诡谲，动止阴险，好利饰非，贪淫乐祸，疾良善如仇隙，犯刑宪如饮食。小则殒身灭性，大则覆宗绝嗣。或曰不谓之凶人，则吾不信也。传有之曰："吉人为善，惟曰不足；凶人为不善，亦惟曰不足。汝等欲为吉人乎？欲为凶人乎？"

《戒子通录》

【注释】

　　①刘清之（1133～1189）：字子澄，号静春，临江（今属江西樟树）人。南宋文人、官员。学问上推崇朱熹理学。著有《戒子通录》《续说苑》等。《戒子通录》摘录了南宋以前典籍中的治家格言，是历代教子言论的汇集。

【赏读】

　　本言论出自北宋哲学家邵雍，通俗地解说了做吉人和凶人的后果。

吉人就是好人,是知道从善的人。好人就是上品之人,至少也是中品之人,他们不看非礼之色,不听非礼之音,不说非礼之言,不踏足非礼之地。他们不结交非善之人,不拿不合礼义的东西,亲近贤能,躲避邪恶。这样的好人不可能遇不到好事。相反,那些凶人只作恶不干好事,自然也不可能有好下场。

做好人就有好报,对孩子来说,"欲为吉人乎"的答案很简单。希望孩子做好人不做恶人,这也是为人父母的必然选择。只是,当孩子长大后,如果他发现,有时好人不一定有好报,坏人未必有恶报时,他是否还会对自己的孩子重复做好人的教诲呢?相信会的,毕竟,追求善良、与人为善是绝大多数人的选择。

灵泉竹 普 济①

问:"如何是灵泉竹?"师②曰:"不从栽种得。"曰:"还变动也无?"师曰:"三冬③瑞雪应难改,九夏④凝霜色转鲜。"

《五灯会元》

【注释】

①普济(1179~1253):俗姓张,号大川,奉化(今属浙江)人。南宋僧人。曾住灵隐寺,著有《五灯会元》及《灵隐大川济禅师语录》等。《五灯会元》是佛教史上著名的禅宗经典著作,记载了禅宗历代祖师的语录,文字简练,对当时及后代产生了很大影响。

②师:指归仁,五代禅师,约九世纪下半叶至十世纪上半叶在世,得法于疏山匡仁禅师,住洛阳灵泉寺。

③三冬:指冬天,有三个月。

④九夏:指夏天,有九个十天。

【赏读】

《五灯会元》记载的是禅宗历代祖师的语录,其中许多是空古玄妙的禅学思想,也有一些言论情趣盎然,充满了田园诗般的闲适、安逸,在美妙的意象中渗透出人生哲理,在机智的问答中给人无限的想象和深刻的启迪。

自然界的许多花草被人类赋予了特殊的含义,竹子便是如此。虽然细长的躯干显得弱不禁风,但它迎风挺立的姿态被赋予了坚韧的品格,这是否就是归仁禅师的品性呢?灵泉竹不是栽种出来的,它的品格应该是自身修炼、内心磨炼的结果。这种修养与操守一旦养成便持久永固，即使是寒冬的风雪也难以改变，经年的凝霜反而令它的枝叶更鲜更翠。

  人生也应该像坚挺的竹子一样，宁折不弯，坚守内心的信仰，探索、参悟平凡而深刻的人生哲理和生活智慧。

山静日长　罗大经[①]

　　唐子西[②]诗云："山静似太古，日长如小年。"余家深山之中，每春夏之交，苍藓盈阶，落花满径，门无剥啄[③]，松影参差，禽声上下。午睡初足，旋汲山泉，拾松枝，煮苦茗啜之。随意读《周易》《国风》《左氏传》《离骚》《太史公书》[④]及陶杜诗、韩苏文数篇。从容步山径，抚松竹，与麛[⑤]犊共偃息于长林丰草间。坐弄流泉，漱齿濯足。既归竹窗下，则山妻稚子，作笋蕨，供麦饭，欣然一饱。弄笔窗前，随大小作数十字，展所藏法帖、墨迹、画卷纵观之。兴到则吟小诗，或草《玉露》一两段，再烹苦茗一杯。出步溪边，邂逅园翁溪叟，问桑麻，说粳稻，量晴校雨，探节数时，相与剧谈一晌。归而倚杖柴门之下，则夕阳在山，紫绿万状，变幻顷刻，恍可人目。牛背笛声，两两来归，而月印前溪矣。

　　味子西此句，可谓妙绝。然此句妙矣，识其妙者盖少。彼牵黄臂苍，驰猎于声利之场者，但见衮衮马头尘，匆匆驹隙影耳，乌知此句之妙哉！人能真如此妙，则东坡所谓"无事此静坐，一日似两日，若活七十年，便是百四十"，所得不已多乎！

《鹤林玉露》

【注释】

　　①罗大经（1196~1252）：字景纶，号儒林，又号鹤林，庐陵（今江西吉安）人。南宋文人。其著作《鹤林玉露》十八卷杂记读

书所得,满蕴珠玑。"玉露"意为清谈。

②唐子西:即唐庚,字子西,北宋诗人。

③剥啄:形容轻轻敲门的声音。

④《国风》:《诗经》的组成部分。《左氏传》:即《左传》或《左氏春秋》,相传为春秋时左丘明所撰。《太史公书》:即《史记》,西汉司马迁著,是我国第一部纪传体通史。

⑤麛(mí):小鹿,泛指幼兽。

【赏读】

古代文人中有许多隐士,但归隐的原因和目的各不同,有陶渊明"心远地自偏"的真心归隐和"悠然见南山"的怡然自得,也有王安石的以退为进和"春风又绿江南岸"的焦躁。是否真心归隐很大程度上取决于对俗世名利的追逐欲望是否强烈。

罗大经在任抚州推官时因为朝廷矛盾而受株连,被弹劾罢官,此后他便归隐再未出仕,闭门博览群书,专事著述,"日与客清谈鹤林之下,或欣然会心,或慨然兴怀"。他编写的《鹤林玉露》详尽描述了读书心得与感悟。本文选自《鹤林玉露》丙编卷四,生动细致地再现了他读书之余轻松自得的闲适生活。

居于大山深处一座茅舍,摆脱登门骚扰之苦,遵循大自然日出日落的规律起居。踏着落花的小径漫步、阅读,听涛声起伏,闻鸟鸣雀唱。渴了掬捧流动的泉水,甘甜沁人心脾;倦了同小鹿小牛犊一起在草间嬉戏,童心勃发;饿了采林中的竹笋、蕨菜为食。身依竹窗,在清新的微风中写作;溪边游玩,与偶遇的过客神聊。下午时光一晃而过,归来时夕阳西落,牧童亦归,月亮正冉冉升起。

多么闲适自在的生活!一幅人在自然中的和谐画面呼之欲出。那些追逐声色名利的人哪能理解如此惬意闲雅的生活呢?只有身居自然的怀抱，体会了与大地气脉相通的人才能深刻感悟"山静似太古，日长如小年"的奥妙，只有真心归隐，彻底抛弃功名利禄、摒除世俗杂念的人才能以一颗纯净的心与自然亲密拥抱。

人心如盘水 何 坦[①]

人心如盘水也,措[②]之正,则表里莹然;微风过之,则湛浊[③]动乎下,而清明乱乎上矣。夫水方未动时,非有以去其滓污也,澄之而已。风之过,非有物入之也,挠动则浊起而清自乱也。君子其谨无挠之哉!

水道曲折,立岸者见[④]而操舟者迷;棋势胜负,对奕者惑而傍观者审。非智有明暗,盖静可以观动也。人能不为利害所汩[⑤],则事物至前,如数一二。故君子养心以静也。

《西畴老人常言》

【注释】

①何坦(生卒年不详):字少平,号西畴,广昌(今属江西)人。南宋提刑,官至广东提点刑狱司,被称为岭南第一廉。著有《西畴老人常言》(一说《西畴常言》)。

②措:放置。

③湛浊:沉渣,脏物。

④见:明白。

⑤汩:沉迷,搅乱。

【赏读】

何坦为官廉洁,深受百姓爱戴,他的《西畴老人常言》继承儒家学说,从律己、明道、用人等方面总结、阐释了许多深刻的道理,堪称至理名言。

荀子在《荀子·解蔽》中说:"人心譬如盘水,正错而勿动,则湛浊在下而清明在上,则足以见须眉而察理矣。微风过之,湛浊动乎下,清明乱于上,则不可以得大行之正也。心亦如是矣。"何坦借用荀子的语句,以水作喻,强调人心如水,要谨慎行事,不要受外物的诱惑。

水道上,岸边的人比船上的人更能看清航道;棋盘前,观棋的人比下棋的人更清楚棋局形势。因为旁观者清,静者比动者能更清晰地认识和解决问题。微风拂过后,水面失去了平静,水变浑浊,自然不再清澈明亮。以水察人,人也应该保持清醒的头脑,坚持谨慎的态度,看清事物的真正面目,深入审察问题,做正确的、清廉的事,不要被搅乱的局面所迷惑看不清真相,或者被利益所迷惑躲避真相。

智慧的人要不断修炼身心,以达致平静如水的高境界。

名　说　邓　牧①

　　善誉人者人誉之，善毁人者人毁之，施报之常也。世有好名之士，以其高天下者自负，恐天下之人挟其所长有以轧己，于是毁之为不足道。为不足与吾并，以表见其高。天下之人不堪其毁，争起而毁之。其始也求得美名，而终也反为天下之恶所归，是不得取名之道也。是以古之君子道高而愈谦，德尊而愈恭。其于人也，遏恶而扬善，人之有善若己有之，唯恐其不得闻，而以为己所不逮②；不幸闻人之过，则亦含容覆护③，不忍其不得为君子。故天下之人不堪其誉，争起而誉之。其始也虽若自贬，其终也乃为天下显人，是得取名之道也。

　　夫以口胜天下，天下之口不犹众乎？或曰："吾道高矣，德尊矣，岂天下所得而强毁者？"曰：在己有可誉之实，人固不得而毁之。然道诚高德诚尊者，决不至于善毁人；而善毁人未有不为道德之累也，奚其高且尊？或曰："我诚善誉人，不幸人之毁己也，恶声至，反之如何？"曰：不然。我之誉人也多，则人之誉我也亦多。一人之毁不足胜众人之誉矣。……④

　　夫善誉人者，于己为盛德，于人为令名，此之谓两益；善毁人者，于己为薄德，于人为恶名，此之谓两损。两损两益之间，其相去亦远矣，不可不察也。

《伯牙琴》

【注释】

①邓牧（1247~1306）：字牧心，号大涤隐人，自号"三教外人"（儒、佛、道三教之外的人），世称文行先生，钱塘（今浙江杭州）人。元代思想家。他终生未娶，元灭宋后一直隐居不仕，与南宋遗民谢翱、周密等交往密切。著作有《洞霄图志》《伯牙琴》等。

②不逮：不及。

③含容覆护：包容掩盖维护。

④此处删去了孔孟等例证。

【赏读】

如何评判一个人名声好坏，道德是否高尚，德行是否尊贵？邓牧认为就看他自己是否谦恭，对别人是否遏恶扬善。

为什么有人会诋毁别人呢？作者认为：一是自视甚高，怕别人用他的长处来挤压自己，于是便贬低别人的长处；二是因为别人诋毁自己，让自己得到了恶名，自己便反唇相讥。但是诋毁别人并不能得到好名声。因为诋毁别人愈多，愈会遭到天下人的诋毁，好名自然不至。

要想得到好名声，应该做到"善誉人"，自己得到"盛名"，也使别人得到好名声，"此之谓两益"；反之喜欢诋毁别人的人，自己缺德，也让别人得到恶名，"此之谓两损"。两相对比，是非岂不昭然吗？

值得注意的是：本文谈的只是个人的品德修养问题，并不表明作者是个不辨是非、唯唯诺诺的好好先生。他曾在《君道》与《吏道》中猛烈抨击暴君与贪吏。对于公害的抨击和对于普通人的毁誉是不能相提并论的。作者自号"三教外人"，可见他的特立独行。

人生世间无足心满意者　吴　亮[①]

自古人伦贤否相杂，或父子不能皆贤，或兄弟不能皆令[②]，或夫流荡，或妻悍暴，少有一家之中无此患者。虽圣贤亦无如之何。譬如身有疮痍疣赘，虽甚可恶，不可决去，唯当宽怀处之。若人能知此理，则胸中泰然矣。古人所谓父子兄弟夫妇之间，人所难言者，如此。

人生世间，自有知识以来，即有忧患不如意事。小儿叫号，其意有不平。自幼至少，自壮至老，如意之事常少，不如意之事常多。虽大富贵之人，天下之所仰慕以为神仙，而其不如意事处，各自有之，与贫贱人无特异，所忧虑之事异耳，故谓之缺陷世界。以人生世间无足心满意者，能达此理而顺受之，则可少安矣。

《忍经》

【注释】

①吴亮（生卒年不详）：杭州（今属浙江）人。元代人。生平事迹不详。著有《忍经》。

②令：善，美。

【赏读】

人类自从有了思想便开始有了烦恼和忧愁，因为他们学会了比较，心有不满，还给自己定下了好与坏的标准。按照这个标准，"人生世间无足心满意者"。其实这个世界既没有绝对完美的事，也不会有时时刻刻都顺心顺意的人。所以，后来人们学会了自我安慰，常用"金无足赤，人无完人"来强调人与事总有不如意处，也常用"家家有本难念的经"来说明人有烦恼是常态。

明白了这个道理，就可潇洒地笑看人生，也会坦然地面对人生缺憾，从容应对困苦艰难。富人有富人的烦恼，与贫贱之人并无二致；神仙也有忧愁时，凡人更有理由快活人生。

人皆有不如意之处，只不过遭遇的事不同而已，自古便如此，上天对此也无可奈何。既然无法百事顺遂，那就放宽心泰然处之，直面人生，正视忧患并战胜它，千万不可采取自欺欺人的鸵鸟政策，那才是害人又害己。

利害之忍 许名奎[1]

利者人之所同嗜，害者人之所同畏。利为害影，岂不知避！

贪小利而忘大害，犹痼疾之难治。鸩酒盈器，好酒者饮之而立死，知饮酒之快意，而不知毒人肠胃；遗金有主，爱金者攫之而被系，知攫金之苟得，而不知受辱于狱吏。

以羊诱虎，虎贪羊而落井；以饵投鱼，鱼贪饵而忘命。

虞公耽于垂棘而昧于假道之诈[2]，夫差豢于西施而忽于为沼之祸[3]。

匕首伏于督亢，贪于地者始皇[4]；毒刃藏于鱼腹，溺于味者吴王[5]。噫，可不忍欤！

《劝忍百箴》

【注释】

①许名奎（生卒年不详）：元代人。生平事迹不详。所著《劝忍百箴》四卷内容丰富，涉及忍的理论、方法、功用等多方面，可谓忍学集大成者。

②"虞公"句：事出自《左传·僖公二年》。虞、虢两国相邻，关系密切。晋国欲伐虢国，就用垂棘所产良璧贿赂虞公，想借虞国之道来攻伐虢国。虞公贪财而愚昧，答应借道于晋，结果晋灭虢，又灭虞。

③"夫差"句：吴国战胜越国后，吴王夫差沉迷于西施美貌，骄奢淫逸，最终吴国被越国灭亡。

④"匕首"二句：荆轲带督亢地图，献给秦王嬴政，图穷匕现，荆轲刺秦王，不中，被杀。

⑤"毒刃"二句：专诸将"鱼肠"剑藏于鱼腹中，向吴王僚进献鱼炙，伺机刺杀吴王僚。

【赏读】

　　元成宗大德十年（1306），杭州人吴亮以"忍"为主题，收集了历代名人的言论和历史故事，编成《忍经》。四年后的元武宗至大三年（1310），许名奎以同样的主题，将古代史籍中的相关格言、历史典故等汇集成册，编成了《劝忍百箴》。吴、许二人都将眼光投射到历史的隧道中，并结合自己的人生经验和生活感悟，赋予"忍"以高度的生活哲理与人生追求。

　　中华民族是极具韧性的民族，谦让隐忍是美德，也是很多古人成功的前提和关键，如张良、韩信早年面对耻辱隐忍不发被传为美谈。作为儒家思想的重要内容，"忍"是人生的信条，是事业成功、人生幸福的关键。"忍"是一种涵养，体现的是人的气度和智慧。"忍"也是一种谋略，忍一时风平浪静，未来则可能海阔天空。

　　能"忍"是为人处世之道，善"忍"则是更深层与高级的精神境界。面对小利要能忍，面对诱惑要能忍，面对美色同样要能忍，忍住欲望，分清利与害，权衡利与害进而趋利避害，才是善"忍"。贪小利则忘大害，虞公与吴王夫差便因为面对利益的诱惑不善忍而遭遇亡国，历史的教训显然值得记取。

不遇盘根错节无足以别利器 王祎[①]

君子平居若无所事也,及涉于患难,则智愈明,气愈平,志愈增,德愈成,道愈凝。故曰:不遇盘根错节[②],无足以别利器[③]。

财者陷身之阱,色者戕身之斧头,酒者毒肠之药。人能于斯三者致戒焉,灾祸其或寡矣。

《华川卮辞》

【注释】

①王祎(1322~1373):字子充,义乌(今属浙江)人。明代文学家、史学家。与宋濂同修《元史》。著作有《王忠文公集》等。
②盘根错节:比喻事情困难复杂。
③别:辨别。利器:锐利的兵器,比喻突出的才能。

【赏读】

古人对修身养性情有独钟,在诗文中循循善诱甚至有点唠叨地反复强调,清言小品中也充满了谆谆教诲。这体现了古人强烈的社会使命感和正义感。因此,我们完全可以领会和理解他们的良苦用心,而且,他们的教诲也总是以形象性和智慧见长,读来颇为轻松。

人生的路很长,如何走得顺畅、完美,取决于自我精神世界的完善和崇高心灵的构造。追求财富容易身陷贪欲的陷阱,追求美色极易面临伤身的大斧，贪图酒杯则可能喝入灌肠的毒药。若沉迷于这三害中，人生就会布满荆棘。只有努力戒除三害，灾祸才会减少，人生才会一帆风顺。

只是，有时灾祸完全无法避免，突然降临怎么办？那就在患难中锻炼心智，磨炼能力。因为不遇盘根错节就无法识别锐利的兵器，不经历苦难就无法练就克服苦难的本领。才能由不断的锻打而练成，杰出的能力要经历无数的困难考验而获得。枫叶遇霜打才更火红，意志经磨炼而更坚强。人生也如此，并非不遇灾祸就圆满。我们应当努力培养杰出的才能，锻炼坚定的毅力，以应对人生的一切挑战。

利人之言暖如绵丝 范立本[①]

刀疮易好,恶语难消。

利人之言,暖如绵丝。伤人之语,利如荆棘。一言半句,重值千金。一语伤人,痛如刀割。

口是伤人斧,唇是割舌刀。闭口深藏舌,安身处处牢。

逢人且说三分话,未可全抛一片心。不怕虎生三个口,只恐人怀两样心。

酒逢知己千钟[②]少,话不投机半句多。

能言能语解人,胸宽腹大。

道听而途说,德之弃也。

谈论宿命天意,虽然不必当真,也强过谈论七情六欲;谈论道行品德,虽然不一定践行,也强过讲世俗之事。

《明心宝鉴》

【注释】

①范立本（生卒年不详）：明代人。所著的《明心宝鉴》辑录了先贤关于品德修养、安身立命等方面的语录、格言精华，文采绚烂，朗朗上口，内容丰富而思想深刻，被认为是明朝最流行的通俗读物。

②钟：通"盅"，酒杯。

【赏读】

以上格言选自《明心宝鉴·言语篇》，从先贤圣人的语录中，我们可以领略学会说话和善于说话的大致道理。

正常人交流离不了说话，可有人说话让人笑，也有人说话让人跳，这就是说话的效果，也就是说，"会"说话是一门艺术。

闭口藏舌少说话，牢记祸从口出的道理；说话要说利人之言，不要说伤人之语；说话要有根据，不要道听途说；说话要说道行品德，谈宿命天意，而少说七情六欲、世俗之事；等等。这些其实都是一些基本的道理，并不深奥，但做到而且做好未必容易。

《明心宝鉴》是劝人行善的书，"明心"即内省之意。明初问世后成为流行的启蒙读物，并盛行于东亚国家，是第一部被外国传教士译成外文的中国作品。尤其在韩国等国是孩童早期教育的必读书，韩剧《大长今》中，长今接受医女训练时朗声诵读的"天听寂无音，苍苍何处寻？非高亦非远，都只在人心"便出自《明心宝鉴》。

交友之道 王达①

先淡后浓，先疏后亲，先远后近，交朋友之道也。世之人喜于目前，而不虑于日后。一言稍合，杀羔羊，具美酒，出妻子②，倾肝胆，虽丝竹无以喻其和，虽金石无以喻其坚，惟恐心之不结，颈之不刎，情之不通也。及乎片言不合，一利不均，一食不至，则怒心斯生，各相厌斁③。凡昔日出妻子者，造之为是非之根，倾肝胆者，畜之为哗诘④之本，其和且坚者，变之为干戈矛盾之相仇矣，不亦深可戒哉？是故晏平仲⑤善与人交久而敬之者，不过以义相合尔。吁！君子之交淡如水，小人之交浓如醴。水虽淡，久而味长，醴虽浓，久而怨起。吾闻之古人云。

大凡不仁之人，不可与游，何也？不仁之人其心不常悦。悦，则把袂连衽，倾心覆胆；怒，则持戈执戟，怒气相加矣。夫与之游尚不可，况欲与之谋大事，决大疑哉？

《笔畴》

【注释】

①王达（生卒年不详）：字达善，别号耐轩居士，无锡（今属江苏）人。明代文人，洪武时为大同府学，号称东南五才子之一。博通经史，有《耐轩集》《天游稿》等著作。

②出妻子：遗弃妻儿。

③厌斁（yì）：厌恶。

④哗诘：责问，吵闹。

⑤晏平仲：即晏婴，字平仲，春秋时齐国人。孔子很赞赏晏婴的交友之道，称他"善与人交，久而不失其敬"。

【赏读】

人类生活在一个群居的世界中，无论是情感抒发还是日常生活，都需要与人交流信息、分享情感。有人可以与别人倾心交流，成为知己。但有人则无法与人沟通，更少有知己朋友，成了孤家寡人。究其根源，也许原因复杂，但其中或许有交友的方式方法问题。

君子之交淡如水，小人之交浓如醴。保持距离、适度交往，这就是交友之道的核心。由淡而浓，由疏而亲，由远而近，做朋友首先需要互相了解，知己知彼，然后互相理解，最后成为知己。真正的朋友应该有一生一世的情谊，完全经得起时间的考验，虽如水一样淡，但韵味久长。

而那些一见如故的人，热络的速度超乎寻常，一见面便似乎相见恨晚，恨不得掏心掏肺。可这种人的热乎劲来得快去得也快，一旦言语不合，便可能"怒气相加"，视为仇敌。这样的朋友虽起初交情像甜酒一样浓，但友情无法持久，还可能带来祸害。

交友之道的学问很深，需要细细体味，有时还得吃亏上当方能领悟。

不怨天不尤人 王 达

我以厚待人，人以薄待我，匪①薄也，我厚之未至也；我以礼待人，人以虐加我，匪虐也，我礼之未至也。厚也，礼也，自我行之；薄也，虐也，由我召之，彼何罪耶？然则我厚矣，礼矣，彼复薄虐者，乃我命也，彼何罪耶？是故不怨天，不尤人，庶几②君子乎？

辱之一事，最所难忍。自古豪杰之士，多由此败也。窃意辱之来也，察其人如何，彼为小人耶，则直③在我，何怒之有？彼为君子耶，则直在彼，何怒之有？世之人不审辱之所自来，一以怒应之，此其所以相仇而相害也欤？《书》曰："必有忍，其乃有济。④"意正如此。

《笔畴》

【注释】

①匪：通"非"。

②庶几：也许可以。

③直：公平，正义。

④"必有忍"二句：语出《尚书·君陈》。济，成就，成功。

【赏读】

在《笔畴》的开篇，王达写道："静坐荒斋，心口共语，天理人情，殊加有省。"他将著作命名为《笔畴》的用意是"用以自戒"。的确，在《笔畴》中，有许多自我省视的内容。

自己宽厚待人，但别人却刻薄待我；自己礼貌待人，但别人对我却很暴虐。作为一般人来说，早该怨天尤人，怨这个世界以及这个世界上的人嫉恨自己，总和自己过不去。可王达没有，他以仁厚之心对待自己，也以宽容之心对待别人，遇事审视自己，从自己身上找原因。厚与礼是自己的主动行为，薄与虐是别人的行为，但没准儿原因在自己，因而过错仍然在我。即使别人一味地刻薄待我，那也可能是自己命该如此吧，所以都不必动怒，而是冷静以对。不怨天尤人，能容忍才可能称得上君子。

王达以深刻的自省、以宽容与仁厚之心生活在这个世界，如果这个世界能回报给他公平与正义，那他的隐忍是值得的。可如果因此招来变本加厉的辱、薄与虐，他的付出是否仍有意义？对待那些缺乏基本道德之人，我们是否应该如君子般一味宽容？

有志竟成 赵世显[1]

难事，有志竟成，心分则废。远道，缓行亦到，性急何为？

处事得一"忘"字，神气俱清。遇事不着竞心，人己各适。

用功如远行，迟半日则程途少半日。进道若登塔，上一层则识见高一层。

《一得斋琐言》

【注释】

①赵世显（生卒年不详）：字仁甫，侯官（今福建福州）人。明代文人。万历十一年（1583）进士，官至池州府推官。著有《芝园文稿》《赵氏连城》等。

【赏读】

《一得斋琐言》被收入赵世显的《芝园文稿》。针对如何用功、怎么成功，赵世显提出了中肯而通俗形象的建议。

用功学习要趁早，晚了就会像走路一样落后别人一程。对待困难要有恒心意志，有志者事竟成，缺乏坚持到底的恒心则免不了半途而废。为了达到自己的目标，最关键的是要循序渐进，有计划有步骤，脚踏实地，一步一个脚印。心急吃不了热豆腐，巴望着一日登天无异于痴人说梦。通向成功之路需要诚实稳重，不要企图走捷径，不要耍小聪明。

淡如秋水贫中味　吴与弼①

淡如秋水贫中味，和似春风静后功。

莳蔬②园中，虽暂废书③，亦贫贱所当然，往观农，途中读《孟子》，与野花相值④，幽草自生，而水声琅然。延伫久之，意思潇洒。

山中独行，甚乐。万物生意盎然。时步岗顶，回望，不胜之喜，欲赋山椒一览诗。

力除闲气，固守清贫。

昼寝起，四体甚畅，中心洒然。安贫乐道，何所求哉？

每日劳苦力农，自是本分事，何愠之有？"素贫贱，行乎贫贱。"⑤

夜病卧，思家务，不免有所计虑，心绪便乱，气即不清。徐思可以为力致者，德而已。此外非所知也。吾何求哉？求厚吾德耳。心于是乎定，气于是乎清。明日，书以自勉。

《康斋日录》

【注释】

①吴与弼（1391～1469）：初名梦祥，字子傅，一字子传，号康斋，抚州崇仁（今属江西）人。明初理学家、教育家。躬耕读书，来学者众。其文效法欧阳修与苏洵父子，风格清明峻洁。著有《康斋文集》。

②莳蔬：种菜。

③废书：不读书。

④相值：相遇。

⑤"素贫"二句：语出《中庸》："君子素其位而行，不愿乎其外。素富贵行乎富贵，素贫贱行乎贫贱。"意谓处在贫贱的位置，就做贫贱时应该做的事。

【赏读】

明初理学家吴与弼毕生不应科举，潜心于程朱理学的研究与宣讲，并躬耕食力，过着清贫但闲适自在的生活。

病卧在床时想到家中琐事，不免焦虑，心绪变得不安定，心气不清爽。但细细思量，原本所追求的不就是德吗？除了增加自己的德行外别无所求，于是乎心定了，气爽了。

在追求理想的过程中遇到不如意之事免不了会有所动摇，但清楚自己的选择并坚持走下去，绝不回头，小小的生活波澜便不足为惧。

自己种菜、自食其力自是本分事，生活清贫也无须抱怨。独行山中，观万物生意盎然，心中无比欢畅。身处田野，伴着野花读《孟子》，听水声潺潺，多么潇洒自在！

吴与弼固守清贫，安贫乐道，潜心研究与讲学，好名声传遍乡里，求学者络绎不绝。《康斋日录》记录了他读书讲学的心得以及日常生活中的感悟，语言通俗而意蕴深刻。

名节之大 薛 瑄①

大丈夫以正大立心，以光明行事，终不为邪暗小人所惑而易其所守。

为善勿怠，去恶勿疑。

勿以小事而忽之，大小必求合义。

名节之大，不可妄交非类，以坏名节。

圣贤成大事业者，从战战兢兢之小心来。

《从政录》

【注释】

①薛瑄（1392~1464）：字德温，号敬轩，河津（今属山西）人。明代理学家，河东学派创始人。善文辞，著有《薛文清集》《读书录》等。《从政录》是后人依据薛瑄的《读书录》和《从政名言》辑录而成，专论从政之道，事理通达，警句甚多。

【赏读】

为官与为人的相通之处都是要正派诚实。为官的标准显然要高于做人的标准，因为做官不仅要正派，还要有一腔热情，有甘为人民公仆的勤奋与奉献精神。所以，在其位应谋其政，如果不愿意或者不想奉献，那还是离官场远点。

官场上的奉献精神占几何，那由为官者的具体作为来考察，而要做一个合格的官员，在官场中该做什么、如何做，自己心里应该有杆秤。薛瑄指出的为官之道涉及各方面，最基本的其实与做人之道并无根本不同。如成大事者，做事一定小心谨慎，心胸要正直博大，做事要光明磊落。为善时不要怠慢坚持做，去恶时要毫不犹豫莫迟疑。不要因为小事就不放在眼里，不论大事小事都要合乎节义。名节可是大事，不要结交一些行为不端的人，他们会坏了你的名声。

这些语录是薛瑄的官场心得，也是他在社会中摔打后的经验总结。这些至理名言中蕴含的深刻哲理不仅是官场也是人世间行为处事的行为准则，理应牢记在心。

菊逸说　陈献章①

　　草木之品在花，桃花于春，菊花于秋，莲花于夏，梅花于冬。四时之花，臭②色高下不齐，其配于人也亦然。潘岳③似桃，陶元亮④似菊，周元公⑤似莲，林和靖⑥似梅。惟其似之，是以尚之。惟其尚之，是以名之。今之托于花者，吾得一人焉。吉水处士张某，号菊逸，盖贤而隐者。屈子曰："餐秋菊之落英。⑦"陶子曰："秋菊有佳色，裛露掇其英。⑧"皆以菊为悦者也，皆古之贤人也。

　　菊之美不待赞。菊，花之美而隐者也。某之托于菊也，亦不待赞。

《白沙集》

【注释】

①陈献章（1428～1500）：字公甫，号石斋，别号碧玉老人，世称白沙先生，新会（今广东江门市新会区）人。明代学者。提倡学风自由开放。著有《白沙集》。

②臭（xiù）：气味。

③潘岳：西晋文学家。

④陶元亮：即陶渊明，字元亮，东晋诗人。

⑤周元公：即周敦颐，谥号元公。

⑥林和靖：宋代文学家林逋，谥"和靖先生"。

⑦"餐秋"句：语出《楚辞·离骚》。后人咏菊时便常用"餐

英"比喻高洁。

⑧"秋菊"二句：语出陶渊明《饮酒（其四）》。

【赏读】

　　寄情于物，以物品人，古今皆然。有以物自喻者，有以物喻人者。草木无情人有情，人的情感寄寓于草木花鸟后，便给它们染上了情感色彩。四季之花，气味、颜色不同，其寄寓的品格不同，便与特定的人有了特定的关联。如周敦颐与莲花、陶渊明与菊花，进而莲花的高洁、菊花的悠然与周敦颐、陶渊明便具有了特别的勾连与象征含义。

　　陈献章对百花盛开的自然界情有独钟，在他的笔下，桃花、菊花、莲花、梅花等争奇斗艳，组成了生机勃勃的美丽世界。"草木之精气下发于上为英华，率谓之花"。花与人的气质、精神命脉相通、息息相关，花与人相配是因为二者气质相似，"惟其似之，是以尚之。惟其尚之，是以名之"。

　　这篇《菊逸说》同样强调花和人的气质相通。美丽的菊花是花之世界的隐者，无论是屈原还是陶渊明，在他们的诗句中皆流露出菊花般淡泊名利的高洁之气，与贤人的气质如此巧妙地契合，令人欣赏之下在愉悦中对菊花多了几分敬意，于潜移默化中心灵得以沉静，情感得以升华，对世间万物也增添了许多仁慈的关爱之情。

禽兽说 陈献章

人具七尺之躯，除了此心此理，便无可贵，浑是一包脓血裹一大块骨头。饥能食，渴能饮。能着衣服，能行淫欲。贫贱而思富贵，富贵而贪权势。忿而争，忧而悲。穷则滥①，乐则淫。凡百所为，一信气血②，老死而后已。则命之曰禽兽，可也。

《白沙集》

【注释】
①滥：无所不为。
②气血：本能。

【赏读】
人自认为是高级动物，自以为很高贵，所以，人当然不是禽兽。但是，陈献章剥开了人的这层虚伪的外衣，直截了当地宣称：人就是禽兽。

作者道出了人与禽兽无异的最大的问题：人往往只依靠本能作为、行事，而不是理性地思考自己的言与行。

发现了人与禽兽无异不必悲哀，要紧的是赶快行动，去掉身上那些与禽兽相同或相似的东西，努力做出作为人该做的事，提升人的思想和行为境界。否则，人就永远是禽兽了。

心不可一日放 胡居仁①

志不可一日坠②,心不可一日放。

欲为天下第一等人,当做天下第一等事。

才不胜,不可居其位;职不称,不可食其禄。

循序而渐进,熟读而精思。

不能因时损以通其变者,正为道之不明也。

《居业录》

【注释】

①胡居仁(1434~1484):字叔心,号敬斋,余干(今属江西)人。明代学者,学承程朱学派。一生讲学,以布衣终其身。著有《居业录》等。《居业录》是他的讲学语录。

②坠:失掉。

【赏读】

胡居仁继承程朱理学,他无意仕途,筑室梅溪山中,一生以讲学为业。《居业录》便是他思想与讲学的结晶。

无意仕途,可能是不适合官场,更可能是心志清高拔俗,难以容忍官场的污浊之气。这种思想当然会在《居业录》中体现。"欲为天下第一等人,当做天下第一等事。"做人与做事要相称,要做成功的人当然要先做成功的事,这是做人的基本标准。坚持自己的志向,不能有一天一时的放松和遗忘;严格要求自己,不可一日一时放纵自我。显然胡居仁对做人处事要求很高,"才不胜,不可居其位;职不称,不可食其禄",才能要与地位相配。生活中也许有许多"才"与"位"不相称的现象,但只有对自身严苛的人才能不断鞭策自己,不放松不放纵。这也应该成为每个人的行为准则。

彩色养目亦病目　　祝允明[①]

彩色所以养目,亦所以病[②]目;声音所以养耳,亦所以病耳。耳目之视听,所以养心,亦所以病心。中[③]则养,过则病。

《读书笔记》

【注释】

①祝允明(1460~1526):字希哲,号枝山,又号枝指生,长洲(今江苏苏州)人。明代文学家、书法家。放诞不羁,爱标新立异。其书法颇受世人赞誉,有"唐伯虎的画,祝枝山的字"之说,是明代"吴中四才子"之一。有散文和笔记小说传世,笔调清俊流畅。著有《怀星堂集》等。

②病:损害,伤害。

③中:适度。

【赏读】

凡事皆有度,不能走极端。祝允明简洁而清晰地指出了这个通俗的道理。

斑斓的色彩赏心悦目,看着舒服,可以养眼,但有时过于繁杂的色彩也会让眼睛疲倦,过分炫目的色彩反而伤眼。柔和优美的声音听着悦耳,可以养耳,但听久了也会伤耳,更不用说嘈杂的声响对耳朵的伤害了。同理,耳目的视听作用可以养心,也可以伤心。总之,凡事应该适度,适度的的色彩和声音养人,一旦过度了只能伤人。

道理简单，但生活中常常发生这种走极端的事。东西好吃便吃个不停，结果吃坏了肚子进了医院。游戏好玩便玩得昏天黑地，结果伤了身体，耽误了学习和工作。出现这些问题的关键就是缺乏对自我能力的审视与掌控，所以做事喜欢走极端，不懂得适度。明白了过犹不及的道理，找到了问题的症结，那么，就要学会自我控制，节制欲望，适可而止。

菊隐记 唐 寅①

君子之处世,不显则隐,隐显则异,而其存心济物,则未有不同者。苟无济物之心,而泛然杂处于隐显之间,其不足为世之轻重也必然矣。君子处世而不足为世之轻重,是与草木等耳。草木有可以济物者,世犹见重,称为君子,而无济物之心,则又草木之不若也。为君子者,何忍自处于不若草木之地哉?吾于此,重为君子之羞。草木与人,相去万万,而又不若之,则虽显者亦不足贵,况隐于山林丘壑之中者耶?吾友朱君大泾,世精疡医,存心济物,而自号曰菊隐。菊之为物,草木中最微者,隐又君子,没世无称之名。朱君,君子也,存心济物,其功甚大,其名甚著,故非所谓泛然杂处于隐显之中者,而乃以草木之微,与君子没世无称之名以自名,其心何耶?盖菊乃寿人之草,南阳甘谷之事验之矣②,其生必于荒岭郊野之中,惟隐者得与之近,显贵者或时月一见之而已矣。而医亦寿人之道,必资草木以行其术,然非高蹈之士,不能精而明之也。是朱君因菊以隐者,若称曰:"吾因菊而显。"又曰:"吾足以显夫菊,适以为菊之累,又何显隐之可较"云。余又窃自谓曰:"朱君于余,友也。君隐于菊,而余也隐于酒。对菊令酒,世必有知陶渊明、刘伯伦③者矣。"因绘为图,而并记之。

《六如居士集》

【注释】

①唐寅（1470~1523）：字伯虎，一字子畏，号六如居士、桃花庵主等，吴县（今江苏苏州）人。明代画家、文学家。以诗文与祝允明、文徵明、徐祯卿并称"吴中四才子"；以画名与沈周、文徵明、仇英并称"明四家"。著作有《六如居士集》。

②"南阳"句：据东晋葛洪的《抱朴子》记载：南阳郦县山中有甘谷，谷上左右遍生菊花，谷水因此甘甜，谷中居民都饮用此水，无不长寿。

③刘伯伦：即晋代"竹林七贤"之一的刘伶，字伯伦，平生嗜酒，曾作《酒德颂》。

【赏读】

中国古人常常把花草树木人格化，而且把它们的意象赋予某种公认的含义。比如松代表坚劲，兰代表高洁，牡丹代表富贵，菊代表隐逸，等等。唐寅以自己的好友、医生朱大泾"自号曰菊隐"作为话题，用他与生于"荒岭郊野之中"的"寿人之草"菊相映衬，赞颂了他虽"隐于山林丘壑之中"却"存心济物"行"寿人之道"的大功大德。进一步阐发了自己的处世哲学：人无论隐、显，只要"存心济物"，就值得称颂，否则将"草木之不若"。这不但与孟子说的"穷则独善其身，达则兼善天下"有异曲同工之妙，而且还有所发展。因为"独善其身"指的是修养自身，而"存心济物"指的是对社会有益。人们常常说唐寅玩世不恭，其实他的思想境界还是很高的。

天下无心外之物　王阳明①

先生游南镇②，一友指岩中花树问曰："天下无心外之物。如此花树，在深山中自开自落，于我心亦何相关？"

先生曰："你未看此花时，此花与汝心同归于寂；你来看此花时，则此花颜色一时明白起来，便知此花不在你的心外。"

又曰："目无体，以万物之色为体；耳无体，以万物之声为体；鼻无体，以万物之臭为体；口无体，以万物之味为体；心无体，以天地万物感应之是非为体。"

《传习录》

【注释】

①王阳明（1472~1529）：名守仁，字伯安，自号阳明子，余姚（今属浙江）人。明代哲学家。反对程朱学派，发展了陆九渊学说，主张以心为本体，提倡"致良知"学说，文风博大畅达。著作有《王文成公全书》。《传习录》是王阳明的问答语录和论学书信集，记录了他的所有重要观点。

②南镇：浙江会稽山在隋文帝开皇年间被封为南镇。

【赏读】

天下无心外之物，人与自然和宇宙处于同一个循环体系之中，人的心灵也与万物同呼吸。所以，虽然人与长在深山之中的花树相隔遥远，也未必知晓那棵自开自落的花树的存在，但花树依然潜存于人心深处，人与花树依然心灵相通，只不过"同归于寂"。一旦人与花树相遇，则花色顿然"明白起来"。可见人与花的沟通在于心灵，也只有在人与万物的心灵沟通与感应中，人才会自然产生声色臭味等感觉。

王阳明代表的阳明学属宋明道学中的心学一派，该学说抛弃了朱熹的天理本体论，强调以心即良知为本体，天理不在圣人而永在我心。本文典型地反映了王阳明的这些思想。

一言剪裁 王阳明

先生锻炼人处,一言之下,感人最深。一日,王汝止^①出游归,先生问曰:"游何见?"对曰:"见满街人都是圣人。^②"先生曰:"你看满街人是圣人,满街人倒看你是圣人在。"

又一日,董萝石^③出游而归,见先生曰:"今日见一异事。"先生曰:"何异?"对曰:"见满街人都是圣人。"先生曰:"此亦常事耳,何足为异!"

盖汝止圭角^④未融,萝石恍见有悟,故问同答异,皆反其言而进之。

洪与黄正之、张叔谦、汝中丙戌会试归^⑤,为先生道途中讲学,有信有不信。先生曰:"你们拿一个圣人去与人讲学,人见圣人来,都怕走了,如何讲得行?须做得个愚夫愚妇,方可与人讲学。"

洪又言:"今日要见人品高下最易。"先生曰:"何以见之?"对曰:"先生譬如泰山在前,有不知仰者,须是无目人。"先生曰:"泰山不如平地大,平地有何可见?"先生一言剪裁,剖破终年为外好高之病,在座者莫不悚惧。

《传习录》

【注释】

① 王汝止:即王艮,王阳明弟子,创立泰州学派。

② "见"句:王阳明弟子的口头禅,是他们从王阳明良知说中

体悟出来的。

③董萝石：即董沄，号萝石，师从王阳明。

④圭角：比喻锋芒。圭，玉制的礼器。

⑤洪：即钱德洪，本语录的记录者，与张叔谦、汝中几人都是王阳明的学生。

【赏读】

在教育学生、传播学说方面，王阳明有不少独到的方法和经验，比如以这种方式锻炼学生辨识和领会辩证思想：学生告诉先生满大街人都是圣人，这本是先生的学术思想，可先生却认为学生本就是圣人；学生报告发现异事，先生偏说不足为异；学生崇敬先生如泰山般伟大，先生却说远不如平地大。先生一席话令众人震撼而且"在座者莫不悚惧"。王阳明正是以这种辩证逻辑观点告诫学生，教会他们透过现象看本质，提高判断分析事物的能力和觉悟，也形象地点破了学生好高自大的毛病。一言剪裁，"感人最深"，让大家受用无穷。

自 得 王廷相[①]

自得之学,可以终身用之。记闻而有得者,衰则忘之矣,不出于心悟故也,故君子之学,贵于深造实养,以致其自得焉。

思之精,习之熟,不息焉,可以会通于道;一之,可以入神。

养性以成其德,应事而合乎道,斯可谓学问矣。气质弗变,而迷谬于人事之实,虽记闻广博,词藻越众,而圣哲不取焉。

广识未必皆当,而思之自得者真;泛讲未必吻合,而习之纯熟者妙。是故君子之学,博于外而尤贵精于内,讨诸理而尤贵达于事。

潜心积虑以求精微,随事体察以验会通,优游涵养以致自得。苦急则不相契而入,旷荡则过高而无实,学者之大病。

《慎言》

【注释】

①王廷相(1474~1544):字子衡,号浚川,仪封(今河南兰考东)人。明代哲学家、文学家,明文坛"前七子"之一。主要著作有《慎言》《雅述》等。《慎言》共十三篇,是王廷相"仰观俯

察，验幽核明，有会于心，即记于册，三十余年，言积数万"而成的重要哲学著作。

【赏读】

　　王廷相的哲学思想与程朱理学有诸多分歧，如他坚持元气说，认为"气"（物质）不灭，有"气"才有"理"。他强调学习，而且是在实践中学习，这样才能获得"真知"。以上几则格言选自《慎言·潜心篇》，集中体现了王廷相潜心学习、"思""习"结合、内外交养的观点。

　　真正的学问"博于外而尤贵精于内，讨诸理而尤贵达于事"，这就是内外交养，不应固守书房，不要死抱着既有的陈旧观念不放，而应内外兼修，灵活地看待问题，以变化、发展的眼光看世界。所以，"思之精，习之熟"，要明白感性认识和理性认识同样重要，不可偏废，要学会从书本知识和人生经验中得出自我的独到体会。

　　王廷相强调的"自得"是一种独立思考的精神，是依靠自身的能力既思且习，即既要潜心积虑地求得精微又要随时体察事物以融会贯通，以此来获得对事物的认识和理解。"自得"的思想精髓在当代仍是我们应当借鉴与奉行的思想和行为准则之一。

物随气以变化 郎 瑛[①]

万物随天地之气以生杀,变化之道寓焉。若春夏之气飞扬也,故青虫化蝴蝶,水虫化蜻蜓;秋冬之气降潜也,故雀入大水为蛤,雉入大水为蜃。举此则凡物可知,故人欲顺天地之气以养焉。

《七修类稿》

【注释】

①郎瑛(1487~1566):字仁宝,号藻泉,仁和(今浙江杭州)人。明代文人。好读书。著有《七修类稿》。《七修类稿》是一部史料笔记,内容包括历史掌故、社会风俗和艺文考辨等。

【赏读】

古人讲"气",认为身体里的气脉相通人便健康,反之则可能病魔缠身。天地的道理同人一样,也由"气"掌管万物的变化之道,比如春夏之气上扬,所以青虫、水虫分别化作会飞的蝴蝶、蜻蜓;秋冬之气降潜,故雀、雉分别入水变为蛤、蜃。这是自然与万物的进化之道、变化之理。

既然物随气而变化,同理,人也要顺应天地之气修身养性,用一句通俗的话说,就是顺应自然。人之气是身体中的自然之气,按照生理规律运行,饿了吃,渴了喝,困了闭眼休息,顺应身体的规律人才会健康。跑步等健身运动是让气顺畅和谐的最佳方法;而熬夜、酗酒等则违背了正常运作的生理机能,破坏了气血的正常运作,自然不利于延年益寿。

中国哲学讲究"气",讲究"天地合气,万物自生","有理便有气"。中医也研究"气"。哲学与医学也许有各自的诠释,但对普通人而言,"气"就是人体运作规律的体现。人要健康生活,就要像顺应天地之气一样,尊重和顺应"气"的变化规律。

见境以生情　陆树声[①]

无云之月，有目者所快睹也，而盗贼所忌。花鸟之玩以娱人也，而感时惜别者因之堕泪惊心。故或见境以生情，或缘情而起境。

暑中尝默坐，澄心闭目作水观，久之觉肌发洒洒，几格间似有爽气，须臾触事前境，顿失故知，一切境惟心造，真不妄语。

遗喧入静者以瓢，因风动弃瓢以绝听，不知耳尘虽净，心尘未尽。盖六用为尘，若从耳根返源，则何所往而非静？故曰："风幡非动，由心返故。"

人与万物孰大，物万而人处一焉，则物大。然道生万物，万物之道备于人，备万物者之谓大。大于道则物不足言矣，是故至人能细万物。

广野中阳焰，望之如波涛奔马，及海中蜃气为楼台人物之状，此皆天地之气，缊氤荡潏，回薄变幻，何往不有？故知万象者，一聚之气两间之幻有也。

《清暑笔谈》

【注释】

①陆树声(1509~1605):字与吉,号平泉,松江华亭(今上海市松江区)人。明代文学家、名臣。官至礼部尚书。晚年归乡,闭门谢客,"日与笔砚为伍"。著述繁丰,有《陆文定公集》等。《清暑笔谈》为记录生活琐事的笔记小品,文笔清雅风趣、疏淡闲适。

【赏读】

陆树声一贯追求闲适生活,虽在仕途但几次告归,晚年辞官归乡后再不问政事,一心读书写作,近百岁而卒。长寿老人喜欢故乡家园的归隐生活,他的人生经验绝不止点滴积累,流传给世人的也是丰富多彩的人生总结。《清暑笔谈》是读书与生活的记录,也是他生活经验的领悟和感受。

古代文人对情与境有颇多研究。情是一种主观的情绪,境是一种客观的景象。情境便是主观的情与客观的境、景的结合,所谓"见境以生情"、"缘情而起境",便是因为人们在面对自然万物时触发了内心的情感,使得客观的事物也具有了强烈的主观情感。"感时花溅泪,恨别鸟惊心"的诗句之所以感动人心,是因为此情此景皆由心造。陆树声显然也很精通此理,"一切境惟心造",情境、意境的产生其实都是心中的情感在起作用。

友琴生说 徐 渭①

陆君以清才少年入国子②，宜其一意于干禄之文③。顾嗜古，已即能为古诗文。又嗜琴，久之得其趣，益与之狎④，视琴犹人也。行则囊以随，止则悬以对，忧喜所到，手出其声，若与之语，因自呼曰"友琴生"，人亦以友琴生呼之。

余客金陵，友琴生则来访余，问以说。余尝见人道友琴生曩⑤客杭，鼓琴于舍，忽有鼠自穴中，蹲几下久不去，座中客起喝之，愈留，此与伯牙氏之琴也，而使马仰秣者何异哉⑥？夫声之感人，在异类且然，而况于人乎？又况得其趣者乎？宜生之友之也。

生请益⑦，余默然，生亦默然。顷之曰："似得之矣，然愿子毕其说。"余曰："生诚思之，当木未有桐时，蚕不弦时，匠不斫时，人其耳而或无听也，是为声不成时。而使友琴生居其间，则琴且无实也，而安有名？名且无矣，又安得与之友？则何如？"君复默然，若有所遗也。已而曰："得之矣，乃今知于琴友而未尝友，不友而未尝不友也。"余曰："诺。"

《徐文长集》

【注释】

①徐渭（1521～1593）：字文长，号青藤老人、青藤道士等。山阴（今浙江绍兴）人。明代文学家、书画家。尤以写意花鸟著名。他才华横溢，桀骜不驯，幼年聪慧好学，琴棋书画无所不能；

晚年穷愁潦倒，甚至以卖书画为生。著作有《徐文长集》《四声猿》《南词叙录》等。

②国子：国子监，当时最高学府。

③干禄之文：用于科举考试、谋取官职的文章。干禄，谋取俸禄。

④狎：亲近。

⑤曩（nǎng）：过去。

⑥"此与"二句：据说春秋时音乐家伯牙鼓琴，马竟昂首聆听，忘记吃草料。

⑦益：这里指进一步说说。

【赏读】

陆君爱琴，喜欢抚琴，而且技艺高超，能把洞中的老鼠都感动得钻出来蹲在琴几下如醉如痴地聆听，以至于在座客人大声喊叫，它都不走。陆君自称为"友琴生"，人们也这么称呼他，本来是当之无愧的。然而当他去金陵拜访徐渭，两人谈论了老鼠听琴的故事之后，他想让徐渭进一步评说时，徐渭却沉默了，他也沉默了。两相沉默之中有什么潜台词呢？有可能是徐渭不想再溢美，而又一时找不到适当的言辞；陆君想听徐渭的进一步赞誉，而徐渭的沉默又使得他不能不有所反思。经过一番思虑，徐渭从制琴的过程出发，阐释了"琴且无实也，而安有名？名且无矣，又安得与之友"的高论。事实正如徐渭所云，如果没有人栽木成桐、缫丝制弦、斫桐造琴的话，又哪里有琴，又哪里有什么琴友呢？悟性很高的陆君沉默了片刻，终于悟出了其中的深意，于是得出"乃今知于琴友而未尝友，不友而未尝不友也"的结论。确实如此，自称琴友者未尝是真正的琴友，而那些栽桐、制弦、造琴者，他们没有以琴友自诩，但他们未尝不是琴真正的知心朋友啊！

成功人士是不是应当自谦自省，衷心感谢那些给他们创造条件的无名氏呢？在人们普遍赞誉台上表现出色的成功者的同时，是不是也应当给幕后那些不知名的人以衷心的敬佩呢？

失意时寻一条出路 徐学谟①

当得意时须寻一条退路,然后不死于安乐;当失意时须寻一条出路,然后可生于忧患。

遇沉沉②不语之士切莫输心,见悻悻③自好之徒应须防口。

世以不要钱为痴人,故苞苴④塞路。世以不谀人为迟货⑤,故谄佞盈朝。

面而誉之不如背而誉之,其人之感必深。多而施之不若少而施之,其人之欲易遂⑥。

凶人得志莫提贫贱之时,宕子⑦成名必弃糟糠之妇。

男子之力必胜于妇人,若对悍妻其手自缚。父母之尊素加于卑幼,使遇劣子其口常噤。

《归有园麈谈》

【注释】

①徐学谟(1522~1593):原名学诗,字叔明,一字子言,号太室山人。嘉定(今属上海)人。明代文学家、政治家。官至礼部尚书。著有《归有园稿》《春明稿》等。

②沉沉：深沉有心计的样子。
③悻悻：愤懑不平的样子。
④苴（jū）：指行贿的财物。
⑤迓货：不合时宜的人。
⑥遂：满足。
⑦宕子：浪荡子。

【赏读】

　　生于忧患，死于安乐。孟子的名言深刻而睿智，令后人感慨万端。经历了艰难困苦才能磨炼意志、承担重任。在安乐窝里享乐，没有经历风雨的考验，失败是早晚的事。徐学谟则异曲同工，从另一个角度强调行事须严谨：得意时给自己找条退路，便不会死于安乐；失意时努力寻条出路，就可生于忧患。也就是说，着眼于未来，从长计议，便能成就大业。

　　《归有园麈谈》是徐学谟归田后所作。他身居官场数年，人生经验甚多，故许多箴言都是发自内心的感慨，给人颇多启示。当面赞扬人不如背后赞扬人，这样被赞的人必定感受更深；多施舍钱财不如少施舍点，这样被施舍的人便容易满足。恶人得志时千万别提到他落魄的时候，浪荡子一旦成名必定抛弃共患难的妻子。

　　徐学谟还揭示了生活中的一些陋习和恶习，从反面给了我们警示。所以，该如何立身行事，自不待言。

遗子说　张元忭①

客有广买田宅以遗②其子者，其言曰："不如是不足以遗吾子。"张子③闻而诘之曰："子之父遗子几何？子之祖遗若父又几何？"客曰："吾祖所遗薄田敝庐耳，吾父始拓之，至余又拓之。"张子曰："若是，则安用子之汲汲焉为若子谋也？"客曰："夫人之子，亦安得人人贤且智，如吾父子之能自创立者？"张子逌然④而笑曰："噫！子过矣！子过焉！子亦安可逆料汝之子之不贤且智，如若父与子之能自创立也，而汲汲焉为之谋耶？若子广田宅以遗若子，而逆待之以不肖，遗之虽厚，待之实薄矣。且子既不肖待若子，又安望若子以贤且智自待，而终守子之所遗也？夫我则不然，我将以贤且智待吾子，即亡以遗吾子，视子之待若子，不已厚乎？"客默然而退。

《不二斋文选》

【注释】

①张元忭（1523～1593）：字子荩，号阳和，又号不二斋，绍兴山阴（今属浙江）人。明代学者。事亲至孝，治学笃守王阳明之学。著有《不二斋文选》等。

②遗（wèi）：给予。

③张子：作者自称。

④逌（yóu）然：悠闲舒缓的样子。

【赏读】

爱子女是父母的天性。为了孩子，父母辛苦操劳、当牛做马甚至甘愿献出自己的生命。可这些父母可曾想过，怎样做才是真正爱子女？是给他们留下足够多的田地、财富，让他们过着奢侈的生活，还是教给他们谋生的技能和做人的尊严？《遗子说》给出了答案。

有位客人，他的父亲几乎白手起家建立了家业，自己又将父亲的事业做大，如今他却广置田宅准备作为遗产留给自己的儿子。因为他觉得，孩子将来未必聪明贤德，未必像自己一样创家立业，所以希望为孩子留下足够多的家产。张元忭非常不赞成这种做法，他认为客人的想法错了，如果预料自己的孩子不贤德而留给孩子丰厚的田产，这是对子孙的不信任，也是在害他们，因为很可能孩子将来不仅不能保住这些家产，相反还会因此带来祸害。

张元忭的观点非常理性和睿智：父母应该培养孩子的独立性和创造性，留给子女的应该是"贤"与"德"这些精神遗产。孩子拥有了这些精神财富才会在社会中成功立足，也自然会带来物质财富。缺少自立精神的人即使拥有万贯家产，也会因为无技无能，最终坐吃山空。

古今中外败家子的教训值得记取。对父母而言，真正爱子女的方法是教会他们自立自强、学会生存和奋斗。

禽之集也翔以择木　田艺蘅①

禽之集也，翔以择木；兽之走也，挺以择荫；人之处也，审以择居。翔以择木，可以远矰②弋；挺以择荫，可以远陷阱；审以择居，可以远刑辟。

虎豹驱羊，孰不怜？豺狼驱民，熟能愍？

猛虎之势，奋于一扑。三军之气，作于一鼓。

有子如龙虎，不须作马牛；有子如豚犬，何须作马牛！

隼虽鸷，不能以攫凤。虎虽猛，不能以搏麟。

琴瑟合调，夫妇之所以谐音。埙篪③一节，兄弟之所以同气。鼍鸣而鳖应，兔死则狐悲。

鳌戴山而水居，蚁负粒而陆游，大小之乐，均也。蛇委腹而缓步，蚿百足而疾行，有无之势，一也。孰重孰轻，孰多孰寡，孰劳孰逸，理之各足焉耳。

麒麟、麋鹿，有角同也，然麒麟不能为麋鹿之解角。君子、小人，有心同也，然君子不能为小人之易心。

《玉笑零音》

【注释】

①田艺蘅（1524？～？）：字子艺，号品嵒子，钱塘（今浙江杭州）人。明代文学家，著名学者田汝成之子。为人磊落，博学能文。著有《煮泉小品》《留青日札》等。《玉笑零音》"采取新奇故事纬以俪语凡一百二十八条"，通古论今，多警言。

②矰（zēng）：古代一种用丝绳系住以便于弋射飞鸟的短箭。

③埙箎：皆乐器名，二者合奏声音和谐。

【赏读】

田艺蘅天资聪颖，博学多闻，但"七举不遇"，遂放浪西湖，优游山林。他著述甚丰，主要记录他在生活中"可喜、可愕、可哂、可疑、可怪、可奇之事"及优游山林的轶事和读书心得，内容涵盖生活的方方面面。

以上几则格言抒发的是田艺蘅对社会生活的体会与认识，是用动物界的道理来类比人类。这些动物大如虎狼小至蚂蚁，有天上的飞禽也有陆地上的走兽。以人际关系和处理原则来说，虽然动物的情感与处事不可能与人类相同，但动物的丛林原则与人确实有几分相似。比如躲避危险：飞禽择木而翔以避矰矢，走兽挺以择荫为躲陷阱，人类审慎择居是为了远离刑辟。比如和谐：琴瑟合调象征夫妻生活和谐，埙箎合奏象征兄弟和睦，和谐的双方少了一半则是悲哀，因此鼋鸣鳖应，兔死则狐悲。比如独特性：麒麟与麋鹿虽然都有角，但各有用处，无法互换，就如同君子与小人虽然也都有心，但君子不可能与小人换心。人做事需要气势，军队打仗要一鼓作气，就如同猛虎全部的气势在于奋力一扑。

  动物的生存靠的是弱肉强食,可它们确实是在遵循着动物食物链之间基本的生存与生活之道。人类处事的道理从某种程度上说与动物相似,但很显然,人应该比动物更有智慧,更能处理好人与人及人与自然的关系,在人与自然共存的世界中和谐地生活,和谐地发展。

味美者曰甘泉   田艺蘅

山厚者泉厚，山奇者泉奇，山清者泉清，山幽者泉幽，皆佳品也。不厚则薄，不奇则蠢，不清则浊，不幽则喧，必无佳泉。

有黄金处水必清，有明珠处水必媚，有子鲋处水必腥腐，有蛟龙处水必洞黑。恶不可不辨也。

味美者曰甘泉，气芳者曰香泉，所在间有之。

茶如佳人，此论虽妙，但恐不宜山林间耳。昔苏子瞻①诗"从来佳茗似佳人"，曾茶山②诗"移人尤物众谈夸"，是也。若欲称之山林，当如毛女、麻姑，自然仙风道骨，不浼烟霞可也。必若桃脸柳腰，宜亟屏之销金帐中，无俗我泉石。

煮茶得宜，而饮非其人，犹汲乳泉以灌蒿莸，罪莫大焉。饮之者一吸而尽，不暇辨味，俗莫甚焉。

异，奇也，水出地中，与常不同，皆异泉也，亦仙饮也。

《煮泉小品》

【注释】

①苏子瞻：即苏轼，字子瞻，北宋文学家。

②曾茶山：即曾幾，自号茶山居士，南宋诗人。

【赏读】

田艺蘅的《煮泉小品》撰于明嘉靖三十三年（1554），分为源泉、石流、清寒、甘香、宜茶等十部分，记述与考据并举。田艺蘅嗜泉成瘾，自谓"泉石膏肓"，听闻"煮清泉白石，加以苦茗，服之久久"，便可治愈，照办后自觉"其效日著"，遂"广其意"编著了《煮泉小品》推荐给同病之客。

这本论茶小品主要谈及的是煮茶之泉水，"兼昔人之所长，得川原之隽味。其器宏以深，其思冲以淡，其才清以越，具可想也"。他在总结前人品茶之水的基础上也坦率地指出前人的不足，并提出了自己独到的理解和论见。

《煮泉小品》以谈煮茶为主，但论述的道理并不仅限于茶，"山厚者泉厚，山奇者泉奇，山清者泉清，山幽者泉幽"，美泉配美山，泉与山关系密切。煮茶得益，品茶人也很重要，好茶要有会品者，如果像牛饮般一吸而尽而不是轻啜慢饮、细细品味，那真是糟蹋了好茶。

文思清幽，语言优雅，读《煮泉小品》是一次美的欣赏之旅，在吸取饮茶经验的同时，我们也感受到了清泉般的清凉快意，如品名茶般回味无穷，余味缭绕，久久不散。

大其心容天下之物　吕　坤①

无谓人唯唯，遂以为是我也；无谓人默默，遂以为服我也；无谓人煦煦②，遂以为爱我也；无谓人卑卑③，遂以为恭我也。

大其心，容天下之物；虚其心，受天下之善；平其心，论天下之事；潜其心，观天下之理；定其心，应天下之变。

"静"之一字，十二时离不了，一刻才离便乱来。门尽日开阖，枢常静；妍媸④尽日往来，镜常静；人尽日应酬，心常静。惟静也，故能张主得动，若逐而去，应事定不分晓，便是睡时，此念不静，做个梦儿也胡乱。

当事有四要：际畔⑤要果决，怕是绵；执持要坚耐，怕是脆；机括⑥要深沉，怕是浅；应变要机警，怕是迟。

自家作人自家晓底，乃虚美薰心而喜动颜色，是谓自欺；别人作人自家十分晓底，乃明知其恶而誉侈口颊，是谓欺人。此二者皆可耻也。

《呻吟语》

【注释】

①吕坤（1536~1618）：字叔简，又字心吾或新吾，自称抱独

居士,宁陵(今属河南)人。明代思想家。知识渊博,著述丰富,作品主要有《实政录》《去伪斋文集》《呻吟语》等。《呻吟语》是探讨人生哲理的清言体小品文集,言简意赅,研辨时事人理,如苦口良药启迪人心。

②煦煦:和悦貌。

③卑卑:极言卑下。

④妍媸(yán chī):此处指美丽的人和丑陋的人。

⑤际畔:指关键时刻。

⑥机括:原指弓弩上的发射装置,此处指机谋。

【赏读】

生活在明王朝统治内忧外患、危机四起的年代,吕坤忧心忡忡,他满腔热情地上书皇帝,建言摆脱危机的治国谋略。该奏疏并未受到重视,但体现了吕坤为国为民的赤诚。这种赤诚在他的《呻吟语》中也得到了充分展现。

"呻吟,病声也。呻吟语,病时疾痛语也。"这是《呻吟语》的寓意。吕坤借此告诫自己和世人:做人处事要严守规范,治国之道与做人之理皆如此。为官要廉洁,为人要真诚,以开阔的胸襟处事,以平和安静的心态待人。放宽襟怀容天下大事,潜下身心观世事风云。

吕坤异常冷静地提出了处事的要诀,即遇事果断,办事坚耐,谋事深沉,应变机警。并提醒自己:不能将别人的唯唯诺诺当成尊敬,不要将别人的沉默不语视为服气,不应将别人的客气看做爱戴,也不该视别人的谦卑为恭敬。这是人际交往的平等姿态,很难做到完美,但吕坤将其作为处事时的行为标杆,而这些源于他美好的思想境界,是一种克服了私欲的"静"的理想境界,因为心静人才静,才能"容天下之物"。

"五不争"之味　吕　坤

人生天地间，要做有益于世底人，纵没这心肠、这本事，也休作有损于世底人。

肯替别人想，是第一等学问。

要得富贵福泽，天主张，由不得我；要做贤人君子，我主张，由不得天。

余行年五十，悟得"五不争"之味。人问之，曰："不与居积①人争富，不与进取②人争贵，不与矜饰人争名，不与简傲人争礼节，不与盛气人争是非。"

你说底是我便从，我不从你，我自从是，何私之有？你说底不是我便不从，不是不从你，我自不从不是，何嫌之有？

己无才而不让能，甚则害之；己为恶而恶人之为善，甚则诬之；己贫贱而恶人之富贵，甚则倾之。
此三妒者，人之大戮也。

《呻吟语》

【注释】

①居积：积聚财物。

②进取：指热衷功名。

【赏读】

　　人生在世数十年，历经风雨，总有诸多感慨。吕坤也不例外，在年届五十时，他以"五不争"之味给自己做了鉴定：不与积聚财产的人争富，不与向往仕途的人争贵，不与爱炫耀的人争名，不与傲慢的人争礼，不与盛气凌人的人争是非。丰富的生活阅历和人生经验使他洞悉世态炎凉，因而深刻地感悟了生活的价值，领略了生命的意义。

　　"五不争"之味是吕坤数十年人生经验的总结，多年的人生阅历使他越发看轻名利富贵，对人宽容大度，为别人着想，更重要的是他对自己越发自信："亡我者我也，我不自亡，谁能亡之?"他要听从自己的心声，要做自己的主人，做不被别人所左右的贤人君子，做有益于世之人。"我主张，由不得天"；"我不从你，我自从是"。从这些掷地做金石声的铿锵话语中，一个自信地生活、怡然地乐享人生的君子形象活生生地浮现在我们眼前，清晰、深刻、持久。

愿力学之根 祝世禄[①]

春风春雨,不能发无根之萌。学欲寻向上去,全在愿力[②]胜。愿力,学之根也。

祈年[③]莫若爱日[④]。尺璧千金,未足为喻。能爱日,可使一日为两日,百年为千载。

人须张上下千年眼,方不误百年身。

夫世,海也;身,舟也;志,舵也。世之溺人久矣。吾之志,所以度[⑤]吾之身,不与风波灭没者也。操舟者,舵不使去手。故士莫要于持志。

云白山青,川行石立,花迎鸟笑,谷答樵讴[⑥],万境自闲,人心自闹。

世味酰醐,至味无味。味无味者,能淡一切味。淡足养德,淡足养身,淡足养交,淡足养民。

《环碧斋小言》

【注释】

①祝世禄(1539~1610):字延之,号无功,德兴(今属江西)

人。明代学者、书法家。官至尚宝司卿。著有《环碧斋诗集》等。《环碧斋小言》又名《祝子小言》,收入《快书》。

②愿力:佛教指誓愿之力,此处指自己的意志力。

③祈年:祈求益寿延年。

④爱日:爱惜光阴。

⑤度:济渡。

⑥谷答:山谷发出回音。樵讴:樵夫唱歌。

【赏读】

  人生要有理想与目标,为了实现这一理想,除了确定其可行性外,最重要的便是要具备达到目标的毅力。意志力是人生成功的根本动力,因为理想的实现并非一蹴而就,在前进的路上一定会有困难险阻,缺少意志力,缺乏坚持到底的信念和毅力,理想将永远只是一幅美好的蓝图。

  祝世禄还为我们形象地指出了理想即志向与人生的关系。人生就像大海,个体就是一叶扁舟,而志向就是那稳定航向的舵。志向济渡我们向着目标前行,为避免迷途,也避免偏离方向,驾舟者要舵不离手,辨清航道,排除万难,向着目标的彼岸前进。有志之人也是如此,要时刻激励自己,坚持志向不动摇。

  人生要有理想有追求,在实现理想的过程中,我们必须拥有坚强的意志力和爱惜光阴的紧迫感。

闲中气象从容　洪应明①

风斜雨急处,要立得脚定;花浓柳艳处,要著得眼高;路危径险处,要回得头早。

静中念虑澄澈,见心之真体②;闲中气象③从容,识心之真机;淡中意趣冲夷④,得心之真味。观心证道,无如此三者。

风来疏竹,风过而竹不留声;雁渡寒潭,雁去而潭不留影。故君子事来而心始现,事去而心随空。

以幻境言,无论功名富贵,即肢体亦属委⑤形;以真境言,无论父母兄弟,即万物皆吾一体。人能看得破,认得真,才可以任天下之负担,亦可脱世间之缰锁⑥。

气象要高旷,而不可疏狂;心思要缜密,而不可琐屑;趣味要冲淡,而不可偏枯;操守要严明,而不可激烈。

静中静非真静,动处静得来,才是性天⑦之真境;乐处乐非真乐,苦中乐得来,才是心体之真机。

事业文章随身销毁,而精神万古如新;功名富贵逐世转移,而气节千载一日⑧。

处富贵之地,要知贫贱的痛痒;当少壮之时,须念衰老的辛酸。

人生太闲,则别念窃生,太忙,则真性不见。故士君子不可不抱身心之忧,亦不可不耽风月之趣。

《菜根谭》

【注释】

①洪应明(生卒年不详):字自诚,号还初道人,金坛(今属江苏)人。据说明万历年间曾居南京秦淮河,晚年归隐山林,有《菜根谭》留世。《菜根谭》成书于万历年间,系语录体著作,融释、道、儒为一体,论述了乐观敬业、奋发努力的思想,其中许多成为至理名言。

②真体:人性本源。

③气象:气度,气质。

④夷:和乐、和顺。

⑤委:赋予。

⑥缰锁:比喻人世间的羁绊。

⑦性天:天性。

⑧千载一日:千年如一日,比喻永恒。

【赏读】

人处世间,种种诱惑足以迷离人性,各种艰难时时阻挡前进之路,只有依靠内心的平静与心灵的平衡才能直面人生的纷扰,战胜生活的磨难。

　　宁静以致远，淡泊以明志，而这需要内心足够富有和强大。内心平静如水便淡看一切名利富贵，心地沉稳才能准确把握自我。心境高远自然视界辽阔，从而能轻松从容地应对风雨危机。一切身外之物都只是过眼云烟，唯有精神永存，因此，要洞穿纷扰人生的表象，明察物质世界的原貌，不断追求永恒的灵魂本源。气质高旷而不疏狂，事去而心随空，遇风雨脚跟坚定，居富贵不忘贫贱，具备这种云淡风轻的气度和心胸无疑需要毕生的修养积淀和品德历练。

闲看庭前花开花落 洪应明

宠辱不惊,闲看庭前花开花落;去留无意,漫随天外云卷云舒。

万籁寂寥中,忽闻一鸟弄声,便唤起许多幽趣;万卉摧剥后,忽持一枝擢秀,便触动无限生机。可见性天未常枯槁,机神最易触发。

人情听莺啼则喜,闻蛙鸣则厌,见花则思培之,遇草则欲去之,但以形气①用事;若以性天视之,何者非自鸣其天机,非自畅其生意②也。

夸逞功业,炫耀文章,皆是靠外物做人。不知心体莹然,本来不失,即无寸功只字,亦自有堂堂正正做人处。

天运③之寒暑易避,人世之炎凉难除;人世之炎凉易除,吾心之冰炭难去。去得此中之冰炭,则满腔皆和气,自随地有春风矣。

芦花被下卧雪眠云,保全得一窝夜气;竹叶杯中吟风弄月,躲离了万丈红尘。

仁人心地宽舒,便福厚而庆长,事事成个宽舒气象;鄙夫念头迫促,便禄薄而泽短,事事得个迫促规模。

狐眠败砌,兔走荒台,尽是当年歌舞之地;露冷黄花,烟迷衰草,悉属旧时争战之场。盛衰何常,强弱安在,念此令人心灰。

《菜根谭》

【注释】

①形:躯体。气:情绪。
②生意:生命的意念。
③天运:大自然的生存规律。

【赏读】

人有七情六欲,即使面对无生命的自然世界也会触景生情,一声鸟鸣、几株花草便激发了人内心深处的喜怒哀乐。人的世界虽然可以言语沟通,但因为涉及利益而无法心灵交融,便将情感寄寓自然界的万物,听莺啼便喜,闻蛙鸣则恶。

人之所以能与自然界心灵沟通,是因为人类的规律与自然界的规则相通:人有生老病死,自然万物也同样经历从种子发芽到枯死的过程。人与万物的这种相似性偶尔使人在面对摇曳的枯草时心灰伤感,但斗转星移、光明永恒,以宽舒之心看待人生,宠辱不惊、闲适快意,坦然地面对未来,未来自然"随地有春风"。

冷眼观人　洪应明

争先的径路窄,退后一步自宽平一步;浓艳的滋味短,清淡一分自悠长一分。

处世让一步为高,退步即进步的张本①;待人宽一分是福,利人实利己的根基。

路径窄处,留一步与人行;滋味浓的,减三分让人食。此是涉世一极乐法。

冷眼观人,冷耳听语,冷情当感,冷心思理。

饥则附,饱则飏;燠则趋,寒则弃。人情通患也。

信人者,人未必尽诚,己则独诚矣;疑人者,人未必皆诈,己则先诈矣。

千金难结一时之欢,一饭竟致终身之感②,盖爱重反为仇,薄极反成喜也。

《菜根谭》

【注释】

①张本：为以后行动预先进行的安排。

②"一饭"句：韩信年轻时受漂母一饭之恩，后来一生都记得要报答。该典故出自《史记·淮阴侯列传》。

【赏读】

有人的地方就有人际关系，就有人与人的相处之道。一个和谐的社会是一个各司其职、共担风险、共享收益的整体，每个人都在其中占据一个特定地位，承担一份责任和义务。那么，处理人类关系的方式也就是创建和谐社会的一杆标尺。洪应明给了我们一个参照标准：处事让一步，待人宽一分；救人于危难之中；冷静看待人与事；明智行事；等等。在人与人的微妙关系中，这些处世之道不妨一试，只要把握一个最基本的度：诚信。

风光月霁 苏 浚①

风光月霁②,是吾心太虚真境。鸟语花阴,是吾心无尽生意③。

有歆艳④之心,便有怨怼之心。有迫促心,便有厌弃心。无歆艳则无怨怼矣,无迫促则无厌弃矣。

无事时常照管此心,兢兢然若有事。有事时却放下此心,坦坦然若无事。

《鸡鸣偶记》

【注释】
①苏浚(1542~1599):字君禹,号紫溪,晋江(今属福建)人。明代学者。官至广西布政司参政。著有《紫溪集》《周易冥冥篇》等。
②风光月霁:雨过天晴时明净清新的景象。常比喻胸襟开阔、心地坦率。
③生意:生机。
④歆艳:羡慕。

【赏读】
苏浚为官时公正廉洁,晚年居家潜心钻研理学,有不少研究心得问世。《鸡鸣偶记》里的这几则格言便很有哲理寓意。

　　无事是相对于有事而言，虽然原本无事，但你常常留心盘算，总是小心谨慎，没事也生出事来。如果你面对烦恼坦然以对，就算有事也会大事化小、小事化了。同样的道理，有羡慕之心便有怨恨之心，有迫促之心就有厌弃之心，心无羡慕自然便无怨恨，放弃厌弃之心便也无迫促之心。

　　世间万物有其相对性，但有事也好，无事也罢，羡慕还是怨恨，迫促还是厌弃，都在于一个人内心所系。心胸开阔坦荡，则世界灿烂光明，心地晦暗则多顾虑多烦恼。但愿心中有阳光，风光月霁，那么人间也会露出更多的笑脸，漾出更甜美的欢笑。

烟火神仙　屠　隆①

口中不设雌黄②,眉端不挂烦恼,可称烟火神仙。随宜而栽花竹,适性以养禽鱼,此是山林③经济。

风晨月夕,客去后,蒲团可以双跏④。烟岛云林,兴来时,竹杖何妨独往。

覆雨翻云何险也,论人情,只合杜门;嘲风弄月忽颓然,全天真⑤,且须对酒。

道上红尘,江中白浪⑥,饶他南面百城⑦;花间明月,松下凉风,输我北窗一枕。

净几明窗,好香苦茗,有时与高衲⑧谈禅;豆棚菜圃,暖日和风,无事听闲人说鬼。

老去自觉万缘都尽,那管人是人非;春来尚有一事关心,只在花开花谢。

草色花香,游人赏其有趣;桃开梅谢,达士悟其无常。

三径竹间，日华潋潋，固野客之良辰；一编窗下，风雨潇潇，亦幽人之好景。

《娑罗馆清言》

【注释】

①屠隆（1542～1605）：字长卿、纬真，号赤水、鸿苞居士，别号由拳山人、蓬莱仙客等。鄞县（今浙江宁波市鄞州区）人。明代文学家、戏曲作家。官至礼部郎中，为人豪放，交游甚多。著有《娑罗馆清言》《白榆集》。《娑罗馆清言》及《续娑罗馆清言》是著名的清言小品集。

②雌黄：意为不顾事实随便议论。

③山林：指隐居。

④双跏（jiā）：即跏趺，俗称"打坐"，是佛教徒修行时的一种坐法。

⑤天真：天性。

⑥"道上"二句：明指旅途，暗指仕途的险恶艰辛。

⑦南面百城：比喻统治者的荣华富贵。

⑧高衲：高僧。衲，和尚穿的衣服，也作和尚自称。

【赏读】

在《娑罗馆清言》自序中，屠隆写道："余之为清言，能使愁人立喜，热夫就凉，若披惠风，若饮甘露。"确实，读他的《娑罗馆清言》获益良多，真如沐浴清风般凉爽，似饮清泉般沁人心脾。

口不言是非，眉不挂烦恼，这样的人可谓不食人间烟火的神仙。随地宜栽花竹，尽物性养禽鱼，这样的日子是归隐山林的隐士的生活。不问是非，开心地与自然亲密接触，这就是隐士文人推崇的闲适生活。

对酒小酌保持天性,花间松下自在逍遥。置上香茶与高僧谈禅,送客后打坐修行,手拄竹杖独来独往亦是乐趣。世间是非莫管,只关心自然界的花开花谢。如此逍遥源自于看破世间纷扰,观桃开梅谢,对世间的感悟更增添了几分释然。

达禅之理 屠 隆

修净土[①]者,自净其心,方寸居然莲界;学坐禅者,达禅之理,大地尽作蒲团。

立心而认,骨肉太亲,则人缘难遣;学道而求,形神俱在,则我相未融。

饧[②]粘油腻,牵缠最是爱河;瞎引盲移,展转投于苦海。非大雄[③]氏,谁能救之?

知事理原有顿渐[④],则南北之宗门[⑤]不废;知升坠分于情想,则过现[⑥]之因果昭然。

若无后来报应,则造物何以谢颜回[⑦];除却永劫灾殃,则上帝胡独私曹操[⑧]?

扫有扫无,即扫字[⑨]而亦扫;忘形忘物,并忘字而亦忘。斯能所之双泯,会灵心于绝代。

山河天眼[⑩]里,不知山河即是天眼;世界法身[⑪]中,不知世界即是法身。

《娑罗馆清言》

【注释】

①净土:即净土宗,也称莲宗,中国佛教宗派之一,始祖是南朝高僧慧远。

②饧(xíng):糖稀。

③大雄:佛之德号。

④顿渐:指顿悟和渐悟,是佛教的两种修行方法。

⑤南北之宗门:指佛教禅宗的南北二宗,南宗主张顿悟,北宗主张渐悟。

⑥过现:过去、前世与现在、今生。

⑦颜回:春秋时鲁国人,孔子弟子,以德行著称,却不幸早亡。

⑧曹操:三国时政治家、诗人。在后世戏曲、小说中,常以"奸雄"形象出现。

⑨扫字:意为不使用文字。

⑩天眼:佛教所称五眼之一,可透视远近、上下、内外、前后和未来等。

⑪法身:佛教所称佛的真身。

【赏读】

娑罗树是一种常绿乔木,对佛教徒来说,娑罗树具有一种神圣的意义,因为佛祖释迦牟尼便涅槃于娑罗树下。屠隆是在学佛参禅之余写作《娑罗馆清言》的,因此在书中借用了许多佛家的教义与理念谈感悟、论人情事理,用佛性和佛理领悟人生真谛,以人生感悟阐明佛家理念,这就使得《娑罗馆清言》在众多清言小品中别具一格。

娑罗、蒲团、跏趺,这些极具佛教色彩的事物在《娑罗馆清言》中多次出现,屠隆自己也在自序中写道:"园居无事,技痒不能抑,则以蒲团销之。跏趺出定,意兴偶到,辄命墨卿昙花,彩毫纷然,并作游戏之语,复有《清言》。"佛理(也包括道家、儒家的人生智慧)渗透了屠隆的生活态度和人生乐趣,影响了他的精神世界。任性狂放的他从生活中体味佛理,将人生与佛性交融,淡化了说教的味道,说的是人生,谈的是佛情。赏读之余,读者既能领悟人生哲理,又能感悟佛家精神,于轻松自在中获得审美的愉悦。

黄齑淡饭 屠 隆

临池独照,喜看鱼子跳波;绕径闲行,忽见兰芽出土。亦小有致,时复欣然。

盘飨一菜,永绝腥膻,饭僧宴客,何烦六甲①行厨;茅屋三楹,仅蔽风雨,扫地焚香,安用数童缚帚?未见元放②翛然③,尚觉右丞④多事。

菜甲初肥,美于热酪;莼丝既长,润比羊酥。

黄齑⑤淡饭,允宜⑥山泽之癯;曲几匡床,久绝华清之梦⑦。

杨柳岸,芦苇汀,池边须有野鸟,方称山居;香积饭⑧,水田衣⑨,斋头才著比丘⑩,便成幽趣。

竹风一阵,飘飏茶灶疏烟;梅月半弯,掩映书窗残雪。真使人心骨俱冷,体气欲仙。

篱边杖屦⑪送僧,花须罥⑫于巾角;石上壶觞坐客,松子落我衣裾。

茶熟香清，有客到门可喜；鸟啼花落，无人亦是悠然。

《娑罗馆清言》

【注释】

①六甲：即六甲六丁，道教火神，传说能辟除恶鬼。

②元放：即左慈，字元放。汉代术士。

③翛（xiāo）然：无拘无束、自由自在的样子。

④右丞：即王维，字摩诘，曾官尚书右丞。唐代诗人。其诗具有禅味。

⑤齑（jī）：切成细末的腌菜及调味的蒜、姜、葱等。

⑥允宜：相称。

⑦华清之梦：比喻男女情事。

⑧香积饭：众香国的香积如来，曾用钵盂盛饭给维摩居士派来的菩萨，故将僧人的厨房称为香积厨，将僧人的饮食称为香积饭。这里指僧人所食的素食。

⑨水田衣：即袈裟。袈裟多用长方形布连缀而成，好像水田的界埂，故称水田衣。

⑩比丘：泛指僧侣。

⑪屦（jù）：用麻葛等编成的鞋子。

⑫罥（juàn）：缠绕。

【赏读】

田园隐居生活是隐士们理想高尚的精神境界，但真正的田园隐居不仅是理想，而且需要面对各种实际困难，包括起居、饮食等具体琐屑的小事。田园耕读要付出体力，这并非读书人所长，且远离闹市，根本不可能与富贵挂钩，这些对文人贤士都是考验。

明代许多文人选择了隐居山林的闲适生活，他们弃绝仕途，追求的是自由的精神世界。屠隆作为其中的代表也是如此。他回归田园，生活贫困，也曾卖文求生存，但他依然乐在其中。绕径闲行，见兰芽出土会欣然；摘片新出的菜叶，味道比热奶酪还美；咸菜淡饭，清瘦的人与清癯的山泽其实很搭配；挂杖送僧、劝客饮酒，花绕巾角、松子落衣襟。美好的田园生活需要用心品味，用心贴近自然，才能充分享受那种悠然自得的完美意境。

一性惟真 屠 隆

性源既湛①，则铁面铜头②化为诸佛；心垢③未除，则玉毫金相④亦是群魔。

至人除心⑤不除境，境在而心常寂然。凡人除境不除心，境去而心犹牵绊。

万缘皆假，一性惟真。圣人借假以修真，愚夫丧真而逐假。

人当溷扰⑥，则心中之境何堪；稍尔清宁，则眼前之气象自别。

对境安心，则清净之体小露；止观⑦成熟，则真如之理森然。

皦皦⑧时名，心源不净；昭昭谈道，密行多亏。何益超升，只深沦堕。

《续婆罗馆清言》

【注释】
①湛：清澈深邃。
②铁面铜头：比喻顽固之人。

③心垢：内心的烦恼。

④玉毫金相：比喻相貌不凡。玉毫，指佛光，代指佛。金相，佛的金身。

⑤除心：清除内心的杂念。

⑥溷（hùn）扰：扰乱，混乱。

⑦止观：停止妄念，观智通达。

⑧皦（jiǎo）皦：明亮。

【赏读】

屠隆的《续娑罗馆清言》延续了《娑罗馆清言》的风格，将佛理和世理合二为一，既从佛学的角度也从世俗的视角说理论道。

屠隆告诉我们，佛家的道理与俗世的道理没有本质不同。比如心境，"一性惟真"，只有本性才是最真实、最重要的。如果本性明澈，那么再顽固的人也会转化为佛；如果烦恼不除，那么相貌不凡的人也会变成魔鬼。高人关注的是除去心中杂念，故内心平静；凡人只想着改变外在环境，所以内心始终无法寂然。面对任何外在的干扰都能坦然处之，则清净的本性便会显露。心地不清净，暗中干坏事，那么只能朝地狱的深渊不断堕落。

反复论理的结果只有一个，就是劝诫人们要心地明澈、善良，注重内在的修炼。外在的环境如何并不重要，只要内心清净，就能克服一切干扰。

道理并不难懂，屠隆用形象的方式苦口婆心地劝诫，避免了枯燥的说教，发人深省，引人深思。

淡泊最好 姚舜牧[①]

淡泊二字最好，淡，恬淡也；泊，安泊也。恬淡安泊，无他妄念，此心多少快活？反是以求浓艳，趋炎势，蝇营狗苟，心劳而日拙矣。孰与淡泊之能日休也？

《药言》

【注释】

①姚舜牧（1543～1622）：字虞佐，自号承庵，归安（今浙江吴兴）人。明代理学家。著有《药言》等。《药言》是一部治家教子、劝人修身的格言集。

【赏读】

"病莫大于病心，而病身为小。"心病用普通的药石无济于事，只能通过阅读饱含哲理的名家格言才能根治，这便是《药言》书名的由来，我们也因此明了姚舜牧编辑此书的初衷。

这本格言集劝导人修身养性、睦邻友好、家庭和乐。对待生活的态度自然也是重要内容。姚舜牧显然赞同淡泊的生活态度。生活要恬淡安泊，对待名望诱惑伸手慢点，对待财富追逐脚步慢点。不必羡慕荣华富贵，不要多生私心杂念，心境淡然，安闲度日，心情自然畅快无比。如果拼命追求名利，趋炎附势，必将心力交瘁，生活一团糟。

生活态度决定了生活方式，淡泊最好，心情畅达便神清气爽，快乐的日子便数不胜数。

两 瞽 刘元卿①

新市有齐瞽者,行乞衢中,人弗避道,辄必骂曰:"汝眼瞎耶?"世人以其瞽,多不较。

嗣有梁瞽者,性尤戾②,亦行乞衢中。遭之,相触而踬③。梁瞽故不知彼亦瞽也,乃起亦忿骂曰:"汝眼亦瞎耶?"两瞽哄然相诟,市子姗④笑。

噫!以迷导迷,诘难无已者,何以异于是?

《刘聘君全集》

【注释】

①刘元卿(1544~1609):字调甫,号旋宇,一号泸潇。明代著名教育家。从小发奋读书,隆庆四年(1570)在江西乡试中夺魁,后在他人的推荐下,带着向朝廷的上书和文卷参加会试,但因"五策伤时,忤张居正",未获取录,还险遭杀身之祸。隆庆六年(1572)他创立复礼书院。万历二年(1574)再次参加考试,又没有被取录,于是绝意功名,回到家乡,研究理学,收徒讲学。著作有《大学新编》《贤奕编》《刘聘君全集》等。

②戾(lì):暴躁。

③踬(zhì):绊倒。

④姗笑:讥笑。姗,通"讪"。

【赏读】

齐瞽和梁瞽不但眼盲而且心迷——没有理智。因此当齐瞽非常不理智地谩骂没有避道的路人时,由于路人有理智,不与他计较,彼此便相安无事。而当两个没有理智的盲人相撞以至于互相绊倒时,彼此便各不相让,闹得天翻地覆。可见为人处世理智是多么重要。小到人与人之间,大到国与国之间,和谐稳定、和平共处,靠的是彼此的理智,而不是无休止的谩骂与诘难,甚至武力相向。如果不是以理导迷,而是以迷导迷,是不是将会造成社会动乱、国无宁日、世界动荡、人类毁灭的恶果呢?

欹枕看儿戏　陈于陛①

　　山居观世态纷纭，历历如睹，在中朝混揉，未必然，盖旁观者明，自古如此。尧夫②曰："遂令高卧人，欹枕③看儿戏。"

　　天下有不如意事，不当忿激与争。昔人谓："今世龌龊富贵者，止如醉人弄清风，正可耐渠一饷间。"言虽谑而可法④。

《意见》

【注释】

①陈于陛（1545~1596）：字元忠，号玉垒，南充（今属四川）人。明代官员，官至内阁大学士。著有《万卷楼稿》。

②尧夫：即北宋哲学家邵雍，字尧夫。

③欹（qī）枕：靠着枕头。

④法：效法。

【赏读】

　　对纷纭世态看得最清楚的是隐士，他远离官场，对仕途无欲无求，因而可以站在一个局外人的角度客观看待混杂的朝政，可谓旁观者清，自古皆如此。不论是古代的隐士还是当代的隐居者，他们厌烦了朝政的纷纷扰扰，醉心于山居生活，闲适自在地享受田园美景，以一颗平常心看待人世间的一切，靠着枕头看戏似的观察俗世中的人事倾轧、名利纠纷。

　　只有心地淡泊才会如此潇洒，如果身居官场仍有如此清醒的认知更是难能可贵。陈于陛为官近三十年,廉洁简朴,性素淡,严取予,不求私欲,淡看名利,《意见》一书是他为政爱民的思想体现,充满积极向上的处世哲学和乐观练达的人生体验。

秋坐小楼　陈益祥①

嗜欲使人之气淫，好憎使人之精劳，榛薄之士②，无嗜欲，无好恶，是以气肃③而精完。

山中觉此身不可无，城廓中视此身为赘。

秋坐小楼，环植兰桂，香魂月魄，竟夜争清，尤令人忘寐。

流水之声可以养耳，青禾绿草可以养目，观书绎理可以养心，弹琴学字可以养指，逍遥杖履可以养足，静坐调息可以养筋骸。

人能自老看少，自死看生，自败看成，自悴看荣，则性定二动自正。

《潜颖录》

【注释】

①陈益祥（1549～1609）：字履吉，号怀月，后号心阳生，明代侯官（今福建福州）人。著有《采芝堂文集》。

②榛薄之士：意为隐居之人。榛薄，杂生的草木。

③肃：安定，平和。

【赏读】

　　隐居生活对有些人来说是无法忍受的痛苦和折磨，但对另外一些人来说却如鱼得水，充满了快乐和欢喜。陈益祥显然属于后者，在山中他找到了自己，感觉自身不可缺，而在城市中却常常迷失，觉得自身简直是多余的累赘。

　　隐居生活有多好呢？听流水之声可以养耳，看青禾绿草可以养目，读书绎理可以养心，弹琴学字可以养指，逍遥地游山玩水可以养足，即使不动弹，静坐调息也可以养筋骨。多好的生活啊！可以饱耳福、眼福，可以养心、养指、养足，还可以调理筋骨，从里到外、从身体到心灵都得到涤荡，身心从此天然纯净。那些尘世间的淫乱的气息、劳顿的精神一扫而空，没有了嗜欲，没有了好恶，气息安定清净，精神充实高昂。

　　何不快乐地隐居？端坐小楼，兰花、桂花环绕在身旁，整夜与扑鼻的花香和清幽的月光为伴，你会快乐得无法入眠。

独　坐　张大复[①]

月是何色？水是何味？无触之风何声？既烬之香何气？独坐息庵下，默然念之，觉胸中活活欲舞而不能言者，是何解？

《闻雁斋笔谈》

【注释】

①张大复（生卒年不详）：亦名彝宣，字元长，又字心期，自号寒山子、病居士，江苏苏州人。明末清初戏曲作家。因哭父逝致双眼视弱，终身未仕。著有《梅花草堂笔谈》《闻雁斋笔谈》等。《闻雁斋笔谈》是作者日常见闻和生活琐事的随笔，文笔清雅、灵动，富有韵致。

【赏读】

寥寥四十余字，五个问号。张大复独坐冥想，满腹疑问，似乎在寻求着答案。可是真的需要答案吗？未必。

月何色？无色。水何味？无味。无触之风何声？无声。既烬之香何气？答案依然是：没有。但为什么独坐默念，胸中活活欲舞却不能言？也许这就是事物极致的美的体现。无色无味无声，原本应该是平淡无趣的，但淡到极致便是美，便是妙趣，恰似此时无声胜有声的意境和绝妙写照。

浓妆艳抹是美，但这种美缺少内涵，没有回味。平淡的美更有韵味，更耐于细细品味，这种美只可意会无法言传，不必言传便能勾起人无限兴趣。

张大复一生多病，中年时便双目失明，但正如好朋友陈继儒所说，张大复"贫不能享客而好客，不能买书而好读异书，老不能徇世而好经世"。久病的张大复对生活无限热爱，他的作品中没有呻吟和痛苦，而是以健康积极的心态愉快生活，精神上的愉悦与生活情趣的追求反映在创作中便是多姿多彩的生活和超越名利的闲适，充满了对生活随意而精妙的洞见，意境隽永，令人开卷兴趣盎然，掩卷余味无穷，激发了人们欣赏的美感和阅读的乐趣。

静　画　张大复

一鸠呼雨,修篁静立。茗碗时供,野芳暗度。又有两鸟咿嘤林外,均节天成。童子倚炉触屏,忽鼾忽止。念既虚闲,室复幽旷。无事此坐,长如小年。

《闻雁斋笔谈》

【赏读】

宁静的世界是什么样的?张大复为我们描绘了一幅这样的静画图:

竹林静静地伫立,茶碗里还飘散着清香,野花散发着迷人的香气,四周安静得令人神往。打破静寂的是偶尔一声鸠鸟的鸣唱,两鸟在林外的声声咿嘤,以及童子忽起忽止的鼾声。如此静谧的氛围以形象的语言画出,令人想起"蝉噪林愈静,鸟鸣山更幽"的意境,两者确实有异曲同工之妙。

张大复用嗅觉和听觉为我们营造的宁静世界清幽淡远。这是一个远离尘嚣的清静世界,无人打扰,轻缓和谐。这是大自然的幽静,也是张大复平静安逸的内心写真。内心虚闲,外在才更幽旷。

安静的世界要用安静的心去体会,内心闲适才能欣赏清幽野趣,心无旁骛才能将山水田园美景尽收心底。以安静的内心和清净的眼光看大千世界,那些喧嚣和纷扰便如浮云,那些世俗和伪善便无立足之地。

因为淡然于心,所以超然物外;因为身心宁静,所以志趣高远。

这与张大复的人生理想一致。在《泗上戏书》中，他写道："一卷书，一麈尾，一壶茶，一盆果，一重裘，一单绮，一奚奴，一骏马，一溪云，一潭水，一庭花，一林雪，一曲房，一竹榻，一枕梦，一爱妾，一片石，一轮月。逍遥三十年，然后一芒鞋，一斗笠，一竹杖，一破衲，到处名山，随缘福地，也不枉了眼耳鼻舌身意随我一场也。"

　　自由自在，玩遍全世界。张大复的理想既宏大又简单。如果我们了解张大复多病的一生，就会明白，这只是他的理想，对某些人来说很容易的生活对他来说却很困难。也许他也痛苦过，但后人看到的是一个积极乐观、热爱生活的张大复，正如他在《病居士自传》中所说："吾闻之师，造化劳我以生，佚我以老，息我以死。我未老而化物者，且息我，我则幸矣，又何病焉？居士块处一室，梦游千古，以此终其身。"把没老就能休息看做造化，可见他的旷达和坦然。

以石激水水更清　朱国桢[①]

以石激水,水更清;以雪压山,山愈净;以火炼金,金益精。寻常体贴于激处、压处、炼处,不要胡乱。讨个镇心丸药。如达子[②]、倭子[③]杀来,力与之抗。中国人定狠于夷狄[④],方寸灵明定胜于外感也。

讲闲话,可以远口舌。读闲书,可以文寂寥。此老废人[⑤]上上补药,少年学此则败矣。

不道人短,便不说己长;若说己长,必道人短。

"天下本无事,庸人自扰之。[⑥]"此句妙绝,妙绝。然庸人扰之,犹可。才智者扰之,祸不可言。虽总归于庸,而祸之大小,必有别也。

自己杜门,嫌人出路;自己绝滴[⑦],怪人添杯;自己吃素,恼人用荤;自己谢事,恶[⑧]人居间;自己清廉,骂人贪浊。只是胸中欠大。

惟以退为乐,乃能进退两忘。惟以死为安,乃能死生一致。

《涌幢小品》

【注释】

①朱国桢（1557～1632）：字文宁，号平极，别号虬庵居士，乌程（今浙江湖州）人。明代学者。官至文渊阁大学士。作品有《涌幢小品》等。《涌幢小品》是作者退隐时期记录见闻的笔记，文笔质朴清淡。

②达子：对蒙古各部的俗称。

③倭子：骚扰我东南沿海的日本海盗。

④夷狄：旧时对少数民族的蔑称。

⑤老废人：老年无用之人。

⑥"天下"二句：语出《新唐书·陆象先传》："天下本无事，庸人扰之而烦耳。"

⑦绝滴：不喝酒。

⑧恶：憎恶。

【赏读】

心胸狭窄的人看不惯异己，生活中只会充满烦恼；以退为乐、淡看死亡的人反而赢得了更多的信心。心地坦荡，不道人短，不说己长，是非永远无法近身。对待生活的态度决定了生活的品质。

从日常琐事中感悟人生哲理，在生活细节里领会美妙自然。朱国桢的小品饱含着思辨意蕴的深奥哲理，因为往往发掘于日常的生活起居、饮食等琐细杂事之中，所以朱国桢对哲理的阐释既浸透了丰富的生活经验，又不着痕迹、自然飘逸，好似信手拈来，却妙语连珠、轻松清雅，在不经意间流露出睿智豁达的气势和隽永深厚的韵味。

兴来醉倒落花前　　陈继儒①

清闲无事，坐卧随心，虽粗衣淡饭，但觉一尘不染。忧患缠身，繁扰奔忙，虽锦衣厚味，只觉万状苦愁。

从江干溪畔，箕踞石上；听水声，浩浩潺潺，粼粼泠泠，恰似一部天然之乐韵。疑有湘灵在水中鼓瑟也。

累月独处，一室萧条，取云霞为侣伴，引青松为心知；或稚子老翁，闲中来过，浊酒一壶，蹲鸱②一盂，相共开笑口，所谈浮生闲话，绝不及市朝。客去关门，了无报谢。如是毕余生足矣。

听静夜之钟声，唤醒梦中之梦；观澄潭之月影，窥见身外之身。

上高山，入深林，穷回溪，幽泉深谷，无远不到。到则拂草而坐，倾壶而醉；醉则更相枕藉以卧。意则甚适，梦亦同趣。

兴来醉倒落花前，天地即为衾枕；机息忘怀磐石上，古今尽属蜉蝣。

《小窗幽记》

【注释】

①陈继儒（1558~1639）：字仲醇，号眉公，松江华亭（今上海市松江区）人。明末文学家。二十九岁时归隐，屡拒朝廷征召。一生著述甚丰，有《陈眉公全集》等。《小窗幽记》是清言小品，短小精美，含意深刻。

②蹲鸱（chī）：大芋头，形似蹲伏的鸱鸟。

【赏读】

陈继儒幼年即"颖异"，但早慧的他在二十九岁时决然地"取儒衣冠焚之"，隐居昆山之阳，数次拒绝朝廷征召，终身未再出仕。如此决绝的原因不详，但从他的著述来看，远离恶俗的官场，向往自由淡泊的生活肯定是原因之一。

箕踞石上，耳边是浩浩潺潺的流水声，好似聆听一部天然的乐章，清新而空灵。每天与自然为伴，上高山、入深林，徘徊于幽泉深谷，远离尘世，置身于幽静的大自然怀抱中，拂草而坐，倾壶而醉，随兴地一醉方休，醉后倒地便卧，天地即为衾枕，呼出浊气，吸入地气，身心同自然融为一体。如此自在惬意的生活在人事纷扰的俗世岂能寻到？

欲享受这种惬意，就要潇洒地抛掉那些俗世的欲望与追求，甘于简单、清贫的生活。偶尔亲近自然不难，拒绝俗世诱惑，一生只与自然为伴很难。而只有将人生修炼到视富贵如粪土的境界方能体会并理解这种人生追求。所以，虽粗衣淡饭但心中一尘不染，虽一室萧条但喜云霞青松为伴。偶尔老友携童前来闲坐，喝口浊酒，吃块芋头，谈笑间时光飞逝，客人告辞也无需客套连连。观潭中月影，听静夜钟声，顺从心灵之声的呼唤，无拘无束、潇洒平淡地度过一生，足矣。

闭门即是深山 陈继儒

火丽①于木、丽于石者也，方其藏于木石之时，取木石而投于水，水不能克火也。一付物，即童子得而扑灭之矣。故君子贵翕聚②，而不贵发散。

人有好为清态而反浊者，有好为富态而反贫者，有好为文态而反俗者，有好为高态而反卑者，有好为淡态而反浓者，有好为古态而反今者，有好为奇态而反平者。吾以为不如混沌③为佳。

闭门即是深山，读书随处净土④。

治国家有二言，曰：忙时闲做，闲时忙做。变气质有二言，曰：生处渐熟，熟处渐生。

静坐然后知平日之气浮，守默然后知平日之言躁，省事然后知平日之费闲，闭户然后知平日之交滥，寡欲然后知平日之病多，近情然后知平日之念刻⑤。

《安得长者言》

【注释】

①丽：附着。
②翕聚：聚合。

③混沌：天地未开辟时的元气状态，此处意为自然质朴。
④净土：佛教中指与俗世相对的清净世界。
⑤念刻：用心刻薄。

【赏读】

陈继儒年轻时便四处访师求学，随时记录学习心得，后来隐居不仕依然沿袭了这种好习惯，只要得到几句妙语立即记在墙壁上。这些记录语言质朴，因为他希望子孙后代只要粗通文字即能读懂。《安得长者言》便是他留给后人的精神财富，"热闹中下一冷语，冷淡中下一热语"，其中也融进了他自己的心灵体验。

火的精魂附着在木石上，当其藏于木石之内时，即使将木石投入水中，水也不可能熄灭火魂。而一旦火实体显现时，哪怕是个孩童也能轻而易举地灭了它。所以，君子重内敛而轻张扬。有修养的人重视知识和经验的积累，他们时刻审视自己、反省自身，静坐之时反思平日是否心浮气躁，沉默之余发现自己言语骄躁的毛病。他们深知厚积薄发的道理，不断加强内在的修养。而另外有些人的表现呢，虽然姿态清高其实很庸俗，举止好像很富贵其实很寒酸，想装出一副文雅的样子实际却很低俗，好像淡泊名利其实热衷功名。这些人缺少的正是丰富的内在修养和文化底蕴，因而显得虚弱不堪。

明白了蕴于内而发于外的道理，就该发奋努力，从一点一滴做起，苦读书，养气质，加强自身内在素质的修炼，成熟地理解世事，用变化的眼光看待问题。最终，丰富的内心世界会自然流露，从而使自己精神力量足够强大。

香令人幽 陈继儒

香令人幽,酒令人远,石令人隽,琴令人寂,茶令人爽,竹令人冷,月令人孤,棋令人闲,杖令人轻,水令人空,雪令人旷,剑令人悲,蒲团①令人枯,美人令人怜,僧令人淡,花令人韵,金石鼎彝②令人古。

瓶花置案头,亦各有相宜者:梅芬傲雪,偏绕吟魂;杏蕊娇春,最怜妆镜;梨花带雨,青闺断肠;荷气临风,红颜露齿;海棠桃李,争艳绮席;牡丹芍药,乍迎歌扇;芳桂一枝,足开笑语;幽兰盈把,堪赠伉离③。以此引类连情,境趣多合。

插花着瓶中,令俯仰高下,斜正疏密,皆有意态,得画家写生之趣味,方佳。

山顶泉清而轻,山下泉清而重,石中泉清而甘,沙中泉清而冽,土中泉清而厚。流动者良于安静,负阴者胜于向阳。山削者泉寡,山秀者有神,真源无味,真水无香。

修竹名香,清福已具。如无福者,定生他想;更有福者,辅以读书。

山鸟每至五更，喧起五次，谓之"报更"，盖山中真率漏声也。余忆囊居小昆山下，梅雨初霁，座客飞觞，适闻庭蛙，请以节饮。因题联云"花枝送客蛙催鼓，竹籁喧林鸟报更"，可谓山史实录。

《岩栖幽事》

【注释】

①蒲团：用蒲编织成的圆垫，用于坐禅及跪拜。

②金石鼎彝：泛指古物古器。

③仳（pǐ）离：别离。

【赏读】

世间的不同事物，无论是花草还是雪竹，也不管是茶酒还是棋琴，在不同的时间、地点，与不同的人面对时都会在人们的内心催生不同的情感与心情。这些事物被无数的文人墨客歌咏过无数遍，已经渗入了人们的思维与气质，一代代文人依然以此为题材抒发自己独特的感受和领悟。

香令人幽，酒令人远，剑令人悲，花令人韵。鲜花置放案头，奇花各有相宜者，梨花带雨，荷气临风，在群芳异彩中百花争艳。多姿多彩的万物激发人们的心理世界千变万化，这些既寄托了陈继儒对自然无限热爱的心语，也展示了他高雅多变的审美情趣以及淡泊清幽的人生寄托。

多读两句书　陈继儒

多读两句书,少说一句话。

人有一字不识而多诗意,一偈①不参而多禅意,一勺不濡而多酒意,一石不晓而多画意,淡宕故也。

小儿辈,不可以世事分②读书,当令以读书通世事。

黄山谷③常云:"士大夫三日不读书,自觉语言无味,对镜亦面目可憎。"米元章④亦云:"一日不读书,便觉思涩。"想古人未尝片时废书也。

读史要耐讹字,正如登山耐仄路,踏雪耐危桥,闲居耐俗汉,看花耐恶酒,此方得力。

读书能转音,能破句,是真能读书人,温故知新尽此矣。

读书常如斗草⑤,遇一样采一样,多一样斗一样。

《岩栖幽事》

【注释】

①偈(jì):佛经中的颂词。

②分：分心。
③黄山谷：即黄庭坚，字鲁直，号山谷道人。北宋诗人。
④米元章：即米芾，字元章。北宋书画家。
⑤斗草：古代游戏，用草赌输赢。

【赏读】

《岩栖幽事》记载了陈继儒山居之琐事，如接花艺木、焚香点茶等，当然也少不了埋头读书之事和表达读书的感悟。

多读两句书，少说一句话。这是开篇第一则，也颇符合陈继儒远离俗世隐居的风格。多多读书，沉浸在历史的长河中，与书中古人心灵对话，显然比与俗人说些不投机的话和无聊的话更有意义。黄庭坚说三日不读书自觉很可憎，米芾说一日不读书便觉思路阻塞，可见古人片刻也离不了书，陈继儒大概也是如此吧。

读书要不受世事干扰，要沉下心。当然，读书要学以致用，学会通过读书知晓世事、理解世事，并学会分析和剖析人事纷扰，否则就是死读书、读死书了。

除了多读书、会读书，还要学会温故知新，学会辨别书中的错讹之处，读书要有灵性。与书有缘分的人，读书是享受，是发自内心的喜爱，不愿错过一本好书，不愿放过任何读书的机会。痴书之人心灵纯净，本性淡泊，对文字世界的喜爱使他们与俗世少了许多纷争和纠葛，这未尝不是件好事。

模世语 陈继儒

　　一生都是命安排，求甚么！命里有时终须有，钻甚么！前途止有这些路，急甚么！不礼爷娘礼世尊①，谄甚么！兄弟姐妹皆同气，争甚么！荣华富贵眼前花，恋甚么！儿孙自有儿孙福，愁甚么！奴仆也是爷娘生，凌甚么！当权若不行方便②，逞甚么！公门③里面好修行，凶甚么！刀笔杀人终自杀，唆甚么！举头三尺有神明，欺甚么！文章自古无凭据，夸甚么！他家富贵生前定，妒甚么！一生作孽终受苦，怨甚么！补破遮寒暖即休，摆甚么！才过咽喉成何物，馋甚么！死后一文将④不去，悭甚么！前人田地后人收⑤，占甚么！聪明反被聪明误，巧甚么！虚言折尽平生福，慌甚么！赢了官司输了钱，讼甚么！是非到底自分明，辩甚么！人世难逢开口笑，恼甚么！暗里催君骨髓枯，淫甚么！十个下场⑥九个输，赌甚么！得便宜处失便宜，贪甚么！治家勤俭胜求人，奢甚么！人争闲气一场空，狠甚么！恶人自有恶人磨，憎甚么！冤冤相报何时休，仇甚么！人生何处不相逢，狠甚么！世事真如一局棋，算⑦甚么！谁人保得常无事，消甚么！穴⑧在人心不在山，谋甚么！欺人是祸饶人福，卜甚么！

《陈眉公全集》

【注释】

①世尊：佛家对释迦牟尼的尊称。

②行方便：为人做好事。

③公门:衙门。
④将:拿,带。
⑤"前人"句:语出宋代范仲淹诗《书扇示门人》。
⑥下场:参加,入场。
⑦算:算计。
⑧穴:洞穴,此处指隐居。一说指墓穴。

【赏读】

  《模世语》共三十六条,陈继儒用诙谐幽默的方式,用三十六个相同的句式组成了一系列箴言,从个人与社会的角度罗列了种种生活现象和应对策略,劝诫人们知足常乐、与世无争,顺从命运的安排。

  一生都是命运的安排,命里有时终究有,所以,不要去追逐钻营,该是你的跑不了。兄弟姐妹是一奶同胞,不该争,勤俭持家不求人。是非自有分明时,不用辩,胜了官司也未必是赢家。人生难逢开口笑,谁能常保总无事?《模世语》历数家庭和人生、家事与人事、官场与国事的诸方面,以豁达的心态劝导人们顺其自然,再现感性的生活现象的同时迸发出理性的智慧火花。

  如果世人能按照《模世语》的劝导为人处世,这个世界会太平很多、和谐很多。可是,有多少人能像陈继儒那样决然地抛弃世俗的诱惑,远离利益纷争,甘愿过日子清贫而精神富有的生活呢?

  《模世语》独特的构思与语言颇受后人推崇,清人石成金评价《模世语》"唤醒人心而脍炙人口者,已久且多"。

藏书万卷其中　谢肇淛①

凄风苦雨之夜，拥寒灯读书，时闻纸窗外芭蕉淅沥作声，亦殊有致②。此处理会③得过，更无不堪情景。

读未曾见之书，历未曾到之山水，如获至宝、尝异味，一段奇快，难以语人也。

竹楼数间，负山临水，疏松修竹，诘屈委蛇④，怪石落落，不拘位置。藏书万卷其中，长几卧榻，一香一茗。同心良友，间⑤日过从，坐卧笑谈，随意所适。不营衣食，不问米盐，不叙寒暄，不言朝市。丘壑涯分⑥，于斯极矣。

《五杂俎》

【注释】

①谢肇淛（zhè）（1567~1624）：字在杭，又字武林，长乐（今属福建市鄞州区）人。明代文学家。官至广西左布政使。著有《小草斋集》《文海批沙》等。《五杂俎》分为"天、地、人、物、事"五部，考述学问、艺文等，文字简朴自然。

②致：情致。

③理会：对付，处理。

④委蛇（wēi yí）：同"逶迤"，长而弯曲。

⑤间：同"闲"。

⑥丘壑涯分：意指真正的隐居生活。

【赏读】

读书是文人雅士的嗜好，也是他们生活的乐趣。谢肇淛在《五杂俎》中主要记述了读书笔记以及风物见闻，其中津津乐道的是他的读书之乐。

凄风苦雨的深夜，靠着寒灯读书，屋内清冷，屋外雨打芭蕉。可读书人并不感觉寂寞，相反觉得颇有情致。这种境况都能忍受，还有什么无法忍受的情形呢？因为有好书在手，什么样的境况都可以优雅地度过。

读书也有好景致。在背山面水的竹林间拥有竹楼数间，逶迤的松树环绕，怪石点缀其间。竹楼里藏书万卷，长几卧榻，点上一炷香，沏上一壶茶，同道好友围聚笑谈，不谈衣食米盐，也不论官场名利，谈读书、说隐居，话题轻松随意，这样的生活堪称完美。

读书之乐，乐在忘却了人间烦恼，忘却了俗世纷扰。在书的世界中与古人心灵对话，与历史和未来时空同步。

好书之人 谢肇淛

好书之人有三病：其一，浮慕时名，徒为架上观美，牙签锦轴①，装潢炫曜，骊牝②之外，一切不知，谓之无书可也。其一，广收远括，毕尽心力，但图多蓄，不事讨论，徒浼③灰尘，半束高阁，谓之书肆可也。其一，博学多识，矻矻④穷年，而慧根短浅，难以自运，记诵如流，寸觚莫展⑤，视之肉食⑥面墙⑦诚有间矣，其于没世无闻，均也。夫知而能好，好而能运，古人犹难之，况今日乎！

好利之人，多于好色；好色之人，多于好酒；好酒之人，多于好弈；好弈之人，多于好书。

《五杂俎》

【注释】

①牙签锦轴：用象牙制作的书签和以彩纹丝绸装裱的卷轴，意为华美的装饰。

②骊牝（lí pìn）：“牝牡骊黄”的省略，比喻事物的表面现象。

③浼（wò）：弄脏，污染。

④矻（kū）矻：勤劳不懈的样子。

⑤寸觚（gū）莫展：在学问上毫无施展、发挥。觚，古代用来书写的简策。

⑥肉食：比喻位高俸厚但浅薄之人。

⑦面墙：语出《论语·阳货》，比喻孤陋寡闻且不学无术的人。

【赏读】

　　书是通向成功的阶梯，读书是增加知识积累，加强内心修养的捷径，在中国古代，读书还是金榜题名、仕途顺畅的必经之路，所以，读书人多，好书人多。但好书之人各有好书的理由，也有某些可称之为"病"的好书"习惯"。

　　比如有些人书没读过几本，却热衷装门面，把书架装饰得美轮美奂；有些人藏书丰富，搜集图书不遗余力，可弄到书后却懒得看一眼便束之高阁，任其灰尘蒙面；还有些人勤奋读书，博学多识，甚至倒背如流，但却不会学以致用，如此读书与不读书又有何区别？

　　生活中，这样的好书之人似乎并不少见。其实他们只是"伪"好书而已，他们有的是附庸风雅，有的是显摆，有的只是跟风，纯粹把读书当做时髦与时尚，一旦社会的喜好风头变了，他们会摇身一变，迅捷地成为另一种事物的爱好者。这种现象古代有，现在也肯定不会绝迹。

　　真正的好书之人是"知而能好，好而能运"。这种人以前便难找，"况今日乎"？要做真正的好书之人，就要杜绝"三病"，不但爱书还要会读书、会运用，从书里得到的毕竟只是书本知识和别人的经验，要灵活掌握，最终为我所用，这才是最关键和最重要的。

自安小乐 李 鼎[1]

茅檐外，忽闻犬吠鸡鸣，恍似云中世界；竹窗下，惟有蝉吟鸦噪，方知静里乾坤。

杏花疏雨，杨柳轻风，兴到忻然独往；村落浮烟，沙汀印月，歌残倏尔言旋。

饘[2]于是，粥于是，充口腹无羡大烹；寒不出，暑不出，庇风雨自安小乐。

热不可除而热恼可除，秋在清凉台上；穷不可遣而穷愁可遣，春生安乐窝中。

五夜[3]清霜，收拾尽许多生意；三春丽日，放开来无限杀机。

《偶谈》

【注释】

[1]李鼎（生卒年不详）：字长卿，豫章（今江西南昌）人。明代文人。万历十六年（1588）举人，生平不详。所著《偶谈》是随笔性清言小品，收入陈继儒编辑的《宝颜堂秘笈》。

[2]饘（zhān）：稠粥。

③五夜：五更。

【赏读】

明代许多文人对闲适自然的生活无比向往，他们中的一些人弃官场而隐居田园，如陈继儒；更多的人虽混迹官场，但心中自有一块清静之地，这是为理想而保留的一方净土，李鼎即是如此。从他的《偶谈》自序中我们便能体会他的追求："李生掩关山中，阒然无偶。既戒绮语，绝笔长篇。兴到辄成小诗，附以偶然之语，亦云无过三行。盖习气难除，聊用自宽耳。"

茅檐外，听闻鸡鸣犬吠，好似生活在仙界；竹窗下，蝉吟鸦噪声里才知清静安宁的可贵。杏花疏雨，杨柳轻风，村落浮烟，沙汀印月，借助这些意象的组合，我们眼前立即浮现出一幅幅生动的自然图景。置身如此淳朴的环境中，生活自然轻松惬意。

追求这种自在的生活其实并非易事，需要抛弃富贵名利，在精神世界中寻找心灵寄托。我们看到了李鼎的洒脱，他宁愿以喝粥充口腹而不"羡大烹"，不论寒暑都安居小屋，在自足中追寻清静舒适。只有心中明净似水才能如此潇洒，只有内心安宁才会有快乐。小乐也是乐，同样让人心情舒畅，笑口常开。

忠恕二字一生用不尽　江东伟[①]

山人以口坏天下事，文人以舌坏天下事，美妇人以面坏天下事，达官大人以手坏天下事。

壶公曰：都是心坏事。

范忠宣[②]云："我生平所学，惟'忠恕'二字，一生用不尽。"

壶公曰：曾子之学，谈何容易。

范纯仁尝教人曰："惟俭可以助廉，惟恕可以成德。"

壶公曰：名言，名言！

蔡西山[③]云："为善得祸，乃是为善未熟；为恶得福，乃是为恶未深。人事尽处，方是天理。"

壶公曰：一事一时，定不得祸福。

邵康节[④]尝言："善人固可亲，未能知，不可急合；恶人固可疏，未能远，不可急去。"

壶公曰：邵子甚圆，大而化之，无可无不可。

《芙蓉镜寓言》

【注释】

①江东伟(生卒年不详):字清来,号壶公,开化(今属浙江)人。明代文人。著有《芙蓉镜寓言》《芙蓉镜韵言》等。《芙蓉镜寓言》仿《世说新语》,主要记录人物言论事迹。

②范忠宣:即范纯仁,范仲淹之子,北宋名臣,官至礼部尚书,谥忠宣。

③蔡西山:即蔡元定,南宋理学家,字季通,学者称"西山先生"。

④邵康节:即邵雍,北宋理学家,字尧夫,谥号康节。

【赏读】

《芙蓉镜寓言》体例上仿照《世说新语》,但内容全新,而且几乎每则言论或事迹后都加上了作者的评论,只言片语但直截了当地评判人与事,令读者清楚地明了作者的好恶。

隐士和文人以口舌坏天下事,美人以红颜坏天下事,达官则用手腕坏天下事,他们坏事的方法各不同,但共同的特点都是心地不淳厚,也就是作恶。因此,为人应该正派,要牢记忠恕、廉洁,"'忠恕'二字,一生用不尽",这是良臣的人生总结,也是前人给后人留下的宝贵经验。

总之,待人处事要"善"字当头而不是为非作歹。虽然做善事、好事不容易,但从良心出发,遵循诚信待人的理念,做善人并不困难。区别谁是善人、谁是恶人也许很困难,但经过谨慎的、长期的考验,是善人还是恶人终见分晓。

光明磊落之素 江　熙①

　　人当艰难之际,事穷势蹙②,宁得③不深忧惧?然正以顺受见涵养。至已过,则浑如无事,勿以滓④我胸怀,乃不失丈夫光明磊落之素⑤。

　　人生事事如意,则不如意至矣。故俗所谓将就过,余最善斯言。人所艳慕处,独能淡之,方是学问。

《扫轨闲谈》

【注释】

　　①江熙(生卒年不详):常熟(今属江苏)人。清代文人。著有《扫轨闲谈》。
　　②事穷势蹙:意为走投无路。
　　③宁得:怎能。
　　④滓:此处意为弄脏了。
　　⑤素:本性。

【赏读】

　　人生之路不可能一帆风顺,有时是顺境,有时也会身处逆境。居顺境自不待言,遇逆境时如何面对艰难困苦,则是对个人意志的最好的考验。

　　人面临艰难处境,找不到出路甚至走投无路,一定感觉无助、忧虑,那么如何解决难题是一个人涵养和智慧的体现。冷静寻找对策,发现解决问题的关键,最后成功克服难题,而事情过后则表现与常日无异。这样的人拥有的是坚强的意志和出众的智慧,可谓光明磊落的大丈夫。

　　成功的人都具有这种特质,机敏睿智、宠辱不惊。他们把人生的挫折当做生活中的必需品,如意时享受生活,不如意时泰然处之,然后排除干扰,继续前行。俗语说的"将就过"便是一种乐观的处世态度,不必惊恐,也不要慌张,淡然以对,我行我素,这是生活的小智慧、大学问。看淡挫折便对生活少一点失望,多一份信心,人生也就有了更多的希望。

自心难料 叶秉敬[1]

人只道人心难料,不知自心更难料。假如乏钱时,自思得了百钱千钱,尽够足矣。及至得钱后,再添了千贯万贯,还更不够,以此知自心难料。

人只道人心不平,不知自心更不平。假如失意时,受了人一拳一棍,几恨死矣。及至得意后,打了人百拳百棍,反更称佳。以此知自心不平。

《遵徇编》

【注释】

①叶秉敬(1562~1627):字敬君,号寅阳,衢州(今属浙江)人。明代诗人。著有《叶子诗言志》《字孪》等。《遵徇编》是《叶子诗言志》的一部分,主要杂录对联偶语。

【赏读】

人心难测,因为你不知别人心里到底想什么、怎么想,也因为言说并非全为心声,所以了解别人的内心是一门学问,了解心理成为一门科学。

别人的心难测,自己的心当然好测喽,自己想什么难道自己不知道吗?叶秉敬告诉我们:错了,了解自己的心比了解别人的心更难,自心更难料。没钱时想着有了百块千块就足够了,等到有了百块千块甚至千贯万贯了,发现自己还是不满足,还想要更多,这不是自心难料吗?再比如失意时被别人打了一拳一棍,心里痛恨这种人的暴虐行为;等到得意了,却随意打别人百拳百棍才觉得过瘾,而并不以此为耻,这就是自心不平啊。

人总是这样,一旦某种欲望得到了满足,就会催生更多的欲望,于是总感觉无法满意,幸福也就无从谈起。这就是人的自我的迷失吧,所以说"自心难料"。

清灵之气集 李日华①

洁一室，横榻陈几其中，炉香茗瓯②，萧然不杂他物。但独坐凝想，自然有清灵之气来集我身。清灵之气集，则世界恶浊之气，亦从此中③渐渐消去。

《六研斋笔记》

【注释】

①李日华（1565~1635）：字君实，号竹懒，又号九疑，嘉兴（今属浙江）人。明代文学家、画家。精于鉴赏。笔调清隽，富有闲适情调。著有《味水轩日记》《紫桃轩杂缀》等。

②茗瓯：泛指茶具。

③此中：心中。

【赏读】

李日华性格淡泊和易，诗文书画皆通，并精于鉴赏。他游历各地寄情于山水，与各地名士交游，有好古博物之闲趣。虽也在仕途奔波，但他的文人情怀和志趣贯穿一生。

这则短文寥寥数语，散发着淡淡的闲适情调，清灵之气缭绕而至。打扫干净居室，在屋中放置横榻茶几，点上一炷香，摆好茶具，此外再无他物，并未感觉到冷清的气息。独坐室内聚神凝想，清灵之气渐渐聚集全身，将俗世的恶浊之气一点点排除。李日华以文学家的细腻和画家的敏锐为我们描绘了一幅形象清晰的图画：他独坐空旷的室内沉思冥想，清灵之气充满他的体内，环绕在他的周围。

闲适自在来自于内在独立而单纯的精神。李日华人在官场，心向自然，严拒恶浊，拥抱清灵。有了这种精神和意志，便百毒不侵，永握清灵之气质，永葆自然之精神。

图大于微知着于细　　彭汝让[①]

燎原之火，星星也；干霄之木，菁葱也。故曰图大于微，知着于细。

土之积也则为丘，水之积也则为河，行之积也则为圣。

多躁者必无沉毅之识，多畏者必无踔越[②]之见，多欲者必无慷慨之节，多言者必无质实之心，多勇者必无文学之雅。

多富贵则易骄淫，多贫贱则易局促[③]，多患难则易恐惧，多酬应则易机械[④]，多交游则易浮泛，多言语则易差失，多读书则易感慨。

自多[⑤]其名，其名不足。自多其富，其富不足。自多其能，其能不足。良贾深藏若虚[⑥]，谅[⑦]哉！

半窗一几，远兴闲思，天地何其寥阔也！清晨端起，亭午高眠，胸襟何其洗涤[⑧]也！

《木几冗谈》

【注释】

①彭汝让（生卒年不详）：字钦之，明代青浦（今属上海）人。

著有《木几冗谈》。该书是札记清言，《四库全书总目》认为其"儇佻殊甚，盖屠隆一派"。

②踔（chuō）越：超越平常，卓越。

③局促：拘束，窘迫。

④机械：巧诈，机诈。

⑤自多：自夸。

⑥深藏若虚：会做生意的人把宝物藏起不轻易示人。比喻有真才实学者不轻易露锋芒。

⑦谅：确实。

⑧洗涤：形容干净清爽。

【赏读】

星星之火可以燎原，中国人非常熟悉的这句话在这里找到了更早的出处，没有激进的革命意味，有的是循循善诱、语重心长。做事要从小事做起，点滴积累，就如燎原之火由点点星火连成，干霄之木由菁葱枝叶开始；粒粒土壤堆积而成小丘，点点水滴汇集而成江河，小小善事累积便成了圣人。

有修养的人做人诚实，做事谦虚踏实，乐于、善于做小事。有真才实学的人就像精明的商人寻到宝物一样，绝不会大张旗鼓地广而告之，而是深藏不露，因为他内心充实自信。因此，做个成功的有修养的人，就要戒骄躁、戒多欲，慎言不自夸，不走极端。

庄子曾经纵情恣肆地论及了"自多"的井底之见，精辟地指出其原因在于见识少、眼界窄。而如果戒除了多躁、多畏、多欲、多言等毛病，丰富地充实自我，全面地认识自我，便可从容地应对生活。每天临窗坐几，远眺闲思，天地尽收眼底，内心明净，胸襟自然开阔，这该是多么惬意的生活享受！

得失听之有命 来斯行[1]

自知难于知人,自信难于信人。

世缘未能遽绝,要时时有疏水曲肱[2]、箪瓢陋巷[3]底意思。世事未能顿除,要时时有富贵浮云、春风沂水底胸襟。

凡事较之最苦则乐,得失听之有命则安。

难亲胜于易合,面谀甚于背非。

天下无不可格[4]之人,但恐诚心未至。天下无不可为之事,只为立志未坚。

《槎庵燕语》

【注释】

①来斯行(1567~1634):字道之,号马湖,一号槎庵,萧山(今属浙江杭州)人。明代官员,官至福建右布政使。著作有《经史典奥》《槎庵小乘》等。

②疏水曲肱:出自《论语·述而》:"饭疏食,饮水,曲肱而枕之,乐亦在其中矣,不义而富且贵,于我如浮云。"意为即使吃粗粮、喝凉水、弯着胳膊做枕头也乐在其中。后以"曲肱"比喻清贫而闲适的生活。

③箪瓢陋巷：出自《论语·雍也》："一箪食，一瓢饮，在陋巷，人不堪其忧，回也不改其乐。"

④格：使感化归服。

【赏读】

古人非常重视做人的修养，不厌其烦地教导家人、后人如何做人、怎样做人。这与儒家修身养性的理念密切相关。来斯行在《槎庵燕语》中也有若干则格言论此，他的做人原则是自知、坚定、乐观。

做人困难的是要有自知之明，认识自己比了解别人难，相信自己比相信别人更难，因此，要学会与自己相处，认识自己。天下没有不能归化之人，如果有是因为你的诚心不够；天下也没有做不到的事，如果有是因为你的意志不够坚定。和最苦的事相比什么事都是快乐的，得失听天由命则内心安然。对人世间的名与利不妨看轻点，以乐观的心态生活，则粗茶淡饭的日子也会乐在其中，箪食瓢饮居陋巷也不改其乐，这需要有视富贵如浮云的旷达胸襟和乐于春风沂水的高雅情怀。

自知、诚心、乐观、坚定，这些在古人的著作和教诲中屡屡提及，虽然并不新鲜，但说得在理，说得形象，故应当成为我们行为处事的基本原则与要求并身体力行。

宜 称 袁宏道①

  插花不可太繁,亦不可太瘦,多不过二种三种。高低疏密,如画苑布置方妙。置瓶,忌两对,忌一律,忌成行列,忌以绳束缚。夫花之所谓整齐者,正以参差不伦,意态天然,如子瞻②之文随意断续,青莲③之诗不拘对偶,此真整齐也。若夫枝叶相当,红白相配,此省曹墀④下树,墓门华表⑤也。恶⑥得为整齐哉?

《袁宏道集笺校》

【注释】

  ①袁宏道(1568~1610):字中郎,号石公,又号六休,公安(今属湖北)人。明代文学家,公安派代表人物。其写作强调"独抒性灵"。小品创作灵逸、自然清新,时见真性情真情趣。作品有《袁中郎全集》。

  ②子瞻:即北宋文学家苏东坡,字子瞻。

  ③青莲:即唐代诗人李白,号青莲居士。

  ④省曹:官署。墀:台阶。

  ⑤墓门华表:帝王墓前作为装饰和标志的立柱。

  ⑥恶(wū):怎么,如何。

【赏读】

  《瓶史》是袁宏道撰写的关于插花艺术的著作。本文是第五篇,主要谈及插花的布置和方法。插花是高雅的生活艺术，以雅致为美。对插花的布置方法体现了袁宏道的艺术审美观，同时也是他不羁个性的突出体现。

插花布置应如画苑般高低疏密参差相间方为妙，而不应刻板、人为地制造整齐，因此成行成对、"以绳束缚"便扼杀了花的天性。插花的整齐在于顺应自然，"参差不伦，意态天然"，随意而有变化，和谐相称，这才是真整齐。

插花如此，写作也如此。苏东坡的文章随意断续，李白的诗不拘对偶，这也是整齐的一种形式，是天然去雕饰的一种形态。再由此生发，为人也应如此。如此插花正切合袁宏道的独特个性：崇尚自由，反对束缚个性。

谈的是插花，论的却不仅是花，由花及文，再由文推及为人，欣赏真正的美，赞颂独特的美，作者的审美情趣得以巧妙舒展，审美理想得以充分抒发。

清 赏 袁宏道

茗赏者上也,谈赏者次也,酒赏者下也。若夫内酒越茶及一切庸秽凡俗之语,此花神之深恶痛斥者,宁闭口枯坐,勿遭花恼可也。夫赏花有地有时,不得其时而漫然命客①,皆为唐突。寒花宜初雪,宜雪霁②,宜新月③,宜暖房。温花宜晴日,宜轻寒,宜华堂。暑花宜雨后,宜快④风,宜佳木荫,宜竹下,宜水阁。凉花宜爽月,宜夕阳,宜空阶,宜苔径,宜古藤巉石⑤边。若不论风日,不择佳地,神气散缓,了不相属⑥,此与妓舍酒馆中花何异哉?

《袁宏道集笺校》

【注释】

①漫然命客:随便招待宾客。

②雪霁:雪后放晴。

③新月:指农历每月的初一。

④快:舒爽,畅快。

⑤巉石:高耸险峻的岩石。

⑥了不相属:指花与场所不相配。

【赏读】

本文是《瓶史》的第十一篇,谈的是赏花的环境、时间和地点。

赏花有几种情形，边喝茶边赏花为上佳。赏花是高雅的艺术审美过程，因此要与志同道合的朋友一起欣赏，尽情享受这令人愉悦的美的历程。

赏花的时间和地点尤应讲究。作者为我们详细介绍了四季赏花绝佳的时间、地点：寒花宜在初雪、雪霁、新月或者温暖的室内；温花宜在晴日、轻寒或者厅堂内；暑花宜在雨后、快风、树荫、竹下或水边；凉花宜在爽月、夕阳下或空阶、苔径和古藤巉石边。

作者赏花追求的是"清赏"，冬日雪中赏花，春天晴空下赏花，夏天雨后赏花，秋日月下赏花，都是与天地融合的自然之赏。在不同的季节里赏花，心境各有不同，但置身在大自然中，人与花和谐共处，花与自然巧妙映衬，自然与人完美一体，美妙得无以复加。

如果赏花不分时间地点、不顾心境，也不与同道之友共赏，那就与在酒馆妓院中看花无异了。所以，赏花不需要排场、热闹和奢侈，需要的是适宜的时间、地点和恰当的环境氛围。

王以明① 袁宏道

世上未有一人不居苦境者，其境年变而月不同，苦亦因②之。故作官则有官之苦，作神仙则有神仙之苦，作佛则有佛之苦，作乐则有乐之苦，作达则有达之苦。世安得有彻底甜者？唯孔方兄③庶几近之。而此物偏与世之劳薪为侣，有稍知自逸者，便掉臂不顾，去之唯恐不远。然则人无如苦何耶？亦有说焉。人至苦莫令若矣，当其奔走尘沙，不异牛马，何苦如之。少焉入衙斋，脱冠解带，又不知痛快将何如者。何也？眼不暇求色即此色，耳不暇求音即此音，口不暇求味即此味，鼻不暇求香即此香，身不暇求佚④即此佚，心不暇求云搜天想即此想。当此之时，百骸俱适，万念尽销，焉知其他？始知人有真苦，虽至乐不能使之不苦；人有真乐，虽至苦不能使之不乐。故人有苦必有乐，有极苦必有极乐。知苦之必有乐，故不求乐；知乐之生于苦，故不畏苦。故知苦乐之说者，可以常贫，可以常贱，可以长不死矣。中郎近日受用如此，敢以闻之有道⑤。

《袁宏道集笺校》

【注释】

①王以明：王辂（lù），字以明，公安（今属湖北）人，是袁宏道举子业师。精通禅学和性命之学，也和李贽、袁宗道等有交往。

②因：因袭，继续。

③孔方兄：钱。古代大多数的钱币为铜铸圆形，中有方孔，

故名。

④佚：同"逸"。

⑤有道：有道德有才能的人，这里指王以明。

【赏读】

苦与乐本来是相反相成的，因此中国有苦尽甘来、乐极生悲等成语。文中袁宏道和他的老师兼益友王以明先生谈论的就是他自己的苦乐观。

文中谈的苦与乐偏重的是心理感受，而不是食不果腹、衣不蔽体等那些天灾人祸造成的物质上、生理上的苦痛。心理感受的苦确实是人皆有之的，哪怕是神、佛、达官贵人，真所谓"世安得有彻底甜者"。但是生活中苦与乐是相反相成的，当受尽"奔走尘沙，不异牛马"的极苦以后，回到自己的衙斋，脱冠解带完毕，彻底放松了身心，又不知是怎样的"痛快"！这时人的感官已经没有工夫去体验什么色、音、味、香、佚，脑子也"不暇求云搜天想"，在自己的私斋里一切都是舒适的，冥冥之中好像都得到了满足。这种"百骸俱适，万念尽销"的心态，不是最快乐的一种境界吗？苦与乐是在相比较中感知的。

因此作者认为："故人有苦必有乐，有极苦必有极乐。知苦之必有乐，故不求乐；知乐之生于苦，故不畏苦。"无欲无求，无恐无畏，自然心宽体健，哪怕是物质上、生理上受到很多磨难，也可以长命百岁。袁中郎这种豁达洒脱的苦乐观不也值得今人借鉴吗？

书游山豪爽语 袁中道①

游山次②,有友人云:"先上山时,予向草中熟眠一觉,甚快。"予曰:"公欲以一觉点缀山景尔,非真睡也,予亲见公目未合耳。"其人大笑。

予曰:"凡古来醉后弄风作颠者,固有至性。其中亦有以为豪爽,而欲作如是态者。若阮籍③之醉、王无功④之饮,天性也。米元章⑤之颠,有欲避之而不能者。故世传米老《辨颠帖》。而世乃以其颠为美,欲效之,过矣。云林⑥之癖洁,正为癖洁所苦,彼亦不乐有之。今以癖洁为美而效之,可呕也。

昔有一友人,以豪爽自喜,同入西山。时初春,乃裸体跣⑦足,入玉泉山裂帛湖中,人皆诧异之,彼亦沾沾自喜。过数载,予私问之曰:"卿往年跣足入裂帛湖,可称豪爽?"其人欣然。予再问之曰:"北方初春,冰雪棱棱,入时得无小苦耶?幸无欺我。"其人曰:"甚苦,至今冷气入骨,得一脚痛病,尚未痊也。当时自为豪爽为之,不知其害若此。"然则世上豪爽事,其不为裂帛湖中濯足者寡矣!

《珂雪斋集》

【注释】

①袁中道(1570~1626):字小修,号凫隐居士,公安(今属湖北)人。明代文学家,与其兄袁宗道、袁宏道合称"三袁",同为公安派代表作家。文学主张崇尚自然,直抒性灵。著有《珂雪斋

集》等。

②次：停留处。

③阮籍：三国时文学家。

④王无功：即王绩，字无功。唐代诗人。

⑤米元章：即米芾，字元章。北宋书画家。

⑥云林：即倪瓒，号云林居士或云林散人。元代画家。

⑦跣（xiǎn）：光着。

【赏读】

　　作为公安派的代表作家，袁中道与他的两位兄长都倡导"独抒性灵"，崇尚自然率真的文风，反对虚假的无病呻吟的创作。创作理念如此，做人也如此。换言之，那些生活中为人处世虚情假意的人，如果从事创作，也绝不会有发自内心的真诚坦率的情感表达。

　　本文中，袁中道以幽默的笔调对比了两种性情的人，一种是发自内心的真性情，如阮籍的醉酒和王绩的畅饮都是天性使然，流露的是率真自然的真性情，因而可亲可爱。而那些以米芾的颠狂、倪瓒的洁癖为美要千方百计效仿的人，就如东施效颦般可笑可怜，更不用说那个声称在草中熟眠其实连眼皮都没合的友人和那个裸身跣足跳进冰冷的湖中结果落下病根后悔不已的仁兄。这些人一味地追逐所谓以豪爽为贵的时尚，其实只是学得豪爽的皮毛，没有也不愿意探究豪爽的真谛，因而只是附庸风雅，以假面具示人，其性情的虚伪和行为的虚假令人不齿。

　　袁中道从小处着眼，借历史典故和身边小事揭示了人性中某些虚假的东西，形象地抒发了对自然率真的真性情的渴望，轻松的语言中散发着独特的魅力，文字既幽默轻灵又发人深省。

人心愈炼愈透 王 佐[①]

人心常带三分忧患,则事业可成。人身常带三分疾病,则性命可保。

茶味愈久而愈苦,蔗味愈老而愈甘,人心愈炼则愈透。

松柏傲霜雪而见节,不能假霜雪以敷荣。桃李带雨露而呈姿,未免因雨露而败色。

《敬胜堂杂语》

【注释】

①王佐(生卒年不详):明末人,生平事迹不详。著有《敬胜堂杂语》。

【赏读】

路遥知马力,日久见人心。熟悉、了解、看透一个人需要长期的观察和考验。虽然有些人简单得一览无余,但更多的人都戴着一副虚假的面具,或多或少地隐藏了真实的自己。与人交往时,受名利诱惑和利益驱使,有的人口是心非,有的人虚情假意。

人心藏在看不见的地方,你怎么能洞悉他真实的心理活动呢?只有依靠时间。时间能证明一切,时间能考验人心真伪。虚假的心在时间面前原形毕露,而真心越炼越是通透。只要内心明净如水,真诚待人,时间愈久,其真情愈显可贵。

蕴火得久热 徐祯稷①

荣华可耀而弗耀者,其神全也;目前可快②而不快者,其规远也。故乔木无艳花,蕴火得久热。

为论似迂,久而见证者,神其远也;始计若拙,究弗受悔者,识其深也。崇晦府君③有之。

吾常见夸己者,以要④誉而受嗤也;吾常见媚人者,以求悦而招鄙也。夫士处世,无为可议,勿期人誉;无为可怨,勿期人悦。

蹑⑤百仞之峰者,身善危;瞩皓日之耀者,眸善炫。士居崇而履平,危乎远矣;处明月而晦,炫乎免矣。

或问:"为士者必有高志与?"余斋曰:"然否。夫志以要诣也,高而能诣,弗称高矣;苟云无实,不如笃也。故慕大略者不如积细善,骛奇行者不如谨常度,干⑥显誉者不如修隐德,歆捷效者不如需久成。"

《耻言》

【注释】

①徐祯稷(生卒年不详):字厚源,一字叔开,号余斋,松江

华亭（今上海市松江区）人。明代学者。万历进士，官至四川按察司副使，以清廉仁惠著称。谢官后隐居，著有《耻言》《明善堂诗稿》等。

②快：快乐。

③崇晦府君：徐祯稷之父徐三重，号崇晦老人，著有《徐氏家则》等书。

④要：通"邀"，即追求。

⑤蹑：攀登。

⑥干（gān）：求取，寻求。

【赏读】

《耻言》是"家居谈说偶识之简者也"，每则谈话都以"余斋言"开头，是徐祯稷日常生活中的谈话记录，以期自我反省或警示后人。徐祯稷的日常谈话主要继承其父的家学渊源，发扬儒家学说中的道德伦理精神，许多思想在今天仍然具有可贵可行的现实意义，如洁身自好、谦虚自律、注重修身养性等。

有炫耀的资本但不张扬，是有完美精神的人；可享受眼前的快乐而不享受，是着眼于深远的谋划。抒发看似迂腐的言论，但实践证明了其正确性，他的精神必定是深邃高远，对世界的观感也自然深刻。所以，勤奋的人竭力培养自己廉洁高尚的情操，仰慕别人不如脚踏实地从自己做起，低调行事，苦修隐德，不自大自夸，也不媚俗于人。这是徐祯稷对高尚之人高尚品德的描绘，他的父亲便是拥有这些品德的高尚之人：情操高尚、踏实稳重、积善慎行、远离名利。在《耻言》中，徐祯稷多次以父亲为效法的榜样，而该书的写作宗旨之一也是希望将父辈的家学传统传承子孙后代。

成事者后言 徐祯稷

谓我不信而谀我者,戏我也;谓我信而谀我者,愚我也。士不受人戏,亦不受人愚。

实二而名一,则名立而不毁矣;行五而言三,则言出而寡尤①矣。斯之谓有余地。

德高者归,言高者违,才高者雄,色高者穷,节高者服,气高者戮。故士崇其德而讷其言,丰其才而锄其色,励其节而平其气,故能成天下之大美。

士而多言,疾也,寡言,德也。尤慎四乘:夫乘怒而言将无②激,乘快而言将无恣,乘醉而言将无乱,乘密昵而言将无尽。

言之不祥者有五:扬人失者,鸱鸮③之言乎;构人衅者,风波之言乎;成人过者,毒鸩之言乎;证人隐者,鬼贼之言乎;伤人心者,兵刃之言乎。

怀匡俗之志者,不务绝俗之行;负济时之略者,不为愤时之言。夫用世有二难:曰真心,曰实济。以真心图实济,气也恶得而不平?词也恶得而不谨?

《耻言》

【注释】

①寡尤:少有过失。

②将无:莫非。

③鸱鸮(chī xiāo):鸟类一科,如猫头鹰。

【赏读】

"君子讷于言而敏于行",孔夫子的圣言流传数千载,成为后代贤人君子安身立命的守则之一。而"言"的关键则是何时言、怎么言,徐祯稷对此有许多建议与忠告。

《耻言》的书名突出了"言",作者自言:"言之未克行焉,庸无耻乎?"说了不做或者做不到是耻辱,所以,要慎言。

如何言?说话要注意场合,在适当的时候说适当的话,以少说多做为佳。必须慎言的场合:愤怒时,因为这时说的无非是激动话;酒醉时,这时说的无非是胡话;亲密时,这时说的无非是内心最深处的话;快意时,这时说的无非是恣肆的话。不该说的话:揭人过失、搬弄是非、致人犯错、揭人隐私、伤人心等。徐祯稷用排除法列举了不该多说话的场合与话题。

当然,还有如何听言的问题,要学会分辨假话和真话,别人对自己的奉承千万别当真,那或是戏言或是愚弄。

言与行是人们参与社会生活的主要方式。徐祯稷重行慎言的言谈给我们提了醒。

作之不止可以胜天　　杨梦衮①

作之不止，可以胜天。止之不作，犹如画地。

独立，患在无偶；对立，患在有争。

酒足以狂愿士②，色足以杀壮士，利足以点③素士，名足以绊高士。

不刃而杀人者有二：曰谗，曰色。谗犹憎也，色则爱也。

好食人者虎，好窃人者鼠，好螫人者蝎，好吠人者犬，好媚人者狐，好阴中④人者鬼蜮。今世之为鼠、为蝎、为犬、为狐、为鬼蜮者多矣。

银河清浅，万籁无声；浊酒一壶，素琴一张。愿与幽人共之。

术⑤不可以久行，伪不可以屡作。术以巧胜，巧穷则拙矣；伪以饰胜，饰穷则露矣。

《草玄亭漫语》

【注释】

①杨梦衮(？~1632)：字岱宗，济南（今属山东）人，明代官员。曾被选入翰林院编修国史，官至工部尚书。著有《岱宗小稿》。

②愿士：善良朴实的人。

③点：通"玷"，玷污。

④中（zhòng）：中伤。

⑤术：权术。

【赏读】

人生要有理想、追求，而如何实现自己的理想与追求呢？相信所有人都会回答：努力呗。但理想和追求的实现更关键的是需要有一种坚持到底的精神，"作之不止，可以胜天。止之不作，犹如画地"。只有永不放弃，才能到达胜利的彼岸。如果只在原地打转，不付诸行动或者遇到一点困难便停步不前，则理想永远只是一栋空中楼阁，可望而不可即。

实现理想需要理智的人生规划和科学的态度，并采取正当的手段。人人都有理想以及实现理想的抱负，但应当怀着一颗真诚的心循着正确的途径实现理想。如果为达到目的不择手段甚至侵害他人，则非但理想无法实现还会害人害己。"术不可以久行，伪不可以屡作"，杨梦衮从反面给了我们告诫。

夏梅说 钟 惺①

梅之冷,易知也,然亦有极热之候。冬春冰雪,繁花粲粲②,雅俗争赴,此其极热③时也。三四五月,累累其实,和风甘雨之所加,而梅始冷④矣。花实俱往⑤,时维朱夏⑥,叶干相守,与烈日争,而梅之冷极矣。故夫看梅与咏梅者,未有于无花之时者也。张谓⑦《官舍早梅》诗所咏者,花之终,实之始也。咏梅而及于实,斯已难矣,况叶乎!梅至于叶,而过时久矣。

廷尉董崇相⑧,官南都⑨,在告⑩,有《夏梅》诗,始及于叶。何者?舍叶无所为夏梅也。予为梅感此谊,属同志者和焉,而为图卷以赠之。

夫世固有处极冷之时之地,而名实之权在焉。巧者乘间赴之,有名实之得,而又无赴热之讥。此趋梅于冬春冰雪者之人也,乃真附热者也。苟真为热之所在,虽与地之极冷,而有所必辩焉。此咏夏梅意也。

《隐秀轩集》

【注释】

①钟惺(1574～1624):字伯敬,号退谷,竟陵(今湖北天门)人。明代文学家,竟陵派代表作家。创作重"真诗",重"性灵",并追求幽深孤峭的审美情趣。著有《隐秀轩集》。

②粲粲:鲜明的样子。

③热:炙手可热。

④冷：冷清，冷落。

⑤往：此处指花果凋谢。

⑥朱夏：古时称夏天叫朱夏或朱明。

⑦张谓：唐代诗人。其《早梅》诗有语："不知近水花先发，疑是经冬雪未消。"

⑧董崇相：即董应举，号崇相。明代诗人。

⑨南都：指南京。

⑩在告：在告归期间。古代指官员告假回乡期间。

【赏读】

梅，傲雪挺立，在冰雪中怒放。这是世人对梅的赞誉，对梅花的欣赏，梅也因此被赋予了坚强不屈的精神象征。而钟惺另辟蹊径，将视角转向梅花凋落之后漫长的时光中梅的境遇，从夏梅落笔进行冷、热对比，思路智慧而辩证。

严冬，梅花独放，虽身处寒冷的环境之中，但赏梅的人纷至沓来争睹梅花的风采，梅花的处境可谓盛况空前、炙手可热。而一旦梅花凋落，便无人愿意再多瞅一眼。到夏天，百花怒放，繁花似锦，唯独梅既无花儿绽放又无果实高挂，仅仅满树绿叶，在绿色世界中极为普通，无法吸引人们的目光，在炎热的季节里自然遭受冷遇。

冷与热，既有自然界天气的对比，也有人世间态度的对比。而能发现被冷落的夏梅之美，必然需要独到的眼光与思维，如张谓、董崇相、钟惺者。"叶干相守，与烈日争"，在炎热的季节里无视冷遇，依然顽强地昂首挺立，又何尝不是一种自强、独立的精神呢？

人世间亦有冷与热，饱尝人情冷暖、世态炎凉遭遇的人最能体会夏梅的心情，梅的冷与热在这里获得了寓意深刻的形象反映。

好好先生　冯梦龙[1]

后汉司马徽[2]不谈人短,与人语,美恶皆言好。有人问徽:"安否?"答曰:"好。"有人自陈子死,答曰:"大好。"妻责之曰:"人以君有德,故此相告。何闻人子死,反亦言好?"徽曰:"如卿之言,亦大好。"今人称"好好先生",本此。

《古今谭概》

【注释】

①冯梦龙(1574~1646):字犹龙,又字子犹,长洲(今江苏苏州)人。明代文学家。其作品《喻世明言》《警世通言》《醒世恒言》等是中国古代白话短篇小说的优秀代表。《古今谭概》是冯梦龙的一部幽默小品集。

②司马徽:汉末隐士。

【赏读】

好好先生是个大好人,他对任何人说的任何事都只有一个评价:好!甚至别人的孩子死了,他还是回答"好"。这么做不合常理,也有点不近人情。不过,这是在汉末乱世动荡的大背景下,为避免惹祸上身而采取这种逃避现实、保护自己的做法似乎也情有可原。

但是,这只是特殊年代的特殊现象,如果推而广之,不论时间地点地将这种行事方法进行到底无疑就涉及品德问题了。

坚持原则体现的是人格和思想的独立。只是,虽然时代不同了,我们身边的好好先生仍然比比皆是。

处末世之法 费元禄①

大都②处末世之法，要在浓淡清浊之间求之。勿激③，勿随④，可以安身，可以全名。

待妇女，切勿求备⑤。有一念一事之善，便当十分赞叹以成之。

《甲秀园集》

【注释】

①费元禄（1575～?）：字无学，一字学卿，铅山（今属江西）人。明代诗人。生活闲适，曾构馆于鼍采湖上。绝仕意，潜心著作，著有《鼍采湖清课》《甲秀园集》等。

②大都：大概。

③激：激进。

④随：随波逐流。

⑤备：完善，全面。

【赏读】

费元禄生性旷达，自幼随父游历南北，喜爱山水。他生活在明末，虽弃绝仕途，闲适地生活在山水间，但朝政混乱，也无法完全与世事隔绝。末世之时如何处世，他也在思考。

处末世之法，要在浓淡清浊之间平衡，这需要小心翼翼、谨慎从事，既不能偏向一方又不能得罪另一股势力。做人当然要高洁，但对那些污浊之人又如何才能拿捏得当,说实话,这是很难掌握的处世学问。

"勿激,勿随",便可以安身,可以保全名节。这个方法概括起来简单,实行起来困难,把握合适的度很关键,过了不行,不及也麻烦。这有点难为一个文人了,他不熟谙官场规则,又文人气十足,想要平衡也许会像走独木桥一样,摇摇晃晃,最后还得掉下去。

人向前我向后　刘芳喆[①]

热闹场[②]中，人向前，我向后，退让一步，缓缓再行，则身无倾覆[③]，安乐甚多。是非窝里，人用口，我用耳，忍耐几分，想想再说，则事无差谬，祸患不及。

《拙翁庸言》

【注释】

①刘芳喆（生卒年不详）：字室人，号拙翁，宛平（今属北京）人。明末清初人。官国子监司业。著作有《拙翁集》《拙翁庸言》等。

②热闹场：指争夺名利的场合。

③倾覆：指危险。

【赏读】

在争名夺利的场合，别人向前争名利，我向后退让，缓缓而行，不与别人相争，这么做的结果可能吃了亏，少得了利益，但也少了危险。只要自得其乐，乐趣自是很多。身处是非窝里，别人家长里短地嚼舌根，我只听不说，哪怕心里痒痒也多忍耐，即使不得不说也要三思再开口。这样做的结果是犯不了错，也不会灾祸临头。

遇事让三分，面对其他事情也许这种方法过于消极，也未必符合据理力争、张扬个性的现代社会规则，但对待名利和是非，这种方法至今仍应是行为宝典。名利不相争，是非绕着走，这样你才能远离是非苦恼，活得从容自在。

醉各有所宜 曹　臣①

皇甫嵩②曰：凡醉各有所宜。醉花宜昼，袭其光也；醉雪宜夜，清其思也；醉得意宜唱，宣其和也；醉将离宜击钵，壮其神也；醉文人宜谨节奏，畏其侮也；醉俊人宜益觥盂加旗帜，助其烈也；醉楼宜暑，资其清也；醉水宜秋，泛其爽也。此皆审其宜，考其景，反此则失饮其人矣！

《舌华录》

【注释】

①曹臣（1583～1647）：字荩之，后改字野臣，号文几山人，歙县（今属安徽）人。明代学者、文人。生平事迹不详。著有《舌华录》。《舌华录》依循《世说新语》体例，是作者年过三十后博采古今典籍，辑录千余条名人清言隽语汇集而成。

②皇甫嵩：一名皇甫松，唐代词人。

【赏读】

自古至今，豪饮之人甚多，但好饮者有的被称为酒鬼，有的却叫张扬个性，区别就在于后者喝得有品位，醉得有成就。比如刘伶，"止则操卮执觚，动则挈榼提壶"，喝得旁若无人、自在畅快；比如李白，"举杯邀明月，对影成三人"，诗兴随酒兴大发，诗篇滚滚而来。

所以，喝酒要喝出意趣，醉酒要醉得恰到好处，醉在合适的时间与场合，那醉酒就是文化、是艺术。

醉酒也要和适宜的环境协调，要考虑周围的景致，这才叫喝出品位，醉在自然。在唯美的图画中醉得自在，不愧是真性情、真个性。

闻雨过蝉声 曹　臣

戴仲若颙①，春日携双柑斗酒，人问何之，颙答曰："往听黄鹂声。此俗耳针砭，诗肠鼓吹。"

孔稚圭②风韵清疏，门庭之内，草莱不剪，中有鸣蛙。稚圭曰："以此当两部鼓吹。"

陈眉公③曰："万绿阴中，小亭避暑，洞开八达，几簟④皆绿。忽闻雨过蝉声，风来花气，不觉令人自醉。"

渊明尝闻田间水声，倚杖听之，叹曰："秫稻已秀，翠色染人，时剖胸襟，一洗荆棘，此水过吾师丈人矣。"

《舌华录》

【注释】

①戴仲若颙：戴颙，字仲若，晋代诗文家、音乐家，以孝行著称。

②孔稚圭：南朝齐骈文家。

③陈眉公：即明代文学家陈继儒，号眉公。

④簟（diàn）：竹席。

【赏读】

耳朵的作用是闻听声音，世间有悦耳之声，也有聒噪之声，我们能选择只听自己想听的声音吗？只要愿意就能做到。

　　戴颙、孔稚圭、陈继儒，还有陶渊明，他们听厌了尘世中的嘈杂之音，对自然之音情有独钟。戴颙在明媚的春日里去听黄鹂的婉转歌声，这歌声可以医治被俗音侵蚀的耳朵；孔稚圭听任庭院中杂草丛生，因为里面常常传来蛙鸣，这蛙鸣可媲美乐队鼓吹；陈继儒闲坐凉亭避暑，身边绿荫环绕，忽然，雨后清脆的蝉声随风而来，闻听蝉声，嗅着花香，不觉深深陶醉；陶渊明归隐田园，常常倚着手杖听田间潺潺的流水声……

　　自然之音纯净、空灵而无私，令人身心愉悦、轻松。所以，多去田野、乡间，去倾听自然之音，去感受自然之美、纯洁之美。

无人自悠然 曹 臣

傅昭①泊然静处,不妄交游。袁粲②每经其户,辄叹曰:"经其户,寂若无人,披其帷,其人斯在。岂得非名贤乎?"

陆羽③问张志和④孰与往来,志和曰:"太虚为室,明月为烛,与四海诸公共处,未见少别,何有往来!"

屠纬真⑤曰:"茶熟香清,有客到门可喜;鸟啼花落,无人亦自悠然。"

谢惠连⑥不妄交接,门无杂宾,有时独醉。尝曰:"入吾室者,但有清风;对吾饮者,惟许明月。"

《舌华录》

【注释】
①傅昭:南朝齐梁时文人、官员。
②袁粲:南朝宋官员,家世荣显。
③陆羽:唐代人,精通茶道,著有《茶经》。
④张志和:唐代诗人,其诗以《渔歌子》最为著名。
⑤屠纬真:即明代文学家屠隆,字长卿,一字纬真。
⑥谢惠连:南朝宋文学家,与谢灵运、谢朓合称"三谢"。

【赏读】

文人喜欢寄情山水，他们愿意和自然交流，与山水为伴，与花鸟对谈，而与人交往则谨慎许多，这是他们的独特个性。他们突出自我，特立独行，奉行的是君子之交，是精神沟通，是心灵的自由和自我完善。

傅昭泊然静处，不爱喧闹，在户内寂然无声似乎无人，你拉开帷幕才知道他在屋中；张志和自称天作屋、月点灯，与四海朋友原本就住在一个苍穹下，自不需来往；屠隆则有客上门自然欢喜，无客时也自得其乐；谢惠连喜欢独饮，在清风和明月相伴中独醉。

他们不是没有朋友，而是更看重个体世界的完整和独立。他们会静静地读书，独自观花赏月，游走于深山密林，有时也会与朋友相聚恳谈。对他们而言，精神的充实和心灵的澄净更重要。因为内心丰富，所以耐得寂寞；因为内心充实，所以自在悠然。

山灵着意处 曹 臣

罗远游①家呈坎山中，多古书旧帖。曹臣常过之，数日不归。一日臣欲急归，罗留之，不允。时天欲雨，邻山初合，松树之颠，半露云表，指谓臣曰："汝纵不恋故人，忍舍此米家笔②耶？"复留累日。

梅岭悬峭，登者如弹珠千仞，神骨俱悚。过此复又小康，人骑使得暂息。熊际华度之，心目挈领，羡曰："山不先示人以易，此山灵着意处也。"

《舌华录》

【注释】
①罗远游：作者的朋友。
②米家笔：米芾的绘画作品。米芾，北宋书法家、画家，绘画尤工水墨山水，人称"米氏云山"。

【赏读】
《舌华录》的书名取自佛经"舌本莲花"之意，即"舌根于心，言发为华"，故而书中机智的语言比比皆是。虽然编选的特点是"取语不取事"，但语言来自于具体语境，必然穿插有一定的情节和形象。因此，不管是文人、名士还是普通朋友，在真实的记录下、真情的流露中，语言个性鲜明，令人印象深刻。

曹臣常去朋友罗远游家小住。罗家居山中，风景自然很好，朋友热情挽留曹臣，用的法子也是以美景作诱饵。风雨欲至，山笼罩在云雾中，松树的身姿渐渐模糊，只剩上半部分还隐约可见。多么美妙的云中山色啊！罗远游说：你就算不留恋朋友，难道你舍得错过这幅美景吗？这话自然说到曹臣的心里了。

梅岭如此陡峭，以至登上山顶的人就如同一颗小弹丸那么渺小，让人心惊肉跳。等越过了如此危险的境地后，山势平缓许多，人与马也获得了休整。熊际华眼观山势，内心也深有所感：先将危险的地方展示给人，这恰恰是灵性的山的着意之处。

类似的幽默机智的语言在书中随处可见，《舌华录》分为慧语、名语、豪语、狂语、傲语、冷语、谐语、谑语、清语、韵语、俊语、讽语、讥语、愤语、辩语、颖语、浇语、凄语十八类，隽永清言、连珠妙语，俯拾皆是，读完"何患不舌本生莲也"？

论　画　文震亨[①]

　　画，山水第一，竹、树、兰、石次之，人物、鸟兽、楼殿、屋木小者次之，大者又次之。

　　人物顾盼语言，花果迎风带露，鸟兽虫鱼，精神逼真，山水林泉，清闲幽旷，屋庐深邃，桥彴[②]往来，石老而润，水淡而明，山势崔嵬，泉流洒落，云烟出没，野径迂回，松偃龙蛇，竹藏风雨，山脚入水澄清，水源来历分晓。有此数端，虽不知名，定是妙手。

　　若人物如尸如塑，花果类粉捏雕刻，虫鱼鸟兽，但取皮毛，山水林泉，布置迫塞，楼阁模糊错杂，桥彴强作断形，径无夷险，路无出入，石止一面，树少四枝，或高大不称，或远近不分，或浓淡失宜，点染无法，或山脚无水面，水源无来历，虽有名款[③]，定是俗笔，为后人填写。至于临摹赝手，落墨设色，自然不古，不难辨也。

《长物志》

【注释】

　　①文震亨（1585～1645）：字启美，号木鸡生，长洲（今江苏苏州）人。明代书画家，崇祯年间任中书舍人。擅长书画、造园。著有《长物志》等。

　　②桥彴（zhuó）：桥梁。彴，独木桥。

　　③名款：书画上的题名落款。

【赏读】

文震亨是明代大书画家文徵明的曾孙，因家学渊源，其书与画咸有家风。他平日游园、画园，也自造园林，因此对园林有相当研究，其所著十二卷《长物志》便是与造园相关的园林经验与研究的总结。

本文选自《长物志》卷五，论述的是作者对园林书画的艺术见解。在中国古典园林的亭台楼榭中，书画是必不可少的组成部分。文震亨擅长书画，因此对其有专业而独到的赏鉴。他认为，园林画作以山水画为最佳，强调画作不论是人物花果、鸟兽虫鱼还是山水屋庐，都要"精神逼真"，石头的古老而润泽，流水的清淡而明澈等，其神韵都应从画中形象地溢出，如此画作方称精品。

文震亨对画作的阐述道出了绘画的精髓，即突出神韵。不仅是园林画作，任何一幅画都应该逼真，尤其要讲究神韵。如果神韵尽出，即使是不知名的画作，其画者也是妙手，否则，即使郑重其事地在画上盖印题款，也只是庸品而已。在这里，文震亨提出了欣赏画作的基本原则：画作的艺术标准最本质的是内涵，是神韵，这也应该是画者最重要的艺术追求吧。

善忧善乐 董斯张①

善忧则精气揫敛②,当事自无率③;善乐则神识闲畅,当事自无躁。

天下无不可为时但袖手,天下无一可为时方出手,圣贤作用,豪杰肝肠。

《朝玄阁杂语》

【注释】
①董斯张(1586~1628):字然明,号遐周,又号借庵,乌程(今浙江湖州)人。明代诗人。沉迷书海,手抄书达百部。著有《吹景集》《广博物志》等。
②揫(jiū)敛:收敛。
③率:轻率。

【赏读】
表达情感是人的本能,但善于控制情感、善于恰当地表达情感则是一个人高情商的表现。如果不能控制自己的情感,任其泛滥,则对自己,可能有害身心,对别人,可能影响人际交流。

忧虑之情常常与愁苦、焦躁等这些负面情绪联系在一起,处理不好伤害身心,但善于忧虑则会收敛精气,遇事自然不会过于轻率,不会把事情搞砸。快乐原本是欣喜之情,但如果不能很好地控制,则可能乐极生悲。所以,善于快乐的人会令自己的精神安闲畅快,遇事便不会过于浮躁。

　　总之，不管是快乐之情还是悲伤之感，都要学会控制情感，善于表达情感，这与善于做事的道理相似，事情轻易可为的时候袖手一旁，主动给别人表现的机会；事情不好做的时候则果断出手，有舍我其谁的勇气，这样方显英雄豪杰的本色。

晨窗看菊 余绍祉①

梅是和靖②化身，菊是渊明出世，小圃内时对古人；石想元章③颠骨，竹想子猷④清襟，山窗下常逢胜友。

见故交之手札，如对面谈经；已到之溪山，如逢旧友。

晨窗看菊，枝头尽带清霜；月地观梅，根底尚留残雪。天余冷趣以悦幽人⑤。

生来赤赤条条，不带一物；死去干干净净，不挂寸丝。目前几许光阴，心上恁般计较。

《元邱素话》

【注释】

①余绍祉（1596～1648）：字子畤，号元邱，自号疑庵居士，婺源（今属江西）人。明代诗人、学者。善古文。著有《晚闻堂集》。

②和靖：即北宋诗人林逋，终生不仕不娶，自谓"以梅为妻，以鹤为子"。去世后宋仁宗赐谥"和靖先生"。

③元章：即北宋书画家米芾，字元章。善画枯木竹石，人称"米颠"。

④子猷：即东晋书画家王徽之，字子猷。平生喜竹，认为自己

不可一日无竹。

⑤幽人:隐士。

【赏读】

魏晋风度对文人雅士的影响历代相传,至明代依然印记清晰。菊花、梅花、青竹、溪水,这些大自然的产物附着了鲜明的人的品性和风骨。一生种梅养鹤的林逋、与菊花悠然相伴的陶渊明、狂放爱石头的米芾、清高爱竹的王徽之,他们与这些花木竹石已经密不可分,早已分不清是人的品格赋予了花木竹石的品性,还是花的特质映衬了人的精神。

晨起看菊,那枝头还挂着清霜;月夜观梅,那花下尚留着残雪,大自然取悦隐者的是清冷的乐趣。园圃里观赏梅与菊如直面古人,山窗下遇见石与竹就像与良友重逢。

花木有意,山水有情,是因为人给它们注入了情感和灵气。

人生是戏场 沈 捷①

无灾以当福，闲无事以当仙。

男女婚嫁自有定分，不为百草忧春雨。

德业观前面人②，名位观后面人③。

人生虽是戏场，须妆一脚正生④，不贻后人非笑。

《增订心相百二十善》

【注释】

①沈捷（生卒年不详）：字大匡，海宁（今属浙江）人。明末清初人。所著《增订心相百二十善》是对佚名所作《心相百二十善》的增补修订。

②前面人：超过自己的人。

③后面人：不如自己的人。

④一脚：一个角色。正生：戏剧中正面形象的男主角，如忠臣、孝子等。

【赏读】

闲适人生是不妄想虚浮名利，不追逐官场俸禄，看淡人间富贵，悠闲度日，生活逍遥自在。这需要内心的极度充实和自信，否则，看别人花天酒地、荣华富贵，内心能平静如常吗？所以，采菊东篱下，笑看夕阳归，这是一种人生高境界，个人修养达到极高层次才能为，其灵魂的纯净和精神的高度令那些蝇营狗苟之流只能望其项背。

在闲雅之人的生活中，无灾就是福，无事便是仙。这种无事不是游手好闲，而是逃离人世间纷扰的宁静和淡泊，是读书、思考人生以完善自我。在无事中不断学习，提高修养，在道德修养上向前看，向比自己强的人学习；在名利方面向后看，不争名求利。修养德行，净化心灵，做一个正直诚实的人。为了子孙后代挺直腰杆做人，不能让他们因为祖先的污点而遭受非议，仅此一点就应该在人生的舞台上光明磊落地亮相。

人生于世　闵庋[1]

人生于世，宁使人有余思，毋使人有余恨。

坐而自困，不若行而谋之。动而徒疲，不若静以待之。此贫穷者之佳境也。

《听松堂语镜》

【注释】

[1]闵庋（生卒年不详）：字中介，明末人。著有《听松堂语镜》。《听松堂语镜》是古人言论与典籍汇编。

【赏读】

人在世上走一遭，只是历史长河中极短暂的一瞬，如何留下自己的历史印记？有人流芳百世，有人遗臭万年，更多的人雁过不留声。但即使是默默无闻地走过历史，只要充分实现自身价值，就不枉此一生。

何为有意义？当然是"使人有余思"，留在世上的是令人怀念的好名声，而不是让人想来恨得咬牙切齿的坏名声。这是每个善良的人的善良愿望。

漱 芳 朱之瑜[1]

百卉之芬芳,在花与实,惟茶则在乎叶之萌。在花者,花落而香陨;在实者,果尽而甘渝。惟茶则沏以龙团,瀹[2]之蟹眼,玉碗擎来,素瓷传送。先声肇乎鼻端,亲炙在乎唇齿。历乎喉舌,沁乎心脾,盥漱之间,津津乎其有余味。清芬甘美,久而不歇。神为之爽,目为之明,固非凡卉之所能庶几也。是以雅人韵士,其耽[3]之也过于酒,甚者有"七碗吃不得"之歌,有以夫。

《朱舜水先生文集》

【注释】

[1]朱之瑜(1600~1682):字鲁屿,号舜水,余姚(今属浙江)人。明清之际学者。为学重实际效用,重视史学研究。明亡,他抗清失败,流亡日本及东南亚。著作有其门人辑集的《朱舜水先生文集》。

[2]瀹(yuè):煮。

[3]耽(dān):逸乐无度。

【赏读】

茶文化是中国悠久历史文化的一朵奇葩,饮茶、品茶是普通中国人必不可少的日常生活内容和生活方式。爱茶、嗜茶没有理由,只有习惯,因为它早已深入了中国人的生理基因、生命细胞。

《漱芳》明晰地道出了爱茶的缘由:清芬甘美,神爽目明。茶之芬芳不在花与果实而在嫩叶。茶取之叶，沏后以玉碗相盛、素瓷传送，未饮即清香扑鼻，饮即唇齿留香，由舌而喉直入心脾，清香沁人，而口舌间清香绵长，余味隽永。那种清芬甘美的回味久久不去，"神为之爽，目为之明"。所以，茶叶之美早已胜过花、实之美，因为花有陨落时，果实也有尽时，但茶回味永久。

  是否勾起了您饮茶的欲望？那就取出茶具，沏一壶浓茶，在袅绕弥漫的茶香中细细品味茶的美妙和乐趣吧。

眼欲明口欲讷 黄淳耀[1]

识欲沉,气欲锐,力欲定,胆欲决,眼欲明,口欲讷。

人我心,得失心,毁誉心,宠辱心,轻轻放下。

在我者有愧焉,不可以人之誉我而辄喜也。在我者无愧焉,不可以人之毁我而辄惧也。

《自监录》

【注释】

①黄淳耀(1605~1645):初名金耀,字蕴生,一字松厓,号陶庵,又号水镜居士。嘉定(今属上海)人。明末文学家。能诗文,文风质朴清新。著作有《陶庵集》。

【赏读】

黄淳耀自幼敏而好学,因崇拜陶渊明,自号陶庵。他生性耿直,不屑官场,淡泊名利,教书一生。

《自监录》是黄淳耀"弱冠"之著,意在论学,也有不少谈论的是做人之道。要毫不犹豫地放弃人我心、得失心、毁誉心、宠辱心。自身问心有愧的话不可以因为别人的夸奖而欣喜;如果问心无愧的话,也不可以因为别人的诋毁而畏惧。他还指出见识要深沉,气量要敏锐,力量要坚定,胆略要决绝,眼明口讷,重在充实自身修养，加强自身能力，少说多做。

黄淳耀年轻时就"有志圣贤之学"，"昼之所为，夜必书之"，他曾组织"直言社"，倡导写作要言之有物。从《自监录》中便可以发现他对人生有如此清醒的认识，对自我有如此高的要求。

会做快活人 　郑瑄①

会做快活人，凡事莫生事。会做快活人，省事莫惹事。会做快活人，大事化小事。会做快活人，小事化无事。

人大言，我小语。人多烦，我少记。人悸怖，我不怒。淡然无为，神气自满。此长生之药。

休怨我不如人，不如我者尚众。休夸我能胜人，胜如②我者更多。

万病之毒，皆生于浓③。浓于声色，生虚怯病。浓于货利，生贪饕病。浓于功业，生造作病。浓于名誉，生娇激病。噫，浓之为毒甚矣！吾以一味药解此，曰"淡"。

无事便思有杂念否，有事便思有粗气否，得意便思有骄矜否，失意便思有怨望否。时时检点，到得从多入少④，从有入无，才是学问得力处。

《昨非庵日纂》

【注释】

①郑瑄（生卒年不详）：字汉丰，号昨非庵居士，闽县（今属福建闽侯）人。明代官员。官至应天（今南京）巡抚。精通文学，

著有读书笔记《昨非庵日纂》，该书主要记载古人格言懿行。

②胜如：胜于。

③浓：欲望强烈。

④从多入少：意为杂念减少。

【赏读】

快乐因人而异，烦恼各有不同，主要在于你的欲望多少。欲望多则不满足，烦恼自然也多。而快乐的人烦恼少，因为他的欲望少。

要想生活充满快乐其实很简单，不生事、不惹事、大事化小、小事化了。说话温和，凡事不放心上，遇事不动怒。不抱怨自己不如别人，也不自喜高于别人，因为比自己强的人多了去，不如自己的也大有人在。保持快乐并非盲目乐观，而要清醒地审视自己，遇事多检点自己，检查自己无事时是否心无杂念，有事时是否能平心静气，得意时是否骄纵自己，失意时是否有怨气。时时检视自我，杂念便会由多减少，从有到无。

淡然无为，神气自满。少欲望、少烦恼，快活做事，快乐做人，人生如此便足矣。

脱俗是奇　陆绍珩[①]

身要严重,意要闲定;色要温雅,气要和平;语要简徐,心要光明;量要阔大,志要果毅;机要缜密,事要妥当。

气收自觉怒平,神敛自觉言简,容人自觉味和,守静自觉天宁。

我有功于人不可念,而过则不可不念;人有恩于我不可忘,而怨则不可不忘。

能于热地思冷,则一世不受凄凉;能于淡处求浓,则终身不落枯槁。

日月如惊丸,可谓浮生矣,惟静卧是小延年;人事如飞尘,可谓劳攘矣,惟静坐是小自在。

能脱俗便是奇,不合污便是清。

轻财足以聚人,律己足以服人,量宽足以得人,身先足以率人。

《醉古堂剑扫》

【注释】

①陆绍珩（生卒年不详）：明代人。大约 1624 年前后在世，天启年间曾居北京。著有格言警句类小品《醉古堂剑扫》七卷。也有人认为该书与《小窗幽记》是同一本书。

【赏读】

古人一直很注重修身养性，"吾日三省吾身"，视陶冶身心为立身之本。《醉古堂剑扫》也不例外，多则格言皆触及修身主题。

本篇几则格言从具体行动入手，阐述了平日言行举止的修身守则。行动要庄重，思想要稳定，表情要温雅，气息要和平，语言要简缓，内心要光明，度量要大度，意志要果毅，计划要周到，做事要妥当。这是自我修养的锤炼，需要长期的积累与磨炼。与人相处时，有功于人千万别挂在嘴上唠叨不停，有过错则要记在心里常常念叨；对有恩于自己的人千万不能忘记报恩，而别人对自己的怨恨则越早忘记越好。居安思危，即使荣华富贵也不要忘记贫困的滋味，那么一生便不会受凄凉之苦。淡看功名利禄，日月如梭，人事如飞，静心、静坐、静卧方能自在延年。

做到这些并非易事，人间诱惑太多，轻易放弃不免可惜，但勇敢地拒绝诱惑则是脱俗，堪称奇迹。何不从这些细微之处开始行动？至少不会同流合污，以保持清白之身、清净之心。

人生快意事 陆绍珩

空山听雨,是人生快意事。听雨必于空山破寺中,寒雨围炉,可以烧败叶,烹鲜笋。

净几明窗,一轴画,一囊琴,一只鹤,一瓯茶,一炉香,一部法帖;小园幽径,几丛花,几群鸟,几区亭,几拳石,几池水,几片闲云。

斑竹半帘,惟我道心清似水;黄粱一梦,任他世事冷如冰。

形骸非亲,何况形骸外之长物;大地亦幻,何况大地内之微尘。

透得名利关,方是小休歇;透得生死关,方是大休歇。

《醉古堂剑扫》

【赏读】

看透了世间为功名利禄互相倾轧甚至你死我活的闹剧,回望人生,蓦然醒悟,这些身外之物实在不值得耗尽一生时光,于是抛开世间扰攘,超然地走进四季、走进自然,徜徉于林间草地,寄情于山水花鸟,实乃人生快意事。

寂寞吗?在空山破寺听雨,在炉边听寒雨敲窗,烧枯叶、烹鲜笋。美味当前,哪有时间寂寞!

名利呢?斑竹半帘,我的心早已清净如水;人间万事如黄粱一梦,冷暖是非早就不再挂念。在我的眼中,大地亦是虚幻,何况那些世间微尘!

甘心吗?每天赏画、弹琴、品茶、作书,在小园幽径散步,赏花、观鸟、戏水、弄拳,闲适的生活,充实的心怀,快活似神仙。

随自己的心意栽花种草,以自己的性情饲禽养鸟,不必在意别人的是非,不再烦恼于人事纠纷,欣赏四季的美、自然的秀,尽情享受生活乐趣,快乐地享受人生。抛开名利,心灵得以沉静;看透生死,心灵得以升华。

闲行闲卧乐　王纳谏[1]

酒消依旧清谈，雪消依旧青山。

春眠吾以当醉，鸟语吾以当歌。

剧[2]读剧谈乐，闲行闲卧乐。

油然而云，殷然而雷，风雨忽来，造物起[3]予。

独乐自佳，独愁亦自佳。独愁云者，都不关世人愁也。语不能明，大约是眇眇千古之思，离离独往之恨耳。

以宇宙为一身[4]者，无不平之憾矣。

《会心言》

【注释】

[1]王纳谏（生卒年不详）：字圣俞，扬州（今属江苏）人。明代文学家。著有《苏长公小品》《左国腴》等。

[2]剧：极，甚。

[3]起：启发，觉醒。

[4]一身：一体。

【赏读】

自然与人是什么关系？古人一次次地告诉我们：物我同一、天人合一，"以宇宙为一身者，无不平之憾矣"。

人生活在自然中，就要与世俗隔绝，同自然融为一体，身心放松，深入地体会自然的生命节奏与脉动，体会忘我的境界。王纳谏便是如此，他身处自然之中，春眠的困意就当做酒醉的眩晕，鸟儿的细语就如同唱歌一般动听。眼看天边乌云聚集，耳听雷声阵阵轰鸣，顷刻间狂风大作，大雨倾盆而下，大自然神奇的力量令人振奋。

在自然中生活，一切皆随心所欲，读书乐、畅谈乐、闲行乐、闲卧乐，青山常在，清谈不止，人的心情也无限畅快。独乐自然好，独愁也不错，这种愁说不清道不明，或许是千古之幽思，也许是不随波逐流的孤傲，总之那是与自然相融的自我情感的流露。

文章之妙 吴从先①

文章之妙：语快令人舞，语悲令人泣，语幽令人冷，语怜令人惜，语险令人危，语慎令人密；语怒令人按剑，语激令人投笔，语高令人入云，语低令人下石。是谓骇目洞心，不在修辞琢句。故曰：鼓天下之动者在乎神。

名世之语，政②不在多；惊人之句，流声甚远。譬如"枫落吴江冷"③，千秋之赏，不过五字。作者何不练俟口无尽之平常，而钟一二有限之奇论？犹之大海起一朝之蜃气，平山削十丈之芙蓉，山水之灵，便足骇目。

问：何为应试之文？曰：早知不入时人眼，多买胭脂画牡丹。问：何为垂世之文？曰：不是一番寒彻骨，怎得梅花扑鼻香。④

浩然苦吟落眉，裴佑深思穿袖⑤，诗赋之工，岂云偶得？宁取十年两句，敢云顷刻千言？

诗里落花，多少风人⑥红泪。当使子规卷舌，鹈鴂⑦失声。

烈士须一剑，则芙蓉赤精，不惜千金购之。士人惟此寸管⑧，映日干云之气，那得不重值相索。

《小窗自纪》

【注释】

①吴从先（生卒年不详）：字宁野，号小窗，常州（今属江苏）人。明末文人。大约生活于1644年前后。世以文称之，好读书，多著述。著作主要有《小窗自纪》《小窗清纪》等。《小窗自纪》是小品格言集，主要借前人诗文抒发感想，深刻而富有情趣。

②政：同"正"，确实。

③"枫落"句：语出初唐诗人崔信明诗句。

④"不是"两句：语出唐代黄檗希运禅师的诗。

⑤"浩然"两句：意谓孟浩然和裴佑的优秀诗句都是苦吟所得。据《云仙杂记》载：孟浩然眉毫尽落，裴佑袖手，衣袖至穿。

⑥风人：诗人。《诗经》有《国风》，后以"风人"指代诗人。

⑦鹈鴂（tí jué）：古书上指杜鹃鸟。

⑧寸管：毛笔。

【赏读】

吴从先对文章给予人的感染作用评价很高。他认为，文章之妙在于精神而不在于辞藻。欢快的语言令人鼓舞，悲伤的语言催人泪下，严谨的语言让人思维缜密，飘逸的语言让人如上云端。流传于世的名言不在数量多，而在精辟、简练，发人深省，文章冗长可能平庸，一两句妙语却流传久远，就像平缓的坡地上陡然峭立的山峰，令人印象深刻。达到如此写作妙境靠的是刻苦与坚持不懈，不应希冀灵光一闪便获得千古佳句，必须付出古人那样伏案苦思的艰辛。

语言是外在形式，它承载的内核是作者的思想和精神。诗歌中写落花的美妙词句浸透了诗人的满腹情怀甚至血与泪,因此不仅读者感同身受,连子规、杜鹃也为之失声。以情动人、坚持磨炼,这是写作成功的基本要则。

月上木兰 吴从先

读书霞漪阁上,月之清享有六:溪云初起、山雨欲来、鸦影带帆、渔灯照岸、江飞匹练、村结千茅。远境不可象描,适意常如披画。

蓬窗夜启,月白于霜,渔火沙汀,寒星如聚。忘却客子作楚,但欣烟水留人。

小窗偃卧,月影到床。或逗留于梧桐,或摇乱于杨柳,翠华扑被,俗骨俱仙。及从竹里流来,如自苍云吐出,清送素娥①之环佩,逸移幽士之羽裳②。相思足慰于故人,清啸自纡于长夜。

春夜小窗兀坐,月上木兰,有骨凌冰,怀人如玉。因想高季迪③"雪满山中高士卧,月明林下美人来"二语,此际光景颇似,不独咏在梅花。

清疏畅快,月色最称风光;潇洒风流,花情何如柳态。

花看水影,竹看月影,美人看帘影。

"长安一片月,万户捣衣声。"④足敌《秋声》⑤一赋。

《小窗自纪》

【注释】

①素娥：嫦娥。

②羽裳：羽毛制成的衣服，多用于称呼神仙、道人所穿的衣服。

③高季迪：即高启，字季迪，明代诗人。后引两句诗出自他的《梅花九首》（其一）。

④"长安"两句：出自李白诗《子夜吴歌》。

⑤《秋声》：即北宋文学家欧阳修的《秋声赋》。

【赏读】

静静的黑夜里万籁俱寂，万物屏息，只有月亮朦胧的光俯照着大地。同一片天空，同一弯明月，清冷如水的月亮是旅人思念的意象，月色中的世界图画般美丽，也给人增添了无限的想象。

夜晚，在霞漪阁上读书，只见溪云初起，山雨欲来，帆影点点，渔火照岸。月下的美景尽收眼底，令人赏心悦目。

深夜，推开篷船的小窗，清月映进船舱，清冷如寒霜。水面上，渔火闪烁；天空中，寒星满天。月下的美景令人流连，忘却了客居异乡的忧愁。

春夜，独坐小窗下，月亮缓缓地升上木兰枝头，盈盈的月光衬托摇曳的枝叶晶莹透亮。月下的美景美不胜收，悠然地想起了前人精彩的诗句。

午夜，临窗静卧，月影照床。抬头望窗外，月光洒在梧桐树梢、杨柳枝头；低头看屋内，灵动的月色将室外的树影带进来，似翠华扑被。月下的美景令人飘飘欲仙，对故友的思念化作一声清啸，萦绕在漫漫长夜中。

月色迷人眼，月光惹人醉。夜晚环顾山水花木，仰望明月星空，世界笼罩在一片朦胧之中，心境也变得清爽、自在和空灵。

白云深山 吴从先

晓看山,则青葱而玲珑,山如树也;晚看树,则盘郁而溟濛,树如山也。景致在疑似之间,最为着趣。

山静昼亦夜,山淡春亦秋,山空暖亦寒,山深晴亦雨。

桃花流水,白云深山,混迹渔樵,兴颇不恶。

春云宜山,夏云宜树,秋云宜水,冬云宜野。着眼总是浮游,观化①颇领幻趣。

峨眉春雪,山头万玉生寒;洞庭秋波,风外千秋呈媚。语言无味臻此佳境,当使闻者神往,见者意倾。

临流晓坐,欸乃②忽闻,山川之情,勃然不禁。

峻岭连云,嘉树蔽日,散衿闲往,万翠浮衣带间,顿令山阴道上③减观,天台④路上失致。

《小窗自纪》

【注释】

①化:指云气变幻无常。

②欸乃：行船的摇橹声。柳宗元《渔翁》诗有"欸乃一声山水绿"之句。

③山阴道上：语出《世说新语·言行》："从山阴道上行，山川自相映发，使人应接不暇。"山阴，今浙江绍兴。

④天台：山名，在浙江天台县。

【赏读】

智者乐水，仁者乐山。有人说，乐水者如水一般灵动，乐山者像山一样沉稳。其实，既乐水也乐山的大有人在，灵动与沉稳完全可以和谐地集于一身。古人亲近自然，他们在山水画、山水诗中将水与山融为一体，寄托内心情感，体会天人合一的自然境界。

日月更替，昼夜轮回的山各有迷人的风韵。拂晓时看山，山如树木一样青葱玲珑；黄昏时看树，则树如山峦似的曲折朦胧。山与树的景致就在疑似之间转换，散发着盎然的情趣。

山水寄寓的是古人典雅的闲情逸致，是与自然息息相通的闲适与惬意。拂晓时临流而坐，闻听船家的摇橹声，山水之情不禁由心底而生。置身于山水间，见桃花飘落水面，看白云缭绕山间，一时间诗兴大发。行走在崇山峻岭间，白云飘拂，绿树遮日，敞开衣襟信步前行，观满眼翠绿，嗅空气清新，山阴道上、天台路上也没有如此令人心旷神怡的景致吧！

花开花落也春秋　倪允昌[1]

听瀑布，可涤蒙气。听松风，可豁烦襟。听檐雨，可止劳虑。听鸣禽，可息机营。听琴弦，可消躁念。听晨钟，可醒溃肠。听书声，可束[2]游想。听梵音，可清尘根[3]。

昔人谓："春山淡宕如笑，夏山苍翠如滴，秋山明净如妆，冬山惨淡如睡。[4]"可谓穷四时之变矣。余请再摹之曰："春山如云游仙子，淡荡烟霞。夏山如靓妆美人，袖黛[5]绮靡。秋山如盘礴[6]画工，丹碧纷披。冬山如入定老僧，髡[7]袒趺坐[8]。"

白云冉冉，落我衣裾，闻村落数声，酷似空中鸡犬。皓月娟娟，入人怀袖，听晚风三弄，恍如天外鸾凤。

座上有琴尊[9]，燕来燕去皆朋友；山中无历日[10]，花开花落也春秋。

《光明藏》

【注释】

①倪允昌（生卒年不详）：明代人。其著作《光明藏》又名《醒言》，论远离尘嚣、与自然和谐相处的修身养性之法，收于何伟然编辑的《快书》。"光明藏"是佛教用语，指佛法之所在。

②束：控制，管束。

③尘根：佛教有六尘、六根的说法。此处指俗世的念头。
④"春山"四句：语出宋代郭熙的《林泉高致》。
⑤袖黛：指衣着和面貌。
⑥盘礴：同"般礴"，即箕踞，古时这是一种不敬的坐姿。
⑦髡（kūn）：剃去头发。
⑧跌（fū）坐：僧人的坐法，双足交叠而坐。
⑨琴尊：琴和酒杯。尊，酒杯。
⑩历日：日历。

【赏读】

　　空山鸟语，花开花落，自然的四季五彩斑斓，陶醉的人儿心旷神怡。倪允昌置身于深山，环视满目翠绿，嗅着清新的空气，闻听林涛阵阵，他的内心一定豁达而清净。

　　倪允昌用拟人化的美妙语句描画了大自然变幻多端的美，春天的山如云游仙子，夏天的山如靓妆美人，秋天的山像骄傲不羁的画工，冬天的山则像极了入定的老僧。每一季的山呈现的是不同特色的美，令人由衷赞叹大自然的鬼斧神工。人在山中居与行，在如画的景色中时时刻刻与自然亲密接触，内心的畅快和宁静无法言说。

　　山水之乐，乐在心如明镜，乐在天人合一。在大自然的怀抱中，远离了嘈杂纷乱的世俗世界，抛弃了追逐名利的欲望，放松身心，聆听天地原始的自然之音，闻瀑布、松风、鸣禽，听晨钟回响、书声琅琅、梵音声声，一切是如此的纯美、恬静。欣赏其乐无穷的自然美，沐浴着全新的世界，心灵仿佛经历了重生，彻底荡涤了尘埃蒙气。

　　在山水画卷中畅游，与志同道合的朋友饮酒弹琴，趣味横生。尽情享受轻松闲适自在的生活，无需日历提醒，在花开花落中笑看春去秋来、四季更迭，与天地自然心灵沟通。

一心交万友 何伟然[①]

昔人云:"一心可以处万事,二心不可以处一事。"余云:"一心可以交万友,二心不可以交一友。"

眼界窄,襟怀不宽;心肠小,步履不大。

憎人面孔,落在酒杯;怜世心肠,藏之诗句。

应世法,微微一笑;度世[②]法,冷冷半语。

观变态[③]之极幻,则浮云转有常情;咀世味之皆空,则流水转多浓旨。

让利精于取利,逃名巧于徼[④]名。

凡名易居[⑤],清名难居。凡福易享,清福难享。

《呕丝》

【注释】

①何伟然(生卒年不详):字仙癯,一字梅臣,又字仙郎(一说号西湖仙郎),仁和(今属浙江杭州)人。晚明学者。工文章,善书法。曾与闵景贤编辑小品丛书《快书》,又与吴从先编辑《广

快书》。

②度世：出世。

③变态：指世态人情的变化。

④徼（yāo）：通"邀"，求。

⑤易居：容易保持。

【赏读】

有朋自远方来，不亦乐乎？韩信将兵多多益善，朋友也要多多益善。如何让朋友遍天下？要用心经营。

交朋友与为人处世的道理并无不同。为人处世要一心一意，只要用心去做，任何事情都可以做好。与朋友相处也是如此，要摒弃功利心，以诚待人、以真心待人。朋友得意时，真心地为他高兴；朋友失意时热心关照，不冷落不疏远；朋友有难时挺身而出，"拔刀"相助。与朋友相处，眼界宽，心胸广，不拘泥于小事、小节，一心待友，即使遇到矛盾、分歧，也以坦诚、微笑和大度化解，这样的朋友才是真朋友，才能换得朋友的信任和真心相待，才能交到千万个朋友。否则，朋友得意时趋炎附势，失意时却甩手而去避之唯恐不及，这样三心二意对待别人的人又怎能指望别人对自己一心一意呢？

人生知己难得，一心待人则可以交得万友。

天下大勇者　傅　山①

言语正到快意时,便截然能忍默得;意气正到发扬时,便翕然能收敛得;忿怒嗜欲正到腾沸时,便廓然能消化得。非天下大勇者不能。张公艺②《百忍图》,亦是此意。

得少为足,于学问为小器③,于饮食为上智。

《杂记》

【注释】

①傅山(1607~1684):初字青竹,后字青主,号浊翁、石道人等,阳曲(今属山西)人。明末清初思想家。工诗文,主张诗文应"生于气节",为文豪放。明亡后隐居。著有《霜红龛集》等。

②张公艺:唐代人。一家九代人同住而不分家,其作《百忍图》释之为"忍"。

③小器:器量小,指没有大的抱负。

【赏读】

忍的观念在中国文化中根深蒂固,从小就听说"小不忍则乱大谋",常被教诲要"忍让"。工作事业需要蛛网般的人际关系维护,亲朋好友需要和谐共处的交往来维持,自然要学会忍。

正说得高兴时,能戛然而止忍住不再言语;正情绪高涨时,能立即收敛平复心情;愤怒嗜欲正激烈时,能立刻忍住压制怒气和欲望。这些事情一般人很难做到,能如此忍得住的一定是"天下大勇者"。所以，张公艺才能九代同堂而生活和谐，是能忍、会忍，忍得得当。

忍是一种涵养，也是一种能力。面对诱惑你能忍住吗？有人忍不住，便成了致命的诱惑。有人抵制、拒绝诱惑，就可能避免困境、灾难。获得不多就很容易满足，对做学问来说是缺少抱负，对吃饭等欲望来说却是大智慧。忍住美食的诱惑收获的是健康，回报的是长寿。傅山是文学家，也是医学家，他的这个观点极具科学性，也具有现代思维。

不亦快哉 金圣叹①

夏月科头②赤足,自持凉伞遮日,看壮夫唱吴歌③,踏桔槔④。水一时坌涌⑤而上,譬如翻银滚雪,不亦快哉!

夏七月,赤日停天,亦无风,亦无云。前后庭赫然如洪炉,无一鸟敢飞来。汗出遍身,纵横成渠,置饭于前,不可得吃。呼簟⑥欲卧地上,则地湿如膏;苍蝇又来缘颈附鼻,驱之不去。正莫可如何,忽然大黑,车轴⑦疾澍⑧,澎湃之声如数百万金鼓,檐溜浩如瀑布。身汗顿收,地燥如扫,苍蝇尽去,饭便得吃,不亦快哉!

重阴匝月,如醉如病。朝眠不起,忽闻众鸟毕作弄晴之声,急引手褰帷,推窗视之。日光晶荧,林木如洗,不亦快哉!

冬夜饮酒,转复寒甚。推窗试看,雪大如手,已积三四寸矣,不亦快哉!

《快说》

【注释】

①金圣叹(1608~1661):名采,字若采,明亡后改名人瑞,字圣叹,吴县(今江苏苏州)人。明末清初文学批评家,评点小说《水浒传》《西厢记》等。

②科头：光着头，不戴帽子。
③吴歌：苏州一带的民歌。
④桔槔：也叫吊杆，脚踏水车。
⑤奔（bèn）涌：聚而上涌，喷涌。
⑥簟（diàn）：竹席。
⑦车轴：形容雨点很大。
⑧澍：及时雨。

【赏读】

　　金圣叹的文名在于他评点的几部书，他的《快说》三十三则也是为《西厢记》卷七《拷艳》所作的批文，只是其内容涉及广泛，更多的是他个人的生活观点及感悟，而且每则都以"不亦快哉"做结，乐观开朗的个性一览无余。

　　以上几则涉及的是四季气候。夏天，烈日当头照，无风驱热，无云遮日，热得汗如雨下，饭吃不下，觉睡不着，还有苍蝇来添乱。可正酷热难耐时，突然一阵暴雨倾盆而下，身体瞬间变得舒适无比，汗顿收，苍蝇尽去，饭也吃得香。几分钟之内身心经历了两个世界，该是多么畅快！酷暑当头，撑着凉伞看壮汉一边唱着吴歌一边踏着水车，欣赏着一幅田园风光的风情画，该是多么畅快！一连多日阴云遮天的日子，人也变得萎靡不振，整天懒洋洋的。忽然，耳边传来百鸟欢快的鸣唱，强撑起身子，撩起帘帷，只见阳光明媚，林木如洗。重见蓝天，该是多么畅快！冬夜饮酒，忽觉寒气袭人，推窗一看，只见银装素裹，迷眼的飞雪已深达数寸。这不是很快乐的事吗？

　　自然的景致瞬息万变，自然的生活快乐无限。在自然中体会生活，在生活中品尝快乐，不亦快哉！

声色移人说 金圣叹①

声色移人,余性亦有殊焉者。喜泉声,喜丝竹声,喜小儿朗朗诵书声,喜夜半舟人欸乃声。恶群鸦声,恶驺人②喝道声,恶贾客筹算声,恶妇人骂声,恶男子咿嘎③声,恶盲妇弹词声,恶刮锅底声。喜残夜月色,喜晓天雪色,喜正午花色,喜女人淡妆真色,喜三白④酒色。恶花柳败残色,恶贵人假面乔妆色。至余平日,以喜色,无愁苦色;有笑声,无叹息声。窃谓屈原之《九叹》,梁鸿⑤之《五噫》,卢照邻⑥之《四愁》《六恨》,扬雄⑦之《畔牢愁》,殷深源⑧之咄咄怪事,皆其方寸逼仄,动与世忤⑨。惜不与介人同时,为作旷荡无涯之语以广之。

《金圣叹全集》

【注释】

①一说作者为清人汪价,姑且存疑。

②驺(zōu)人:古代贵族骑马时的侍从。

③咿嘎:叹息声。

④三白:一种名叫三白的酒。

⑤梁鸿:东汉隐士,他写的《五噫歌》,每句都有一个"噫"字,表示长叹,要求告退。

⑥卢照邻:唐代著名诗人,与王勃、杨炯、骆宾王并称"初唐四杰",官新都尉,后退居具茨山下,写诗自慰,最终投颍水而亡。

⑦扬雄:西汉官吏、文学家、语言学家。所作《畔牢愁》,今

已佚。

⑧殷深源：晋人，曾任扬州刺史。率师北伐兵败，被桓温奏劾，废为庶人。终日书"咄咄怪事"四字，发泄愤懑。

⑨怼（duì）：怨恨。

【赏读】

人们说"声色移人"，指的是环境的变化可以改变人的性情，即所谓"耳濡目染"，"近朱者赤，近墨者黑"。而金圣叹却说自己的性情特殊，不会被外界的声色濡染、改变，只是依照自己的好恶有选择地去听、去看。从本文中可以看出，他喜欢听的都是与美好的景象相伴随的乐音，他讨厌听的都是与丑陋的事物同时出现的刺耳的噪音；他喜欢看的都是自然、美好、富有生命力的事物，讨厌看的都是形神颓败、矫揉造作的东西。他的视听只愿接触美而拒绝丑，生活中自然也就有喜无悲，"有笑声，无叹息声"了。这种崇尚自然的审美观，乐观豁达的个性，正出于他的真性情和特立独行的人格。他遐想如果自己与屈原等忧国忧民的先行者们同时，可能会开导他们，即"为作旷荡无涯之语以广之"，也许就能避免他们因愤世嫉俗而舍弃性命的悲剧了。

金圣叹想得多么天真啊！可是当人们都不能容忍的吴县县令任维初滥刑贪腐的情况出现之后，他还是不能不看、不能不听，甚至不惜抛头颅洒热血挺身而出，为抗恶献身了。这也是他喜美恶丑的人格的终极体现吧！

谈 李渔①

读书，最乐之事，而懒人常以为苦；清闲，最乐之事，而有人病其寂寞。就乐去苦，避寂寞而享安闲，莫若与高士盘桓、文人讲论。何也？"与君一夕话，胜读十年书。"既受一夕之乐，又省十年之苦，便宜不亦多乎？"因过竹院逢僧话，又得浮生半日闲。"②既得半日之闲，又免多时之寂，快乐可胜道乎？善养生者，不可不交有道之士；而有道之士，多有不善谈者。有道而善谈者，人生希觏③，是当时就口招，以备开聋启聩之用者也。即云我能挥麈④，无假于人，亦须借朋侪⑤起发，岂能若西域之钟虡⑥，不叩自鸣者哉？

《闲情偶寄》

【注释】

①李渔（1611~1680）：字笠鸿、谪凡，号笠翁，兰溪（今属浙江）人，生长于雉皋（今江苏如皋）。明末清初文学家、戏曲家。所著《闲情偶寄》内容包含戏曲理论、饮食、营造、园艺等方面。本文选自《闲情偶寄·颐养部·行乐第一》。

②"因过"二句：出自唐代李涉的《题鹤林寺僧室》。

③希觏（gòu）：很少遇见。

④挥麈（zhǔ）：借指闲谈。晋代文人清谈时常挥动麈尾以助谈兴。

⑤侪（chái）：辈。

⑥虡（jù）：悬挂钟磬的架子。

【赏读】

　　读书和清闲都是最快乐的事，但有人却觉得读书太苦，而清闲无事便寂寞。那么，快乐而不苦、安闲而不寂寞的事是什么呢？李渔给了我们一个选择，就是与高士交往，与文人交谈。

　　与有道之人交往没错，可有道之人不一定个个善谈。因此，能够遇见善谈的有道之人固然不易，而与自己话题投机是不是更加难上加难？只有一方口若悬河不是谈话的理想境界，谈话也不是一方唱独角戏，不能像自鸣钟一样自动敲响。谈话的乐趣在于双方思想的碰撞和交流的互动，不断受到对方情绪、思路和话语的激发，你来我往，谈兴十足，交谈才能活泼有趣，永远意犹未尽。

　　从读书和清闲之乐引入清谈之乐，李渔为我们指出了快乐的一种方式：多读书，会享受清闲，与有道之人交谈，与志同道合者互动，那么快乐会永远陪伴着你。

黄 杨 李渔

黄杨每岁长一寸,不溢分毫,至闰年反缩一寸。是天限之木也。植此宜生怜悯之心。予新授一名曰"知命树"。天不使高,强争无益,故守困厄为当然。冬不改柯①,夏不易叶,其素行原如是也。使以他木处此,即不能高,亦将横生而至大矣;再不然,则以才不得展而至瘁,弗复自永其年矣。困于天而能自全其天,非知命君子能若是哉?

最可悯者,岁长一寸是已,至闰年反缩一寸,其义何居?岁闰而我不闰,人闰而己不闰,已见天地之私;乃非止不闰,又复从而刻之,是天地之待黄杨,可谓不仁之至,不义之甚者矣。乃黄杨不憾天地,枝叶较他木加荣,反似德之者,是知命之中又知命焉。莲为花之君子,此树当为木之君子。莲为花之君子,茂叔②知之;黄杨为木之君子,非稍能格物之笠翁③,孰知之哉?

《闲情偶寄》

【注释】

①柯:树枝。
②茂叔:即周敦颐,字茂叔,号濂溪。平生爱莲,著有《爱莲说》一文。
③笠翁:作者自称,李渔,号笠翁。

【赏读】

《闲情偶寄》是李渔生活见闻和艺术经验的总结,从戏曲艺术到日常饮食、园艺花卉，揭示了李渔对人生和自然世界的观察与思考，充满了丰富多彩的休闲生活情趣。本篇选自《闲情偶寄·种植部·竹木第五》。

黄杨是种植广泛的常绿乔木，好种易活，即使在冬季也绿色怡人，因此常被用来制作盆景。这种给人类带来美的享受的树种，自然会深得人们的喜爱。但李渔从另一个角度颂扬了黄杨的品格，即默默忍受不公、甘于寂寞。

你看，黄杨的生长极为缓慢，一年才长一寸，如此缓慢的生长速度当然无法与那些迅速蹿升的树争宠。如此一来黄杨原本就先天不足，更糟糕的是逢闰年它还要再缩一寸，这对黄杨就更不公平了。

但黄杨呢？它并不抱怨，而是勤勤恳恳、默默地生长。它不会像其他树那样横着长出枝杈，或者被压迫得枝枯叶落，它冬天不掉枝，夏天不落叶，而且枝繁叶更茂，挺直枝干，向世界展示着葱绿的生命力。"困于天而能自全其天"，知命而不馁，认认真真做自己的事，尽自己的本分。

因此，李渔"木之君子"的称赞确实恰当，而又有几人能洞悉黄杨的这种珍贵品格呢？

芙 蕖 李渔

芙蕖与草本诸花，似觉稍异，然有根无树，一岁一生，其性同也。《谱》云："产于水者曰草芙蕖，产于陆者曰草莲。"则谓非草本不得矣。予夏季倚此为命者，非故效颦于茂叔，而袭成说于前人也。以芙蕖之可人，其事不一而足，请备述之。

群葩当令时，只在花开之数日，前此后此，皆属过而不问之秋矣。芙蕖则不然，自荷钱出水之日，便为点缀绿波，及其劲叶既生，则又日高一日，日上日妍，有风既作飘摇之态，无风亦呈袅娜之姿，是我于花之未开，先享无穷逸致矣。迨至菡萏①成花，娇姿欲滴，后先相继，自夏徂秋，此时在花为分内之事，在人为应得之资者也。及花之既谢，亦可告无罪于主人矣，乃复蒂下生蓬，蓬中结实，亭亭独立，犹似未开之花，与翠叶并擎，不至白露为霜，而能事不已。

此皆言其可目者也。可鼻则有荷叶之清香，荷花之异馥，避暑而暑为之退，纳凉而凉逐之生。至其可人之口者，则莲实与藕，皆并列盘餐，而互芬齿颊者也。只有霜中败叶，零落难堪，似成弃物矣，乃摘而藏之，又备经年裹物之用。是芙蕖也者，无一时一刻，不适耳目之观；无一物一丝，不备家常之用者也。有五谷之实，而不有其名；兼百花之长，而各去其短。种植之利，有大于此者乎？

予四命之中，此命为最。无如酷好一生，竟不得半亩方塘，为安身立命之地，仅凿斗大一池，植数茎以塞责，又时病②其漏，望天乞水以救之。殆所谓不善养生，而草菅其命者哉。

《闲情偶寄》

【注释】

①菡萏（hàn dàn）：荷花的别名。

②病：担忧，患苦。

【赏读】

提到莲花，许多人会自然地联想到"出淤泥而不染"的高洁品格，可见周敦颐的《爱莲说》影响久远。而李渔另辟蹊径，发掘了莲花的诸多可爱之处，同样令人对莲花心生喜爱。

本篇选自《闲情偶寄·种植部·草本第三》。芙蕖就是莲花，也叫芙蓉、荷，是当年生草本植物，生长在浅水中。芙蕖虽也是花，但与其他花卉的不同点在于，它的美与贡献并不只在花开的那几天。从春天荷芽出水时起，它便带给人们欣赏的喜悦，嫩芽点缀绿波，荷叶娇艳欲滴，有风时摇曳生姿，无风时袅娜多情。等到荷花盛开时，赶着趟地竞相绽放，从夏直到秋，带给人们的是持续的欣喜和乐趣。秋天来了，荷花枯萎了，可枯萎的荷花下又生出结满果实的莲蓬，代替荷花继续奉献精彩。即使水面上的美丽结束了，水面下还有果实呈现，水底的莲藕默默长大，成为人们饭桌上的美食。

芙蕖带给人们的快乐，通过眼观、鼻嗅、口尝得以充分体味，即使是败叶也有其实用价值。芙蕖带给人们的快乐不仅是精神上的愉悦，还有物质上的满足。它没有虚名，有的是实实在在的奉献，最大限度地发挥了自身能力的极致。如此无私地奉献了自己的芙蕖能不招人爱吗？

闲花野草　许　友①

　　问乡人乞得闲花野草，栽种于园篱，忽抽叶生芽，终亦能开花结实。斯之可喜，若见子孙生长成人，不入败累②等。

　　砌屋虽不大，不可不留隙地种竹。栽三四根，一二年后，子孙长养③，其黄老者删去。饱受月声雨色，何异万壑千山。

　　久阴初霁，望前村，溪山如醒，汀④花乱香，禽鸟杂呼，二三友，各出斋饭⑤，荤素不等，令童子竹杖担去。无主无客，亦饱亦醉，尽日而归。且订异日之游。

　　春新秋残，村屋山斋，丝雨骤至，幽寒上人手足，老妻涤洁衫袜送至，夜来加授一层，读书无穷安稳。

《贫贱快活》

【注释】

　　①许友（1615～1663）：字介有、友眉，号瓯香，侯官（今福建福州）人。清初画家，诗书画皆有成就。著有《米有堂诗集文集》《米有堂杂著》。

　　②败累：败坏拖累家庭。

　　③子孙长养：指竹子生长茂盛。

　　④汀：水边的平地。

⑤斋饭：此处指各人自带的食物。

【赏读】

　　许友的画苍楚有致，他的山水画多取材于山竹木石，所以，他对自然有极敏锐的观察，对山水风光的热爱必是发自内心。

　　得来闲花野草栽种在园中，许友可能原本没抱什么希望，但不经意间，这些野草闲花竟然发芽抽叶，长势良好，将来必定会开花结果。真是喜事一桩。这件小事引发许友的无限感慨：大自然无穷的生命力令人赞叹，看野花生长、开花，就好像看到子孙长大成人、成才自立。

　　与自然亲密接触，心情无疑欢欣畅快。在缝隙之地种上几根竹子，一二年后便枝叶繁茂，在月光下摇曳生姿，夜风中枝叶籔籔，在细雨中秀色娟娟，可谓"月照有清影，风吹有清声，雨来有清韵"。

　　雨后，久违的太阳普照大地，与三两好友准备好食物，兴致勃勃地边吃边喝边聊，酒足饭饱，尽兴而归，还意犹未尽地约定下次再聚。

　　乡间的生活简单而逍遥。

勿以炫露而招损 魏裔介①

象以牙而成擒，蚌以珠而见剖，翠以羽而招网，龟以壳而致亡，雉以尾而受羁，鹦以舌而取困，麝以脐而被获，犀以角而就烹，金铎以声自毁，膏烛以明自煎。故勇士死于锋镝，智士败于壅蔽，好水者溺于水，驰马者堕于马。君子慎勿以炫露而招损哉。

说人之短，乃护己之短；夸己之长，乃忌人之长。皆由存心不厚，识量太狭耳。能去此弊，可以进德，可以远怨。

君子不以己之长露人之短。天地间长短不齐，物之情也。必欲炫己之长露人之短，跬步成仇矣。言人之短者为种祸。

器虚则注之，满则覆之；木小则培之，大则伐之。故虚可处，满不可处也；小可处，大不可处也。

木秀于林，风必摧之；堆出于岸，流必湍之；行高于人，众必非之。所以良田每败于斜径，黄金多铄于众口。

飞鸟以山为卑，而层巢其巅；鱼鳖以渊为浅，而穿穴其中。然所以得之者，饵也。君子苟能无以利害身，则辱安从生乎！

《琼琚佩语》

【注释】

①魏裔介（1616~1686）：字石生，号贞庵，又号昆林，直隶柏乡（今属河北）人。清初大臣，累官至保和殿大学士。治程朱理学，著述颇丰，有《兼济堂集》《圣学知统录》等。

【赏读】

魏裔介是清代大臣，治学也颇有成就，有许多著作留世。除了著书立说外，他还辑录前人的精彩言论和思想精华编辑成《琼琚佩语》，该书从为学、修己、人品等诸方面为读者提供了许多充满人生哲理的经典言论。

本文选录的几则言论主要阐述了做人的原则与态度，劝导人们为人应谦虚。天地万物各有长短，也各有本性和特点，有修养的人绝对不会因为自己的长处而讥笑别人的不足，因为他明白，四处揭人短处只会给自己带来祸害，只会给自己增加仇敌和怨恨。自己的特长也许是别人的短处，每人都有短处，说别人的短处其实是在掩盖自己的不足，夸耀自己的特长就是在嫉妒别人的长处，只能证明自己不够大气，心胸欠博大。大象因为名贵的象牙而被擒，犀牛因为牛角而被烹，动物因为其长处而招损，同样，做人应该低调、谦虚，避免过于炫耀而招致危险与麻烦。

"满招损，谦受益"，前人一再强调做人要谦虚，面对赞扬要谦虚，面对师长也要谦虚。生活中谦虚是礼貌也是美德，但工作和事业中是否也要一味地谦虚？尤其在现代社会中，激烈的竞争使得人们的生存状态异常残酷，谦虚也许会使你失去许多成功的机遇。所以，谦虚的前提是自身要具备真才实学，谦虚的美德要发扬光大，但也要随时发现和把握通向成功的机会。

天地间真男子 魏象枢①

贫贱立品,富贵立身,方是天地间真男子。

见人而不见己,能言而不能行,是学者之大病根。拔去此根,作圣之功备矣。

池②能卫城,亦能坏城。水能载舟,亦能覆舟。富贵之于人也,何以异事!

成德每在困穷,败身多因得志。

心无日月之明,志无雷霆之奋,不可与言学。

《庸言》

【注释】
①魏象枢(1617~1687):字环溪,号庸斋,又号寒松老人,蔚州(今河北蔚县)人。清代理学家,治程朱理学。官至刑部尚书。著有《儒宗录》《知言录》《寒松堂集》等。
②池:护城河。

【赏读】
魏象枢既是学者又是能臣,后人曾颂扬他是"好人、清官、学者"。他对人生的领悟与观感可以给我们许多启发。

　　这几则格言论及了一些为人处世的原则。只要求别人不约束自己，只说不做，这是学者的大病根，去掉了这病根，就具备了成为圣人的条件。

　　这些成为圣人的条件其实也是做人的基本条件。严于律己、重在行动，这些是成功的必备因素。成就德行往往是在困境或走投无路时，而富贵或得志时往往潜藏着败亡的危险。"贫而无谄，富而不骄"，天地间的真男子在贫贱时保持高尚的人格，富贵时坚守德行。如果自恃富贵便以为无所不能，就想想"水能载舟，亦能覆舟"的道理吧。

行天下而后知天下 申涵光①

有必不可已之事,便须早作,日挨一日,未必后日能如今日也。

有必不可行之事,不必妄作经营;有必不可劝之人,不必多费唇舌。

正人之言,明知其为我也,感而未必悦;邪人之言,知其佞我也,笑而未必怒。于此知从善之难。

本富而对人说贫,本秽而对人说清,以人为可欺耶?方唯唯时,其人已匿笑之矣,谁迫之而必为此自欺语?

器大自有容,何必过分泾渭;语多则易失,总之勿涉雌黄。

经一番挫折,长一番见识;多一分享用,减一分志气。

行天下而后知天下之大也,我不可以自恃;行天下而后知天下之小也,我亦不可自馁。

自谦则人愈服,自夸则人必疑。我恭可以平人之怒气,我贪必至启人之争端，是皆存乎我者也。

《荆园小语》

【注释】

①申涵光（1618~1677）：字孚孟，一字和孟，号凫盟、聪山等，直隶永年（今属河北）人。明末清初文学家，河朔诗派代表人物。以诗见长。其文高洁宕逸。著有《聪山集》《荆园小语》《荆园进语》等。《荆园小语》是一部箴言小品集，语言朴实性灵、寓意深刻。

【赏读】

在与人交往中，要形成良好的人际关系，必须做到与人为善、真诚待人。原本富贵偏说自己贫困，明明内心肮脏却特意标榜清白，有人喜欢如此玩些聪明花样，但别人心明如镜。用虚伪的面目与人交往，换来的只能是别人的窃笑和讥讽。

心口不一的人言行必然虚伪，而真诚有时也会令别人误会和不快。正人君子的直言不讳也许言语上令人无法接受，所以明知是好心但也会心中不快；而奸邪小人的谄媚之言即使明知是虚情假意内心也会欢喜。人有时就是这样矛盾。

因而，真正做到与人真诚相待需要长期修炼自身，还可能经历许多挫折。修养的积累和提高不仅可以历练自身素养与才能，而且自己的认识会更加全面，自信心也会提升，内心变得愈加强大。带着这种自信行走在世间，既不会自卑也无须自大，因为他明白世界很大，但世界也是有限的。

君子终身是乐 申涵光

怒时光景难看,一发遂不可制。既过思之,殊亦不必,故制怒者当涵养于未怒之先。

七情惟怒难制,惟欲最深。理明则无此弊。

君子终身是乐,虽贫贱患难,中有自得,毕竟忧他不倒。小人终身是忧,纵富贵已极,患得患失,究竟乐亦非真。

士君子所至,使人人因我而乐,勿使人人因我而不乐。因我而乐,则视我如景星庆云;因我而不乐,则视我如疾风苦雨。

学则乐,君子无处非学,故无处非乐。造次颠沛、贫富患难皆学也,故曰"无入而不自得"焉。

一国有一国元气,一家有一家元气,一身有一身元气。元气者,生气也。能养生气,则日趋于盛矣。

《荆园进语》

【赏读】

人有七情六欲,遇人遇事时便会表现出喜怒哀乐之情。发泄情感有时不需要理由,触景生情,情绪自然涌上心头。遇好事、喜事时欢喜雀跃，逢哀事、丧事时悲伤痛苦，这是情感的自然流露，是人的本性使然。但从理性的角度来说，人有时又要控制自己的情感，在不同的时间、场合，适时、适当地表达情感。

君子处世尤其应当注意怒与乐的情感抒发，因为这些情感表达强烈，常常影响人的处世方法。七情中"怒"的情绪最难控制，人在一怒之下会失去基本的理智，"一发遂不可制"，产生严重的无法弥补的后果。所以，控制愤怒需要极其深厚的涵养，而其培养靠的是平时点滴积累，才能在震怒时及时控制怒火，理智地分析和应对难题。

找乐则是一种更积极的生活态度，有涵养的人总是乐观地生活，即使在贫贱中度日，在患难中生存，也依然笑对人生。因而忧愁、悲哀这些伤心损身的情绪就不会近身，人的"元气"日盛，身心更加健康。而且乐观之情还可以影响他人，人人同乐，全民同乐，社会便祥和。

时各有宜 汤传楹[①]

一日之间，人各有有，有各有时，时各有宜。养德宜操琴，练智宜弹棋，遣情宜赋诗，辅气宜酌酒，解事宜读史，得意宜临书，静坐宜焚香，醒睡宜嚼茗，体物宜展画，适境宜按歌，阅候宜灌花，保形宜课药，隐心宜调鹤，孤况宜闻蛩，涉趣宜观鱼，忘极宜饲雀，幽寻宜藉草，澹味宜掬泉，独立宜望山，闲吟宜倚树，清谈宜剪烛，狂笑宜登台，逸兴宜投壶，结想宜欹枕，息缘宜闭户，探景宜携囊，爽致宜临风，愁怀宜伫月，倦游宜听雨，玄悟宜对雪，辟寒宜映日，空累宜看云，寄欢宜拾钗，挥愤宜击剑，遭乱宜学道，卧病宜参禅，疗俗宜避人，破梦宜说鬼。识此意者，一游一赏，悠然自得，何忧不合时宜耶？若予心慵手懒，身外俱空，无乎宜也。无乎宜，是以无乎不宜也。

《闲余笔话》

【注释】

①汤传楹（1620~1644）：字子翰，一字子辅，更字卿谋，斋名"荒荒斋"，吴县（今属江苏苏州）人。明代诗人。因明亡伤心而绝。才思敏妙，古文辞纵横爽迈。著有《闲余笔话》《曲录》等。

【赏读】

汤传楹早逝，明亡的噩耗令他痛不欲生，死时年仅二十四岁。虽然有时忧国忧民，但据史料记载，他更向往的是风花雪月的安乐生活，是与国事无关的个性生活，他的《闲余笔话》就是要表达"闲人于闲境闲时说闲话抒闲情"，就像这则格言，他关注的是生活的品位和闲适，但其身处明末乱世，超脱中不免有点苦涩。

生活如何合时宜？悠然自得即是合时宜。人各有时与宜，养德宜操琴、练智宜弹棋、解事宜读史、静坐宜焚香、澹味宜掬泉、独立宜望山、清谈宜剪烛、息缘宜闭户、愁怀宜伫月、倦游宜听雨，等等。不同的情形有不同的事物应对，应用不同的解决良方，一物解一事，一事解一愁。如此一来，身心交融，内心获得充实与满足，激情得以释放，心灵更加宁静豁达。

也是在《闲余笔话》中，汤传楹谈到了天下不堪回首之五境，即"哀逝过旧游处，悯乱说太平事，垂老忆新婚时，花发向陌头长别，觉来觅梦中奇遇"，但"以情之最恶者言之，不若遗老吊故国山河，商妇话当年车马，尤为悲悯可怜"。读后也许可以对他的早逝有所领悟吧。

难 忍 魏际瑞[①]

忍痛易而忍痒难，忍哭易而忍笑难，忍愁苦易而忍欢娱难，忍贫贱易而忍富贵难，忍于威武易而忍于柔媚难，忍于怒骂易而忍于嘻笑难。惟难忍也，是所贵乎忍之也。

《偶书》

【注释】

①魏际瑞(1620～1677)：初名祥，字善伯，号伯子，宁都（今属江西）人。明末清初文学家。为文事理深刻、严谨，与其弟魏禧、魏礼并称"宁都三魏"。著有《魏伯子文集》。

【赏读】

魏际瑞以对比的方式谈忍，有的事情能忍，有的事情不可忍，有的容易忍，有的不易忍。分析他提到的几组难易对比可以发现：高兴的事更难忍，因为那是发自内心的喜悦；富贵更难忍，因为贪婪的欲望常常超过一切；柔媚更难忍，因为那样的温柔足以将你貌似威武的心融化。

忍易与忍难没有标准，忍耐考验的是忍受力和耐力，突破耐性要找准击破点，刚强的人可以忍耐刀枪攻击却敌不过柔弱的泪水，严父会在女儿的撒娇声中投降。同样，提高忍耐力就要学会压制欲望。忍耐是能力，也是智慧。

知足者天不能贫 魏 禧①

能知足者，天不能贫。能无求者，天不能贱。能外形骸者，天不能病。能不贪生者，天不能死。能随遇而安者，天不能困。能造就人才者，天不能孤。能以身任天下后世者，天不能绝。

己所有者，可以望人，而不敢责人也；己所无者，可以窥人，而不敢怒人也。故恕者推己以及人，不执己以量人。

我所不能者，不敢以责人；人所必不能者，不敢以强人。

交友者，识人不可不真，疑心不可不去，小嫌不可不略。

毋毁众人之名以成一己之善，毋役天下之理以护一己之过。

人能无故学吃亏，无故习劳苦，无故谈嗜欲，皆是求福弭灾之道。

《日录里言》

【注释】

①魏禧（1624～1681）：字冰叔，一字叔子，号裕斋，又号勺庭，宁都（今属江西）人。明末清初散文家。文章叙述简洁、议论恰当，注重"酝酿积蓄，沉浸而不轻发"。著有《魏叔子文集》。

《日录里言》记录每天偶得的心腹之言,是修身养性的箴言集,有许多精巧的性灵小品。

【赏读】

　　人在社会中生存、立足,不仅要思想独立、见解独立,还要学会推己及人,理解他人,尊重他人,不把自己的思想、观点强加于人。社会是一个整体,人们各自遵循着生存、发展的轨迹,发挥着各自的个体作用。不强人所难,也不损害他人的利益,每个人充分施展才华,这个社会才能和谐地进步。那么,作为这个整体的一分子,我们应该如何与人相处?

　　魏禧告诉我们:自己拥有的能力希望别人也有,但不该指责别人没有;自己没有的东西,看到别人拥有时不应气恼。自己的好形象不应该靠诋毁别人的名声来树立,自己的过失也不能动用天下公理来掩饰。自己都做不到的事不该苛求别人做到,也不应强迫别人做他根本无法做到的事情。

　　人与人之间若想关系良好,首先取决于每个个体的行为处事特点,一个与人和善相处的人首先会处理好个人与社会的关系,他会知足常乐,遇事无欲无求,随遇而安,不怕吃亏、不惧劳苦,这样的人其实能担当得起天下重任。

草木之精能移我情   吴 庄[①]

草木之精，能移我情。余嗜兰，每当花开，则终日静对，故伴兰如伴妾；余嗜菊，每当菊月，则朝夕瀹[②]茗相看，故爱菊如爱友；余嗜梅，每入梅林，必穷其径之深曲处，故寻梅如寻幽人；余嗜柳，观其风条摇曳，辄想张绪[③]当年，故攀柳如攀韵士。外此，则对牡丹如对轩冕[④]，对海棠如对闺艳，对桃李如对门人小子[⑤]，对松柏如对志士仁人。能移我情，而不移我情，是谓定情[⑥]。

兰之幽馨，较甚于梅。惜乎无干，其坚贞不及也。譬之美人，淡扫蛾眉，临风欲堕[⑦]，对之能不移情！余故自号兰痴。

梅花洁白，对之则余心亦洁白；梅性坚贞，对之余心亦坚贞。此中有禅焉，余故自号梅禅。

余嗜梅花，时坐卧其下，弗忍去也。即无花，未尝不坐卧于心。少壮时，虽有盐梅[⑧]之志，而孤山之癖不衰，余故自号梅庵。

《吴鳏放言》

【注释】

①吴庄（1624～?）：字茂含，嘉定（今属上海）人。清初小品

文作家。著有《闲评》《非庵杂著》等。《吴鳏放言》是其晚年鳏居时的随笔小品集。

②瀹（yuè）：煮。

③张绪：南齐时美男子。

④轩冕：代指达官贵人。

⑤门人小子：学生。

⑥定情：内心确定不移的情感。

⑦临风欲堕：形容弱不禁风的样子。

⑧盐梅：盐和梅子，盐味咸，梅味酸，均为调味所需。亦喻指国家所需的贤才。

【赏读】

古人对树木花草无比热爱，历代文人赋诗歌咏，吴庄也不例外。他以一系列拟人化的手法，将内心的情感寄托于树木花草，将人性与草木之灵相触合，歌咏了几种花草的品性和精神。

吴庄嗜好赏花。他好兰花，终日静对如伴妾；喜欢菊花，朝夕不舍如爱友；爱梅花，梅林赏梅如寻幽人；喜欢柳树，观柳如攀韵士。对花草如对亲朋，吴庄喜好花草树木的闲情得以尽情抒发。以对待人的心态与花草相处，花草便闪现出活跃的灵性，与人的情感交相呼应。这种移情作用使得人往往赋予花草某种象征意义。如梅花洁白，观者的心也变得清净。梅性坚贞，人的心也变得坚强。兰虽不及梅坚贞，但淡淡幽馨散发的是自然不雕饰的美，同样令人动情。

不过，"能移我情，而不移我情"，树木花草能移人情趣，但无法改变人的内心情操，这就是"定情"。归根结底，人对花的移情作用取决于人自身的心境、心情和处境。

绝俗故远天游故静 恽寿平[①]

春山如笑,夏山如怒,秋山如妆,冬山如睡。四山之意,山不能言,人能言之。秋令人悲,又能令人思。写秋者,必得可悲可思之意,而后能为之。不然,不若听寒蝉与蟋蟀鸣也。

意贵乎远,不静不远也。境贵乎深,不曲不深也。一勺水亦有曲处,一片石亦有深处。绝俗故远,天游故静。

《南田画跋》

【注释】

①恽寿平(1633～1690):初名格,字惟大,一字寿平,后以字行,又字正叔,号南山,别号瓯香散人、云溪外史等。武进(今江苏常州市武进区)人。清代画家。以山水花鸟画见长,亦善诗文和书法,后人根据其题画跋辑成《南田画跋》。

【赏读】

《南田画跋》是恽寿平长期从事山水花鸟画创作的甘苦之言,其中有些颇具清言隽永精妙的特质。

恽寿平是名画家,其画以神韵、情趣取胜,在绘画理论的总结上也一如其画作,追求逸、清、境。以上几则便是典型。

四季的山形态各异,山无言但人能言,作山水画正是传山水之神韵的写照,正如秋天给人悲愁与乡思之感,描画秋天必定先有悲思之情方能下笔再现。表达深远的意境，则要体现出静与曲，不静则不远，不曲则不深，故即使画一勺水也要画出水流的曲折，画一片石也要描绘环境的深幽。若一览无余地刻板摹写则无意境可言。

在这里，恽寿平主要谈的是作画，但道理涵盖的是所有艺术。他将长期艺术实践中积累的美学思想结晶以只言片语的形式展现给我们，见解精辟，意趣横生，含蓄隽永，体现了高雅的艺术格调。

应尽之心 王士禛①

人生最系恋②者过去,最冀望者未来,最悠忽者现在。夫过去已成逝水,勿容系也;未来茫如捕风,勿容冀也。独此现在之顷,或穷或通,时行时止,自有当然之道,应尽之心。乃悠悠忽忽,姑俟异日③,诿责他人,岁月虚掷,良可浩叹!

忧患恐惧,最怕有所。一有所,则我心无主。古来忠臣孝子,义士悌弟,只是能自作主张。学者正在此处着力。

读有字底书,要识无字底理。

《池北偶谈》

【注释】

①王士禛(1634~1711):字子真,一字贻上,号阮亭,又号渔洋山人,新城(今山东桓台)人。清代文学家。主张神韵说,文笔清新隽逸。著述颇多,有《带经堂集》等。《池北偶谈》是一部记录日常琐事和史实逸闻的笔记。

②系恋:留恋。

③姑俟异日:姑且等待其他的日子。

【赏读】

以上格言是王士禛在《池北偶谈》中所引的明清之际学者孙奇

逢的言论。

　　人生总有失意时，事业生活不顺时，我们总是会怀念过去的美好，也会寄希望于未来。但是我们最应关注的恰恰该是现在。过去早成历史，如逝去的流水不可回来，历史无法复制；未来还很遥远，茫如捕风不可捉摸。我们需要的是把握现在，找准方向，一步步迈向未来。不论是郁郁不得志还是宏图大展，不论是行路顺畅还是举步维艰，这些都要求我们坚定目标、谨慎行为。若是漫不经心地忽悠度日，不主动把握自己的命运，只能虚度岁月，又怎能拥有未来？

　　过去如流水，未来如飘风，都不是我们可以把握的，最重要的是要活在当下，找准目标，脚踏实地，从现在开始，迈出成功的第一步。

鸟雀亦有好音 梁文科①

青天白日，和风庆云，不特人多喜色，即鸟雀亦有好音。若暴风怒雨，疾雷闪电，人亦闭户，鸟亦投林。乖戾之感至此乎？故君子以大和元气为主。

鹤立鸡群，可谓超然无侣矣。然进而观于大海之鹏，则渺然自小。又进而比之九霄之凤，则巍乎莫及。所以至人常若无若虚，而盛德多不矜不伐也。

疾风怒雨，禽鸟戚戚。霁月光风，草木欣欣。可见天地不可一日无和气，人心不可一日无喜神。

《日省录》

【注释】

①梁文科（生卒年不详）：字丹崖，清代学者。著有《日省录》等。《日省录》成书于清朝中期，是处世名言的辑录。

【赏读】

人与自然万物融为一体不是古人的理想，而是他们生活的常态，尤其是那些隐居山林田园的文人雅士，他们的衣食住行与自然规律相契合，他们典型的思维便是将自然万物与人间生活作比。

晴朗的天气，和风拂面，人也多喜色，鸟雀的鸣唱也婉转动听；

而狂风暴雨夹杂电闪雷鸣，人便闭门不出，鸟雀也归林哑声。人的心情与天地气象很合拍。

霁月光风，草木欣荣，而疾风暴雨，禽鸟也哀愁。人与万物其实是同一种心情，天地和气则万象欣欣、人心喜悦。人与自然的和谐关系就这么简单。

用功之要 熊赐履①

与其外②有余而内③不足,何如内有余而外不足也。呜呼!能知内外轻重之分者,亦罕矣。

愈收敛,愈充拓;愈细密,愈广大;愈深妙,愈高明。体玩此数言,可以知用功之要矣。

《迩语》

【注释】

①熊赐履(1635~1709):字敬修,一字青岳,号素九,别号愚斋。孝感(今属湖北)人。清代理学家。官至东阁大学士兼吏部尚书。著有《经义斋集》《澡修堂集》等。

②外:指财产、名誉等身外之物。

③内:指内在的修养、精神等。

【赏读】

在任何时候,精神、品格等内在的东西都比财产、名誉等外在的东西珍贵,更重要的是,这些内在的东西非一朝一夕能培养的,需要日积月累、集腋成裘。有时可以一夜暴富成为财产上的贵族,而成为精神上的贵族则只能靠一点一滴的素质培育。这个道理并不深奥,但真正能够领会并着力于内在修炼的人罕有,因为更多人关心的是眼前的利益,诸如财产、名誉等身外之物,而缺乏长久的耐心和坚强的毅力去充实内在的涵养、品德。

内在修养可以改变人的气质，令精神强大，从而游刃有余地对待外在的诱惑与侵扰。愈收敛内心愈说明内心充实，心思愈细密胸襟愈开阔。明白了这个道理，就能明了从何处着眼、如何用功的要领。

闭门读诗 王晫①

尝考一事不获,思废寝食。一旦考得之,如映冰壶、对明镜,顿令心地豁然,不亦快哉!

献岁②已来,风雨不辍,闭门读陶征士③诗,不知户外有酬酢④事,不亦快哉!

夜半初醒,扪心偶⑤无一事,静听钟声冉冉从云间度,不亦快哉!

《快说续纪》

【注释】

①王晫(1636~?):原名斐,字丹麓,号木庵,自号松溪子,钱塘(今浙江杭州)人。清代作家。工于诗文。著有《今世说》《霞举堂集》等。

②献岁:指元旦。

③陶征士:指陶渊明。征士,不就朝廷征辟的士人。

④酬酢(zuò):应酬,交际。

⑤偶:暂时。

【赏读】

王晫市隐读书,广交宾客,他的《快说续纪》是受金圣叹《快说》的启发而作，同样体现的是快乐的心情和爽朗的个性。

高兴的事自然不亦快哉，即使是不如意的事也一笑了之，不亦快哉！有时苦苦思考一件事，废寝忘食也总是寻不到答案，一日忽然有了结果，"如映冰壶、对明镜"，那高兴的心情自然无以言说。

思考问题很快乐，对读书人来说，读书是乐上加乐。冬天，寒冷的屋外风雨不停，关起门来潜心读陶渊明的诗，醉心于陶诗的闲适幽静，早忘了户外的交际应酬。读书不闻窗外事，是因为与古人一同神游，身心早已沉浸在诗的境界中。

思考有了答案高兴；闭门读诗高兴；夜半初醒，扪心思量，没做过亏心事当然也高兴。

世上其实有许多令人心生快意的事，就看我们能否发现。就如同需要发现美的眼睛一样，快乐也需要我们认真寻找，这个寻找的过程本身便充满了快乐和喜悦。

日与两君同卧起 张 英[1]

圃翁[2]曰：人往往于古人片纸只字，珍如拱璧。其好之者，索价千金。观其落笔神彩，洵可宝矣。然自予观之，此特一时笔墨之趣所寄耳。若古人终身精神识见，尽在其文集中，乃其呕心刿肺而出之者。如白香山、苏长公[3]之诗数千首，陆放翁之诗八十五卷。其人自少至老，仕宦之所历，游迹之所至，悲喜之情，怫愉之色，以至言貌謦欬[4]，饮食起居，交游酬酢，无一不寓其中。较之偶尔落笔，其可宝不且万倍哉？予怪世人，于古人诗文集不知爱，而宝其片纸只字，为大惑也。予昔在龙眠[5]，苦于无客为伴，日则步屧[6]于空潭碧涧、长松茂竹之侧，夕则掩关读苏、陆诗，以二鼓为度，烧炷焚香煮茶，延两君子于坐，与之相对，如见其容貌须眉然。诗云：架头苏陆有遗书，特地携来共索居。日与两君同卧起，人间何客得胜渠？良非解嘲语也。

《聪训斋语》

【注释】

①张英（1637～1708）：字敦复，号乐圃，桐城（今属安徽）人。清代名臣、文学家。自成年便喜山水风景，退隐后遍游天下。著有《聪训斋语》《恒产琐言》等。《聪训斋语》是其教育子女的训诫集成。

②圃翁：张英自称。

③白香山：即白居易。苏长公：即苏轼。

④謦欬（qǐng kài）：借指谈笑。
⑤龙眠：山名，在安徽桐城境内。
⑥屟（xiè）：木屐，代指走路。

【赏读】
  对于文化和文学，有人真心喜爱，有人附庸风雅。附庸风雅者，对古人片纸只字趋之若鹜，不惜重金购得，以炫耀有文化、有品位、有财力，但正如张英所言，古人的精神识见都倾注在他们的文集中，那才是他们呕心沥血的成果和结晶，而那些附庸风雅者却舍本逐末。
  白居易、苏轼、陆游等人的诗作渴求的是懂诗、爱诗的知音，张英便是这样的知音。他白天徜徉在龙眠山的空潭碧涧之间、长松茂竹之侧，遍尝山林之趣，夜深人静时便闭门焚香煮茶，潜心拜读苏轼和陆游诗，与苏陆二人心神契合，仿佛与他们二人对坐神聊，每天和他们同卧同起，同喜乐共忧愁。这是心灵的沟通和碰撞，这才是真心爱文学，是真正能欣赏、会品味古人诗文集的人。

水中月影　陈星瑞[1]

月中花影,水中月影,帘中美人影,所谓三影也。吾独有取于水中月影。万物中,其气质之最清明者,在天惟月,在地惟水。水月合并为一,其空明清朗之致,于溪桥池畔,风轻雨霁之夜,此时之景况,殊足以荡涤胸中之邪秽,消融人心之渣滓矣。

种花一年,看花三日,人情[2]若有所未满。吾以为有三日之玩赏,亦不负一年之勤劳矣。世人拮据一生,迄无成就;即或幸成,而不获安享者,比比皆是。是劳苦一生,而并无三日之偿也。可胜慨哉!

凡人之目,终日视外事,故心亦逐外走;凡人之心,终日接他事,故目亦逐外瞻。闭目即见自己之目,收心即见自己之心。心与目,皆不离我身,不伤我神。谓之存想[3]。

《集古偶录》

【注释】

[1]陈星瑞(生卒年不详):字拙庵,古虞(今河南虞城)人。清代学者。生平不详。著有《集古偶录》《谈古偶录》等。《集古偶录》是语录体小品,主要为改写前人所作。

[2]人情:人的想法。

[3]存想:目存心想,指修身养性,排除外界干扰。

【赏读】

明人吴从先有著名的"三影"说:"花看水影,竹看月影,美人看帘影。"陈星瑞显然深有同感,尤其对水中月影情有独钟,认为万物中最具有清明气质的只有水和月。

一月在天,散发着清幽的光,清冷明丽。水在地,清凉柔媚,银波粼粼,畅快舒心。天上的月与地上的水交相辉映,给人空明清朗之感。如果你于风轻雨霁之夜驻足溪桥池畔,仰头望一弯新月,耳边闻溪水潺潺,深吸一口清新的空气,内心便清澈透亮,通体酣畅。清明的月与水荡涤了人的心胸,身心重新体验了清明与纯净。

闲赏·元旦 卫 泳①

元旦应酬做苦，且阅岁渐深，韶光渐短，添得一番甲子②，增得一番感慨。庄子曰：大块③"劳我以生"，此之谓乎！吾所取者，淑气④临门，和风拂面，东郊农事，举趾⑤有期。江海堤柳，装点春工⑥，晴雪条风⑦，消融腊气。山居之士，负暄而坐，顿觉化日⑧舒长，为人生一快耳。

《枕中秘》

【注释】

①卫泳（生卒年不详）：字永叔，号懒仙，吴县（今属江苏苏州）人。明末清初文人。著有小品集《枕中秘》《悦容编》等。《枕中秘》记录了士人闲暇雅游的生活，格调闲逸。本文选自《枕中秘》第一编《闲赏》篇。

②甲子：年岁。

③大块：大自然。

④淑气：温和之气。

⑤举趾：开始。

⑥春工：春光。

⑦条风：春风。

⑧化日：指白昼。

【赏读】

元旦是新年的开始，往往也会勾起年长者的惆怅之情。闻听孩子们的欢声笑语，他们的内心深处除了应酬之苦外，更平添了岁月如梭、时光不再的感慨。

但是，当读者仍沉浸在惆怅中时，卫泳笔锋陡转，为我们细致地描绘了一幅春意盎然的美景。迎着拂面的春风，沐着和暖的阳光，内心的愁苦一扫而光，只觉得日光"舒长"，人充满了快意。

这篇短短百字小文意蕴深刻、余味隽永。读者的情绪随作者的心绪起伏，由悲愁而喜悦，由低沉而明朗。

山居杂谈 廖 燕①

凡字做到慷慨淋漓激宕尽情处,便是天地间第一篇绝妙文字。若必向之乎者也中寻文字,又落第二矣。

世人有题目始寻文章,余则先有文章偶借题目耳。犹有悲借泪以出,非有泪而始悲也。

题目是众人的,文章是自己的,故千古有同一题目,无同一文章。

《二十七松堂集》

【注释】

①廖燕(1644~1705):初名燕生,字人也,号柴舟、梦醒,韶州曲江(今广东韶关)人。清初文学家、思想家。十九岁补为秀才后放弃了学业,在武江西岸建起"二十七松堂"潜心研读经史、古文辞。他反对科举制度和八股文,对程朱理学及儒家传统史论多持异议。论诗反对模拟堆砌,所作多抒写自身怀抱。著作有《二十七松堂集》,并有杂剧《醉画图》《诉琵琶》等。1862年,《二十七松堂集》流传到日本,颇受欢迎,日本人伊豫近藤元粹在1884年将廖燕列为中国明清文坛八大家之一。

【赏读】

廖燕认为天下绝妙至文是从作者真情实感中尽情流露出来的,而不是从前人的"之乎者也"中寻找出来的。这种反对因袭模拟,主张独抒怀抱的写作理念是值得赞许的。

那么每一篇文章又是如何写出来的呢？他认为是先有文章，再寻题目。这也非常符合写作规律。试想一个人要把自己的想法"慷慨淋漓激宕尽情"地用文字表达出来，他的心里早已经形成了文章，写出来就是绝妙好文章了。而题目是从文章中提炼、概括出来的。也许过了一段时间，偶然灵感来了，想到一个与文章内容相符的题目，所以说是"偶借题目耳"。为了使自己的观点更通俗易懂，他还打了一个先有悲后有泪的比喻，语言幽默诙谐。

即使是命题作文，写出的文章也因人而异、各有千秋，即"题目是众人的，文章是自己的"。作者强调的还是文章的独创性。全文深入浅出、言简意赅，是作者写作经验的总结，值得借鉴。

读书快乐 张 潮[①]

读经宜冬,其神专也;读史宜夏,其时久也;读诸子宜秋,其致别也;读诸集宜春,其机畅也。

经传宜独坐读,史鉴宜与友共读。

古人以冬为三余[②],予谓当以夏为三余:晨起者夜之余,夜坐者昼之余,午睡者应酬人事之余。古人[③]诗云:"我爱夏日长。"洵不诬也。

少年读书如隙中窥月,中年读书如庭中望月,老年读书如台上玩月,皆以阅历之浅深为所得之浅深耳。

藏书不难,能看为难;看书不难,能读为难;读书不难,能用为难;能用不难,能记为难。

读书最乐,若读史书则喜少怒多,究之,怒处亦乐处也。

多情者不以生死易心,好饮者不以寒暑改量,喜读书者不以忙闲作辍。

居城市中，当以画幅当山水，以盆景当苑囿，以书籍当朋友。

《幽梦影》

【注释】

①张潮（1650～约1709）：字山来，号心斋，歙县（今属安徽）人。明末清初文学家。文学上主张创新，一生著作颇丰，主要作品有《心斋诗抄》《幽梦影》等，并创作有文言短篇小说集《虞初新志》。其小品代表作《幽梦影》是一部随感小品集，主要抒发对大自然和人生的体验和感受，内容丰富、文笔清新、议论精辟、思想独到。

②三余：《三国志·魏志·王肃传》裴松之注引《魏略》中董遇所言："冬者岁之余，夜者日之余，阴雨者时之余也。"后以三余泛指空闲时间。

③古人：指唐文宗、柳公权。该句诗出自《唐诗纪事》中所载两人的《夏日联句》："人皆苦炎热，我爱夏日长。熏风自南来，殿阁生微凉。"（上句为唐文宗所作，下句为柳公权所作。）

【赏读】

在《幽梦影》中有关读书的格言警句很丰富，由此可知张潮喜读书。什么季节该读什么书，何时是读书的最佳时机，有些书适合与友人共读，而有些书只应该自己一个人静静赏读。

许多思想家和文学家都提及过读书的益处，有的强调知识积累，有的意在思想的升华，张潮的读书经验则直白而简单：快乐！他将读书乐趣与对自然的热爱巧妙地联系起来。以书为友，读书是一件快乐的事，即使是读喜少怒多的史书，那怒也多半化为了喜。愤怒而能使人快乐，可见张潮的读书已经达到了至高的境界。而大量运用排比和比喻等修辞格，使得感想的表达既有气势又极富形象性和艺术情趣。读完《幽梦影》，我们也可以这么说："《幽梦影》是一部让我们快乐的书。"

天下有一人知己 张 潮

天下有一人知己，可以不恨。不独人也，物亦有之。如菊以渊明为知己，梅以和靖①为知己，竹以子猷②为知己，莲以濂溪③为知己，桃以避秦人④为知己，杏以董奉⑤为知己，石以米颠⑥为知己，荔枝以太真⑦为知己，茶以卢仝、陆羽⑧为知己，香草以灵均⑨为知己，莼鲈以季鹰⑩为知己，蕉以怀素⑪为知己，瓜以邵平⑫为知己，鸡以处宗⑬为知己，鹅以右军⑭为知己，鼓以祢衡⑮为知己，琵琶以明妃⑯为知己。一与之订，千秋不移。若松之于秦始⑰，鹤之于卫懿⑱，正所谓不可与作缘者也。

《幽梦影》

【注释】

①和靖：指北宋诗人林逋。他隐居西湖，醉心于种梅和养鹤。宋仁宗赐谥"和靖先生"。

②子猷：即王徽之，字子猷，性爱竹。

③濂溪：即北宋哲学家周敦颐，号濂溪，著有《爱莲说》。

④避秦人：陶渊明所作《桃花源记》中的桃花源中人。

⑤董奉：三国人，善医，为人治好病后，令人栽种杏树以代替医款，久之杏树成林。

⑥米颠：北宋书画家米芾，嗜好奇石，号米颠。

⑦太真：即杨贵妃，太真为其道号，喜食荔枝，杜牧有"一骑红尘妃子笑，无人知是荔枝来"的诗句。

⑧卢仝、陆羽：均为唐代人，精通茶道。

⑨灵均：即战国诗人屈原。其诗中常以香草比喻忠贞高尚的品格。

⑩季鹰：西晋文学家张翰，字季鹰。他借口思念家乡的莼羹、鲈鱼脍而辞官。

⑪怀素：唐代僧人、书法家。以蕉叶代纸书写。

⑫邵平：即召平，秦亡后隐居，专心种瓜。

⑬处宗：即晋人宋处宗。养有一鸡，能说人语。

⑭右军：即东晋书法家王羲之，官至右军将军，习称王右军，爱鹅，为人写字，取其鹅以为润笔。

⑮祢衡：汉末文学家，曾击鼓骂曹。

⑯明妃：即王昭君，出塞到匈奴和亲时怀抱琵琶。

⑰秦始：即秦始皇。始皇登泰山，于松下避雨，封松为五大夫。

⑱卫懿：春秋卫国国君卫懿公，好鹤，所养之鹤有大夫的俸禄。

【赏读】

人生知己难求，哪怕只得到一个知己便无遗憾，因此俞伯牙与钟子期的知己之交才千古传颂。人与人因缘而成知己不易，因为人总会受到欲求和等级等太多的干扰。人与物成为知己也难，两个世界如何沟通便是难题。可一旦人物结缘而成知己，则更是美谈。因单纯的热爱而成知己，少了世俗的猜疑、算计和功利，"一与之订，千秋不移"，和谐相伴，物我合一。所以陶渊明才会"采菊东篱下，悠然见南山"，王昭君携"琵琶马上作乐，以慰其道路之思"。如果像秦始皇、卫懿公那样对待松、鹤，则无疑践踏了知己的珍贵之名。所以，人与人、人与物的结缘在于无欲无求，遵循自然、和谐的相处规则。

春听鸟声 张 潮

春听鸟声,夏听蝉声,秋听虫声,冬听雪声,白昼听棋声,月下听箫声,山中听松声,水际听欸乃声①,方不虚此生耳。若恶少斥辱,悍妻诟谇,真不若耳聋也。

松下听琴,月下听箫,涧边听瀑布,山中听梵呗②,觉耳中别有不同。

宜于耳复宜于目者,弹琴也,吹箫也;宜于耳不宜于目者,吹笙也,擫③管也。

鸟声之最佳者,画眉第一,黄鹂、百舌④次之。然黄鹂、百舌,世未有笼而畜之者,其殆高士之俦⑤,可闻而不可屈者耶。

水之为声有四:有瀑布声,有流泉声,有滩声,有沟浍⑥声。风之为声有三:有松涛声,有秋叶声,有波浪声。雨之为声有二:有梧叶、荷叶上声,有承檐溜竹筒中声。

目不能自见,鼻不能自嗅,舌不能自舐,手不能自握,惟耳能自闻其声。

凡声皆宜远听，惟听琴则远近皆宜。

《幽梦影》

【注释】

①欸乃声：行船的摇橹声。

②梵呗：佛教作法事时念经的声音。

③撅（yè）：用手指按。

④百舌：即反舌，鸟名。

⑤俦：同伴、伴侣。

⑥浍：田间的水沟。

【赏读】

听觉是人的感官之一。在人的世界里离不开倾听，用心倾听别人的思想和心情是一种享受，可入耳的也少不了蛮横恶毒的咒骂与叫喊，想听的与不想听的都会声声入耳，无法选择，更无法静心倾听美的声音。

而在自然的世界里，倾听万物之声则是绝美的心灵享受。身处大自然，在不同的环境、不同的时间地点倾听不同的器乐与自然之音，水声、风声、雨声、鸟声、蝉声、虫声、箫声、琴声、笙声，美妙的乐音与天籁的自然之音编织成一曲悠远高雅的乐曲。

楼上看山 张 潮

楼上看山,城头看雪,灯前看花,舟中看霞,月下看美人,另是一番情景。

花不可见其落,月不可见其沉,美人不可见其夭。

种花须见其开,待月须见其满,著书须见其成,美人须见其畅适,方有实际,否则皆为虚设。

花之宜于目而复宜于鼻者:梅也、菊也、兰也、水仙也、珠兰也、莲也。止宜于鼻者:橼[1]也、桂也、瑞香也、栀子也、茉莉也、木香也、玫瑰也、腊梅也。余则皆宜于目者也。花与叶俱可观者,秋海棠为最,荷次之,海棠、酴醾[2]、虞美人、水仙又次之。叶胜于花者,止雁来红[3]、美人蕉而已。花与叶俱不足观者,紫薇也、辛夷[4]也。

《幽梦影》

【注释】

①橼(yuán):枸橼,也叫香橼。
②酴醾(tú mí):植物名,也叫荼蘼。
③雁来红:又名后庭花。
④辛夷:香木名。

【赏读】

美的事物给人美的享受，可美丽易逝，怜惜的心看不得花落、月沉、美人夭。种花要等花开，赏月要待月圆，写作要到完成，不得此种结果便觉得形同虚设。其实，美的结果固然重要，但是欣赏美的过程更重要，眼见花枝日益茁壮，花蕾日渐饱满，难道不是赏心悦目的事吗？殚精竭虑地构思故事、积字成句地将思维化为文字的写作过程同样充满了享受。

美的过程是创造的过程，审美的喜悦可以长久延续，审美的眼光可以不断发现事物的美、世界的美。

花不可以无蝶 张 潮

花不可以无蝶，山不可以无泉，石不可以无苔，水不可以无藻，乔木不可以无藤萝，人不可以无癖。

赏花宜对佳人，醉月宜对韵人，映雪宜对高人。

梅边之石宜古，松下之石宜拙，竹傍之石宜瘦，盆内之石宜巧。

梅令人高，兰令人幽，菊令人野，莲令人淡，春海棠令人艳，牡丹令人豪，蕉与竹令人韵，秋海棠令人媚，松令人逸，桐令人清，柳令人感。

艺花可以邀[①]蝶，垒石可以邀云，栽松可以邀风，贮水可以邀萍，筑台可以邀月，种蕉可以邀雨，植柳可以邀蝉。

月下谈禅，旨趣益远；月下说剑，肝胆[②]益真；月下论诗，风致益幽；月下对美人，情意益笃。

物之能感人者，在天莫如月，在乐莫如琴，在动物莫如鹃，在植物莫如柳。

《幽梦影》

【注释】

①邀：邀请。此处意为招致。

②肝胆：指英雄抱负。

【赏读】

蝶绕花飞、泉流石上、藻浮水中、藤萝缠树，世上万物皆相依相随、相映成趣，大自然的灵性与活力由此呈现。花鸟鱼虫如此，山水盆景如此，人的世界也自然如此。

人与自然相映成趣的理想境界在于人和自然的和谐统一。人与自然朝夕相处，自然界的万物便也拥有了人的情怀：那些五彩的花木，依据生长习性和精神特征，也被人类赋予了某种象征意义：梅高洁、兰幽雅、莲淡定、牡丹豪放，等等。在这个人格化的自然世界中，人与自然借助于这种特定的情感关系，息息相通、灵性相触、呼吸同律。

春风如酒 张　潮

春雨宜读书，夏雨宜弈棋，秋雨宜检藏，冬雨宜饮酒。

春者，天之本怀；秋者，天之别调。

春雨如恩诏，夏雨如赦书，秋雨如挽歌。

律己宜带秋气，处世宜带春气。

诗文之体，得秋气为佳；词曲之体，得春气为佳。

春风如酒，夏风如茗，秋风如烟，冬风如姜芥。

《幽梦影》

【赏读】

  自然分四季，温暖的春天是自然的本色，萧瑟的秋天是自然的另一种情调。四季的雨带给人们不同的心境，在雨中可以悠闲地做一些有趣的事。四季的风也各有情趣，有时惹人沉醉，有时使人迷离。四季风景自有其迷人之处，四季生活也散发着怡人的魅力，人与自然的关系如此浑然天成。

  在《幽梦影》中，许多感悟都抒发了人与自然的和谐关系。于是我们发现，人与大自然原本和谐地生活在同一个星球，只不过由于后来者的狂妄和自私才破坏了与自然的和谐氛围。失去了才发现其珍贵，我们如今的回归自然，其实不过是在重新体验古人悠然自得的田园牧歌生活。

莫扯满篷风 石成金[①]

今人说快意话，做快意事，都用尽心机，做到十分尽情，一些不留余地，一毫不肯让人，方才躁脾[②]，方才如意。昔人云，话不可说尽，事不可做尽，莫扯满篷风，常留转身地，弓太满则折，月太满则亏。可悟也。

观人于失意时，言词举止绝无怨尤愤激之气，此即是大有学识者，其度量过人远矣。

德业常看胜如我者，则愧耻自增；境遇常看不如我者，则怨尤自息。

世路风霜，吾人炼心之境也；世情冷暖，吾人忍性之地也；世事颠倒，吾人修行之资也。大丈夫处世，不可少此磨炼。玉磨成器，铁炼成钢。

凡事莫推明日，明日最是误人。

顽石琢成美器，铁杵磨成绣针。趁着年轻力壮，不可虚度光阴。莫待老来衰败，吁嗟怨悔伤情。

《传家宝》

【注释】

①石成金（1660~1736）：字天基，号惺斋，扬州（今属江苏）人。清代文人。著有《传家宝》等。《传家宝》三十二卷通俗地阐述世事人伦之道，被奉为传家之宝、劝世良言。

②躁脾：过瘾，满足。

【赏读】

石成金饱读诗书，《传家宝》是他的读书心得和人生体验，从家庭到社会，从读书到饮食，涉及人生方方面面，堪称生活百科全书。语言通俗易懂，"诸等根智，皆可阅读受益"。虽有教化世俗民风之意，但又并非板着面孔的正统理学著作，所以读之不必拘其理，完全可以作为一种休闲方法，在轻松中修身养性，在消遣中裨益身心。

有人说话做事喜欢随意尽兴，说话得理不让人，做事不留余地，感觉这样才爽快。能如此快意地做事、说话虽然过瘾，但古话说得好，话不能说满，事不能做尽，凡事考虑周全，行事留有余地，这是生活的智慧。失意时并不失态，言语举止也并不怨天尤人、歇斯底里，这样的人才是成大才者，因为他的涵养和气量远高于常人。练得这般处世才能的人，必然经历过一番"玉磨成器，铁炼成钢"的刻苦磨炼。在人事中摔打、在挫折中历练，方能练得言语行事有方寸、合体适当。

莫扯满篷风，常留转身地。这是前人的经验之谈，遇事时当在心里默默念叨。

坦荡自舒之怀 申居郧①

能积不能读,何异掌书佣子②;能读不能行,所谓两足书橱。

省心是清心之法,读书是省事之法。

蜗牛升壁,涎不干不止;贪人求利,身不死不休。

惟正己可以化③人,惟尽己可以服人。

一枝动则万叶不宁,一心散则万虑皆妄。

人生衰俗,如涉大海,无时不在风浪中。虽戒慎恐惧,不敢少忽,然安危,天也,亦不可无坦荡自舒之怀。

居心平,然后可历世路之险。

《西岩赘语》

【注释】

①申居郧(生卒年不详):永年(今属河北)人。清代人。生平事迹不详。著有《西岩弄珠集》。

②掌书佣子:书铺里的伙计。

③化：教化，改变。

【赏读】

才子申涵光以箴言小品集《荆园小语》著称于世，他的侄孙申居郧也以一部《西岩赘语》将申氏清言小品的创作传统发扬光大。

在《西岩赘语》中，申居郧依然关注人的立身处境，在为人处世、修身养性等方面有许多真知灼见。

读书要真读书，只藏书不读书不行，读了不实行也不行。自己行得正才能指正别人，自己全心全意做事才能说服别人。更重要的是，君子要坦荡荡。人生无时无刻不经历风雨，即使谨慎行事仍可能面临危险，故更要有宽广的胸怀迎接生活的挑战。行路难，但欲达到目标必须行动。所以，内心平静充实，正视人生道路的艰难，对世路之险了然于心，做好充分的准备，然后一步一个脚印前行，一心一意坚持到底，这才是实干者的胸怀和气魄。

慈悲眼清净心 石庞①

以慈悲眼,普观世界,则众生堕难,悉同自身;以清净心,游戏尘缘,则妄想成因,总归无有。

和尚向予言:"以子聪明,何不出家?"予曰:"我出家久矣,尔等和尚,何不出家?"

圣人之生也,其于中古乎;天之生圣人也,其有忧患乎。

《悟语》

【注释】

①石庞(1671~1703):字天外,号晦村学人。太湖(今属安徽)人。清代文学家。精通诗文、词曲、绘画等。一生不仕,好结友交游。著作有《天外谈》《悟语》等。《悟语》是作者的语录体随感录,也是作者真实的思想记录。

【赏读】

石庞被称为奇才,除了诗文、绘画等,他对天文、地理等也有研究。同时代的张潮评价他的《悟语》"奇句惊人,巧思绝世"。石庞也为张潮的《幽梦影》写过多条评语。

以上几则语录在《悟语》中的特别意义在于,它们充满了佛家思想的睿智和趣味。佛家讲究慈悲为怀,以慈悲心观世界,则一切有生命的东西堕入灾难境地都如同自己受苦受难一样痛苦。以佛家远离烦恼的清净心生活在尘世之间,则一切妄想出的种种烦恼的原因终将归于乌有。

　　石庞对生活的感悟体现了佛家的生活理念,以慈悲心和清净心诚实善良地面对生活中的喜怒哀乐,轻松自在地生活。以如此的思想和态度处世与生活,那还用得着出家吗?所以,他幽默地反问和尚:我早就奉行佛家的生活态度了,你们这些和尚却留恋俗世,你们怎么不出家呢?可见关键在内心是否虔诚地皈依佛门,遵循佛家思想,而是否身披袈裟则不重要。

题 画 金农①

其 三

老而无能,诗亦懒作,五七字句②,谀人而已,可勿录也。然平生高岸之气尚在,尝于画竹满幅时,一寓己意,林下清风,惠贶③不浅,观之者不从尘坌④中求我,则得之矣。

其 四

饮郑氏园⑤,大醉如泥。烂银月色,今夕尤佳。画此数枝,以代解酲⑥,并题小诗其上,诗云:"花气已阑人罢酒,棋声方散月当阶。新篁一枝才落墨,便有清风生百骸。"余之竹与诗,皆不求同于人也。同于人则有瓦砾在后之讥矣。

《冬心先生画竹题记》

【注释】

①金农(1687~1763):字寿门、司农、吉金,号冬心先生、稽留山民、曲江外史、昔耶居士等,仁和(今浙江杭州)人。清代著名书画家,"扬州八怪"核心人物。举博学鸿词科,赴京未试而返,布衣终身。好游历,晚寓扬州,卖书画自给。书法创扁笔书体,兼有楷、隶体式,用墨厚重,时称"漆书"。著作有《冬心先生集》《冬心先生杂著》等。

②五七字句:指五言诗、七言诗。

③贶(kuàng):赠。

④坌（bèn）：尘土。

⑤郑氏园：指画家郑燮（郑板桥）的宅院。金农与郑燮是好友。

⑥解酲（chéng）：解酒。酲，醉酒。

【赏读】

金农喜欢给自己的画作题记，堪称诗画文并举、雅人雅事。这里选了画竹题记中的其三、其四。

其三，在于诠释画竹的缘由——将自己"平生高岸之气"寓于"画竹满幅"之中，让林下清风涤荡尘坌之气。展示了作者清高不俗、超世绝尘的品格。

其四，在于阐释画竹的作用及自己的创作理念——用高标傲立的竹彰显自己画作、诗作的与众不同，说明这样的画面可以使自己清醒。在清风吹拂下，饮酒、赏月、下棋、赋诗、作画等一系列美好的意境巧妙地融汇在一起，使人看了如痴如醉，又令人如梦方醒。同时阐释了自己的创作理念：画竹作诗"皆不求同于人"，否则将被讥笑为步人后尘的"瓦砾"。不拘传统、求新求异是金农的画风、文风，也是"扬州八怪"倡导的"掀天揭地之文，震电惊雷之字，呵神骂鬼之谈，无古无今之画"的不同流俗、风格独创的艺术主张的体现。推而广之，求新求异不也正是一切文艺创作的精髓吗？

才子之穷　卢存心①

才子之穷，不穷于贪，不穷于世②，穷于不遇佳人③。志士之贪，无贪于利，无贪于名，贪于欲为君子。

美玉多瑕，奇人多癖。不瑕不美，是为碱砆④；无癖无奇，终非豪杰。

多一繁华，即多一寂寞，所以冷淡中有无限风流；少一交游，即少一累坠⑤，不知书卷中有无穷益友。

逢得意则趾高气扬，谓之水上浮萍；遇失意即垂头丧气，谓之风中落叶。惟畸人⑥乃能相反，在达者亦只如常。

牢骚时作潇洒之语，终究是牢骚；窄狭人⑦作慷慨之状，毕竟是窄狭。

《蜡谈》

【注释】

①卢存心（1690～1758）：字敬甫，号玉岩，钱塘（今浙江杭州）人。清代诗人。著有《白云诗集》。

②穷于世：意为不得志。

③佳人：此处指知己。

④碔砆（wǔ fū）：像玉的石头。
⑤累坠：累赘。
⑥畸人：行为举止异于常人的人。
⑦窄狭人：气量小的人。

【赏读】

每当想向天各一方的朋友倾诉时，卢存心"即录片纸"，然后寄给远方的朋友，"如对剧谈终日"。故而，《蜡谈》是卢存心与挚友的笔墨交游，从中可以知悉他们关注的人与事，尤其是对人的精神世界以及人格品性的关切。

文人们对"穷"与"贪"有不同于常人的理解，在卢存心眼里，才子穷，但他们不是穷在贪婪和不得志，而是穷于没有知己，没人可以与自己进行精神的沟通、思想的交流，这才是才子最难以忍受的。志士贪，但他们不是贪图名与利，而是渴望做品德高尚的君子。这正是才子、志士道德高尚、志向远大的典型表现，显示了他们对精神世界的不懈追求。

追求高尚意味着他们的作为也异于常人，得意时并不趾高气扬，失意时也不必垂头丧气，因为他们可以从容自如地控制自己的情绪与情感。当然，世上没有完人，美玉多瑕，奇人多癖，每个人都有自己的个性与缺陷，但真实地展示自己的真性情同样不失为真君子。

一年有可惜事　史震林①

一年有可惜事：春不艺②兰，夏不赏荷，秋不采菊，冬不寻梅。一生有可惜事：幼无名师，长无良友，壮无实事，老无令名。贫贱人可惜者二：面承唾为求利，膝生胝为求荣。富贵人可惜者二：临大义沮③于吝，荷重任败于贪。聪明人可惜者三：妄讥议谓之薄④，自炫奖谓之骄，怀激愤谓之躁。豪侠人可惜者三：助凶人得暴名，挥泛财得败名，纳庸客得滥名。

亭可茗，楼可觞⑤，馆可浴，舟可眠；云为余掩赤日，风为余扇酷暑，月为余照夜游。饯栖霞⑥者，赖有此耳。

色美者败于淫，才高者败于狂，位隆者败于骄，金多者败于赌。

《西青散记》

【注释】

①史震林（1692～1778）：字岵冈，一作悟冈，号瓠冈居士，金坛（今属江苏）人。清代文学家。诗文字画皆精。辞官后往来淮扬间广泛交游。著作有《西青散记》等。《西青散记》是纪实笔记，以作者的漫游生活为主要内容，结构独特，语言清雅。

②艺：种植。

③沮：失败。

④薄：轻薄。

⑤觞：酒杯。此处意为喝酒。

⑥栖霞：山名，在南京东郊。

【赏读】

  关于《西青散记》有一个美丽的故事：史震林与一帮文人雅士定期在书院聚会，交流学术。一天，他们结识了同村一位新媳妇，这是位貌美才高的女词人。《西青散记》便以这位绝代佳人为主线，串联起一个个动人的故事。

  史震林的漫游生活很有情趣，亭中煮茶畅谈，楼堂举杯畅饮；白云遮挡了烈日，微风驱散了酷暑。与朋友交游的乐趣尽在其中。以上所选的几则清言是史震林的漫游生涯中朋友们的论说，含义隽永，富有哲理。

  人生有很多可惜和遗憾，比如一年有四季赏花不得的可惜，而一生的遗憾和可惜之处更多，有少时教育基础未打好的遗憾，有长大了无知己的遗憾，也有老了事业无成的遗憾。做人同样有遗憾和苦恼，作为贫贱人若失去尊严，作为富贵人若吝啬而贪婪，这都是让人深感遗憾的事。

  但人生的遗憾也是一笔财富。过来人可惜生活有瑕疵、有后悔，但它可以成为后人的经验和借鉴。为了人生更圆满，不妨将这些遗憾作为人生的总结与感慨，以之为鉴，帮助后来人减少遗憾、增加成就。

自有余乐 曹庭栋①

春探梅，秋访菊，最是雅事。风日晴和时，偕二三老友，揩箈②里许，安步亦可当车。所戒者，乘兴纵步，一时客气为主，相忘疲困，坐定始觉受伤，悔已无及。

拂尘涤砚，焚香烹茶，插瓶花，上帘钩，事事不妨身亲之。使时有小劳，筋骸血脉乃不凝滞。所谓流水不腐，户枢不蠹也。

世情世态，阅历久看应烂熟。心衰面改，老更冀求。谚曰："求人不如求己。"呼牛呼马，亦可由人。毋少介意，少介意便生忿，忿便伤肝，于人何损？徒损乎己耳。

寿为五福之首，既得称老，亦可云寿。更复食饱衣暖，优游杖履，其获福亦厚矣。人世间境遇何常？进一步想，终无尽时；退一步想，自有余乐。《道德经》③曰："知足不辱，知止不殆，可为长久。"

年高则齿落目昏，耳重听，步蹇涩，亦理所必致。乃或因是怨嗟，徒生烦恼，须知人生特不易到此地位耳。到此地位，方且自幸不暇，何怨嗟之有？

《老老恒言》

【注释】

①曹庭栋(1699~1785):初名廷栋,字楷人,号六圃,又号慈山居士,嘉善(今属浙江)人。清代文学家、养生家。工诗,中年后绝意仕途,终生未出乡里。著作有《老老恒言》《易准》等。《老老恒言》又名《养生随笔》,是其养生方法的总结,浅近易行。

②搘筇(zhī qióng):拄着手杖。筇,古书上说的一种竹子,可做手杖。

③《道德经》:即《老子》。

【赏读】

曹庭栋中年后闭门读书、著书,并于庭院内堆土筑山,种花养鸟绘画,积累了丰富的养生经验。《老老恒言》便是他七十五岁高龄时的养生总结。

在《老老恒言》中,曹庭栋指出,日常琐屑生活均需注意慎起居,节饮食,重养心。尤其是年近耄耋,如何调养身心安度晚年,最重要的无疑是摆正心态、轻松生活。

如何轻松生活呢?探梅访菊这些雅事可以常做,约上二三好友,拄着拐杖安步当车,既赏花又锻炼身体,一举两得。但是可别累着,那就得不偿失了。老年人有老年人的作为和心态,年龄大了,做些力所能及的事,掸掸灰尘,煮茶插花,活动了筋骨,使血脉更流畅,这叫流水不腐,户枢不蠹。

经历了一辈子的人情世故,老来看待一切都是烂熟于心,所以,老无所求,不必生气,不要嗟叹,人生欲望无尽头,知足常乐,人生才可长久。

有余与不足 刘因之[①]

处[②]学问，取上等人自厉，则终身无有余之日。处境遇，取下等人自况，则随地无不足之时。

《谰言琐记》

【注释】

①刘因之（生卒年不详）：清代人。生平事迹不详。著有《谰言琐记》。《谰言琐记》是一部笔记小品。

②处：对待。

【赏读】

比上不足比下有余，这是中国人常说的一句话，用来安慰别人也安慰自己要知足。我们的生活还不错，虽然比有些人差，但也有些人还不如我们呢。这么一比较的话，心里便平衡许多。

每个人的生存状态不同，有贫富、地位差距，也有知识、修养高低，这些造成了各人在生活、事业等方面的高低强弱差异。该怎么办？是嫉妒还是不服？

对那些比自己强的人要多学习，对不如自己的人也不应自以为是。学问无止境，向学问比自己强的人学习，以他们为目标，则终身都会不断进取而无"有余"之感。对自身境遇不必争，知道满足，想想不如自己的人，就不会有"不足"的遗憾。

沙弥思老虎 袁 枚[①]

五台山某禅师收一沙弥[②],年甫三岁。五台山最高,师徒在山顶修行,从不一下山。

后十余年,禅师同弟子下山,沙弥见牛马鸡犬皆不识也。师因指而告之曰:"此牛也,可以耕田;此马也,可以骑;此鸡犬也,可以报晓,可以守门。"沙弥唯唯[③]。少顷,一少年女子走过,沙弥惊问:"此又是何物?"师虑其动心,正色告之曰:"此名老虎,人近之必遭咬死,尸骨无存。"沙弥唯唯。

晚间上山,师问:"汝今日在山下所见之物,可有心上思想他的否?"曰:"一切物,我都不想,只想那吃人的老虎,心上却总觉舍他不得。"

《新齐谐》

【注释】

①袁枚(1716~1798):字子才,号简斋、随园老人,钱塘(今浙江杭州)人。清代文学家。曾任溧水、江宁(今江苏南京)等县知县,四十岁时辞官,卜居江宁小仓山。著有《小仓山房集》《随园诗话》等。其小品语言新巧,简约而有韵致。

②沙弥:佛教中初出家的年轻和尚。

③唯唯:表示答应。

【赏读】

人是能劳动、会说话的高级动物,但人也有一些动物的自然本性，这些天性是任何力量也无法压制的。小沙弥对牛马鸡犬皆无兴趣，独独对那"吃人的老虎"感兴趣，正是这种自然本性的恰当反映，即使有被吃掉的危险也无法阻止他内心情感的自然流露。这和《十日谈》里少年喜欢"绿鹅"的故事如出一辙。

　　该来的总归会来，即使隐居高山与世隔绝，小沙弥终究要独自面对这危险的世界。一味隐瞒、欺骗无济于事，封闭、压制也非良策，自以为是地粉饰更是愚蠢。不如直言以对，还原真实，让人们自由地面对世界，独立地挑战人生，畅快地抒发情感。小鸟终究会练就坚实的翅膀，前提是让它独自飞翔，搏击长空。

以著作争胜负 袁 枚

以著作争胜负,故不喜赌钱;以吟咏当笙簧①,故不爱听曲;居易以俟命②,故不信风水阴阳;听其所止而休焉,故不屑求仙礼佛。

花树之茂盛者,蛛丝网不敢相缠。病树枯枝,则蛛丝尽网之矣。人之著邪遇鬼,亦犹是也。

人有祖遗③之贫,有自挣之贫。祖遗之贫易受,自挣之贫难受。譬如平时壮健,而忽欲衰老,犹之向时富贵,而忽然贫贱也,颇觉事事不惯。

《牍外余言》

【注释】

①笙簧:乐器,此处指音乐。

②居易以俟命:语出《礼记·中庸》,意为安于现状,不追求自身以外的东西。

③祖遗:祖先流传下来。

【赏读】

文人的文名靠的是作品的成就和影响力,用心于白纸黑字的创作,故而他就不会去做赌钱这种极不可靠的事。吟诵自己做的诗,抑扬顿挫，合韵律，有节奏，富有音乐美，谁还会听别人演奏音乐？君子安身立命，不贪图身外之物，也就不会指望风水先生给出什么吉凶祸福的预测。乐天知命，就不必去求菩萨神仙施予自己恩惠。

总之，有追求、自信的人不会相信所谓神话，也不会相信那些虚幻的东西。他们有足够的信心依靠自己的努力获得成功。他们内心强大，心底坦荡，因而可以抵御诱惑。花树茂密，蜘蛛网便不敢相缠，只敢往病树上纠缠，便是这个道理，是树自身出了毛病，而不是蜘蛛胆大。

说到底，自身的能力和内心的充实才是成功的关键。

牡丹说 袁　枚

冬月，山之叟担一牡丹，高可隐人，枝柯鄂韡①，蕊橐橐②以百数。主人异目③视之，为损重赀④。虑他处无足当是花者，庭之正中，旧有数本，移其位让焉。幂锦⑤张烛，客来指以自负。亡何，花开，薄如蝉翼，较前大不如。怒而移之山，再移之墙，立枯死。主人惭其故花，且嫌庭之空也，归其原，数日亦死。

客过而尤之曰："子不见夫善相花者乎？宜山者山，宜庭者庭。迁而移之，在冬非春。故人与花常两全也。子既貌取以为良，一不当；暴摧折之，移非其时，花之怨以死也诚宜。夫天下之荆棘藜刺下牡丹百倍者，子不能尽怒而迁之也。牡丹之来也，未尝自言曰：'宜重吾价，宜置吾庭，宜黜汝旧，以让吾新。'一月之间，忽予忽夺，皆子一人之为。不自怒而怒花，过矣！庭之故花，未必果奇，子之仍复其处，以其犹奇于新也。当其时，新者虽来，旧者不让，较其开孰胜而后移焉，则俱不死；就移焉，而不急复故花之位，则其一死，其一不死。子哑哑焉，物性之不知，土宜之不辨，喜而左之，怒而右之。主人之喜怒无常，花之性命尽矣！然则子之病，病乎其己尊而物贱也，性果⑥而识暗也，自恃而不谋诸人也。他日子之庭，其无花哉！"主人不能答，请具砚削牍，记之以自警焉。

《小仓山房集》

【注释】

①鄂韡（wěi）：即"萼韡"，花开得繁茂。
②藂（cóng）藂：聚集。
③异目：另眼相看，表示对其看重。
④为损重赀：花高价将其买下来。
⑤幂（mì）锦：用锦缎做帐子。幂，帐。
⑥性果：性格武断。果，果断，武断。

【赏读】

袁枚爱牡丹，园子里种了牡丹，又不惜重金，买来了新牡丹。但是他爱得不当，反而害死了自己的所爱。《牡丹说》说的就是移栽牡丹致死的教训。

袁枚主观上绝没有害死牡丹的意图，但是由于他喜新厌旧、栽不逢时、移不得地、喜怒无常、朝令夕改……终于把新、旧牡丹都折腾死了。正如客人所批评的那样：如果不只是把牡丹当成一个随意把玩的贱物，而像尊重自己那样尊重它；如果不那么武断和见识不明，而是和别人商量着办，这种恶果可能就不会产生了。

所喜的是，袁枚善于接受教训，他把自己的错误和客人的批评都如实记录了下来，以便时时警策自己。而不是像传说中的武则天那样，因为牡丹不在冬季开花，就烤它烧它，把它从长安贬到洛阳。袁枚有闻过则喜、知错必改的磊落情怀，想必以后对人对事都不会再喜新厌旧，也许会更加注意尊重对方，遵循客观规律，因时制宜、因地制宜。

择交要言　钱德苍[①]

吾斋之中，不尚虚礼。不迎客来，不送客去。宾主无间，坐列无序。

真率为约，简素为具。有酒且酌，无酒则止。清茶一啜，好香一炷。

闲谈古今，静玩山水。行立坐卧，心形适宜。冷淡家风，林泉情致。

君子择而后交，故寡过；小人交而后择，故多怨。

责己者，于无过中求有过；责友者，于有过中求无过。

交游须慎：交功名者，则权贵之声入；交市井者，则货利之声入；交术数者，则吉凶之声入；交刻薄有机谋者，则利己妨人之声入。凡此皆不可与游。

内非真诚，外徒狡伪。一关利害，反目相视。此世俗交，吾当摒弃。

《解人颐》

【注释】

①钱德苍(生卒年不详):字沛恩,号慎斋,长洲(今江苏苏州)人。清代文人。著作有《解人颐》。《解人颐》二十四集是钱德苍根据民间流传的《解人颐》"去陈集新,又从而广益之"重新付梓而成。

【赏读】

《解人颐》之名,顾名思义是要博人开颜而笑,该书收录的都是前人的箴言、格言以及诗词歌赋,还有民间的趣谈谜语等。所以,书中的内容无疑给人轻松愉悦之感。正如钱德苍在其序中所言:他选择的是"最脍炙人口"的内容,"诵其歌咏,深可感发人心,浣涤尘臆;观其诙谐,真可抚掌捧腹,悦性移情"。不论是治国齐家的话题还是修身养性的内容,都以轻松闲适的风格道出,语言的绝妙确实令人捧腹而笑。

本文所选为交友格言。朋友要选择、要寻找,找什么样的朋友和自己的意趣、目的有关。总体来说,交友要慎重、真诚。慎重是因为朋友要志同道合,要互为榜样、互相影响,所以要先选择,观其言行,然后再决定是否交这个朋友。如此慎重才不会日后后悔犯了错。

一旦选择了朋友就应该真诚相待,朋友情谊要用心维护,不必盛情以待,无须虚礼缛节,闲谈间沟通心灵,随意中宾主无间,这就是君子之交。一杯茶、一炷香,在豁达洒脱中赢得人生知己。

慎 交 汪辉祖[①]

广交游,通声气,亦觅馆一法,然大不可恃。得一知己,可以不憾。同心之友,何能易得?往往所交太滥,致有不能自立之势,又不若硁[②]硁自守者转得自全。且善善恶恶,直道在人,苟律己无愧,即素不相识之人,亦未尝不为引荐。况交多则费多,力亦恐有不暇给乎。交而曰慎,择损益也,滥交不惟多费,且恐或累声名。

《佐治药言》

【注释】

①汪辉祖(1731~1807):字焕真,号龙庄、归庐,萧山(今浙江杭州)人。清代著名幕宾(师爷)。著有《佐治药言》《学治臆说》等。《佐治药言》是作者多年幕宾生涯的总结,内容涉及为人处世、修身养性等多方面。道理通俗,言论精辟。

②硁(kēng)硁:浅见而固执的样子。

【赏读】

汪辉祖做了三十多年的师爷,擅长治狱,对官场也有切身体会和深刻了解。他的《佐治药言》无论从为官还是从为人的角度,都值得后人研究与借鉴。

以上这则语录谈的是交友。汪辉祖告诫我们,交友要慎重,交友多未必是好事,因为那样会影响自己独立做人的原则。

从交友的角度看，汪辉祖的看法不无道理，知己难觅，真正志同道合的朋友不易寻，而一般的朋友多有各自的私心和私利，必然影响到自己对人对事的正确判断，从这个意义上说，少一些朋友反而有助于自己的独立意识。而从为官的角度看，周围的同事、上级和下级并非自己所掌控，他们有自己的个性和行事风格，所以自己的决定应该根据具体情况作出客观的独立的判断。

只要严于律己，以正直之心行为处事，不愁没有知己朋友。朋友不必贪多，"得一知己，可以不憾"。

枕上回思 孟超然[1]

多一事不如省一事。省事之至,至于心地光明;多事之至,至于身家俱困。

识得境遇中千头万绪,皆是磨练德性之资,方免怨天尤人之过。

万籁俱寂,枕上回思:前此光阴俱从忙忙碌碌中过,何曾向身心上整顿?自愧自悼而已。

孤坐无聊,百端交集,竟成肝膈之病。林樾亭[2]劝我著书自娱。偶尔把笔,辄即中止。自念老矣,不能有传于后。掩卷三叹,为之凄然。

地有秽,扫之而已矣;衣有垢,洗之而已矣。未有既扫既洗,而犹罪[3]夫秽与垢者也。惟改过亦然。

最可耻者,齿发将衰,而身心犹未整顿,言行犹多尤悔[4]。为乡官而舆马仆从之不如人,不足耻。

《焚香录》

【注释】

①孟超然（1731~1797）：字朝举，号瓶安，闽县（今福建福州）人。清代学者。勤于治学，注重身心修养。著作有《亦园亭全集》等。《焚香录》记录了作者省察身心实践之要。

②林樾亭：即林乔荫，清乾隆举人。

③罪：怪罪。

④尤悔：过失与懊悔。

【赏读】

孟超然中年辞官归里，潜心读书治学，以学识和品行著称于世。不同于一般学人只从古书中寻章摘句的机械做法，他常阐发前人之所未发，如指出前代理学家的一些观念实际是佛、道之理而非儒家见解。他提出"读书有识"，认为不能一味读古书，还要与长期的生活实践相结合。

《焚香录》是孟超然《亦园亭全集》中的一部，主要是他生活经验的实践要略，涉及生活的各方面，包括人生总结与感悟。

万籁俱寂中，躺在床上回思过往，检讨自己在忙忙碌碌中度过了光阴却还未曾整理自己的心灵。作者认为自己虚度了时光，这当然是谦虚，但也体现了孟超然严于律己的品格。

孤坐无聊，百感交集，竟得了忧郁心病。听从朋友的建议，欲著书立说，但提笔便无兴趣，叹息自己老矣。也许这只是孟超然情绪低落时的郁闷，其实他藏书数千卷，中年归里后手不释卷，笔耕不辍，著作等身，他的《亦园亭全集》便含文集十多卷和诗文集若干卷，给后人留下了宝贵的思想和文化遗产。

造 园 钱 泳[①]

造园如作诗文，必使曲折有法，前后呼应；最忌堆砌，最忌错杂，方称佳构。园既成矣，而又要主人之相配，位置之得宜，不可使庸夫俗子驻足其中，方称名园。今常熟、吴江、昆山、嘉定、上海、无锡各县城隍庙俱有园亭，亦颇不俗。每当春秋令节，乡佣村妇，估客[②]狂生，杂沓欢呼，说书弹唱，而亦可谓之名园乎？

吾乡有浣香园者，在啸傲泾，江阴李氏世居。康熙末年，布衣李芥轩先生所构，仅有堂三楹，曰恕堂。堂下惟植桂树两三株而已，其前小室，即芥轩也。沈归愚尚书未第时，尝与吴门韩补瓢、李客山辈往来赋诗于此，有《浣香园唱和集》，乃知园亭不在宽广，不在华丽，总视主人以传。

有友人购一园，经营构造，日夜不遑。余忽发议论曰："园亭不必自造，凡人之园亭，有一花一石者，吾来啸歌其中，即吾之园亭矣，不亦便哉！"友人曰："不然，譬如积赀巨万，买妾数人，吾自用之，岂可与他人同乐耶！"余驳之曰："大凡人作事，往往但顾眼前，倘有不测，一切功名富贵、狗马玩好之具，皆非吾之所有，况园亭耶？又安知不与他人同乐也？"

吴石林癖好园亭，而家奇贫，未能构筑，因撰《无是园记》，有《桃花源记》《小园赋》风格，江片石题其后云："万想何难幻作真，区区丘壑岂堪论？那知心亦为形役，怜尔饥躯画饼人。写尽苍茫半壁天,烟云几叠上蛮笺。子孙翻得长相守,卖向人间不值钱。"余见前人有所谓乌有园、心园、意园者,皆石林之流亚也。

《履园丛话》

【注释】

①钱泳(1759~1844):初名鹤,字立群,号台仙、梅溪。金匮(今江苏无锡)人。清代文学家。喜好游历和诗文写作。著有《履园丛话》《梅溪诗抄》等。《履园丛话》共二十四卷,分为园林、收藏、阅古、杂记等,记录了作者的亲身经历,内容广而杂。

②估客:商人。

【赏读】

造园如作诗文。钱泳开篇就揭示了造园与写作的关系:都是创造性工程,也都需要细致构思、精心配置,方成好作品。

如此妙论其实只是开篇,随之便是点睛高论:佳构还需与主人相配,与方位相宜。名园不在宽广,不在华丽,在乎的是什么样的主人。寥寥数语便道出了名园应有的高品位。花开石秀、水动径幽,园林的建构原本就是人与自然的完美统一,人在园中缓步,徜徉赏景、赋诗唱和。静逸的园与移动的人相映成趣,散发出勃勃的生机,洋溢着灵动的美感。如果园中没有人,没有品园、赏园、懂园的人,那再好的园林也只是毫无生命的石木的堆砌,没有灵性,更无法与人心灵沟通。

贫者是天下最妙字　钱　泳

贫者是天下最妙字,但守之则高,言之则贱。每见人动辄言贫,或见人夸富,最为贱相。余则谓动辄言贫,其人必不贫,见人夸富,其人必不富。乃知处富者不言富,乃是真富;处贫者不言贫,方是安贫。

富贵如花,不朝夕而便谢;贫贱如草,历冬夏而常青。然而霜雪交加,花草俱萎,春风骤至,花草敷荣。富贵贫贱,生灭兴衰,天地之理也。

商贾宜于富,富则利息益生;僧道宜于贫,贫则淫恶少至。儒者宜不贫不富,不富则无以汩没性灵,不贫则可以专心学问。

富贵近俗,贫贱近雅。富贵而俗者比比皆是也,贫贱而雅者,则难其人焉。须于俗中带雅,方能处世,雅中带俗,可以资生。

《履园丛话》

【赏读】

贫与富和财产有关,贵与贱和品德相连。富者不一定贵,贫者也未必贱。

富贵也好,贫贱也罢,都只是与花草一样的命运,遇风霜则枯萎，逢春风则欣荣。所以，还是平常心为好，富有了不要飘飘然，贫困了学会安于清贫，在清贫中活出自己的优雅。财富是身外之物，内心充实，乐观地看世界，生活一定其乐无穷。

不同的人对贫富的追求观念不同，财富对他们的意义也不同。商人宜富，因为他们原本追求的就是金钱；僧道宜贫，因为他们原来追求的便是清心寡欲；儒者宜不贫不富，因为这样他们才可以既保持自由性灵又有能力钻研学问。

人之心气寡欲则刚 金 缨[1]

戒浩饮,浩饮伤神;戒贪色,贪色灭神;戒厚味[2],厚味昏神;戒饱食,饱食闷神;戒多动,多动乱神;戒多言,多言损神;戒多忧,多忧郁神;戒多思,多思挠神;戒久睡,久睡倦神;戒久读,久读苦神。

人之心胸,多欲则窄,寡欲则宽;人之心境,多欲则忙,寡欲则闲;人之心术,多欲则险,寡欲则平;人之心事,多欲则忧,寡欲则乐;人之心气,多欲则馁,寡欲则刚。

轻当矫之以重,浮当矫之以实;褊当矫之以宽,执当矫之以圆;傲当矫之以谦,肆当矫之以谨;奢当矫之以俭,忍当矫之以慈;贪当矫之以廉,私当矫之以公;放言当矫之以缄默,好动当矫之以镇静;粗率当矫之以细密,躁急当矫之以和缓;怠惰当矫之以精勤,刚暴当矫之以温柔;浅露当矫之以沉潜,谿刻[3]当矫之以浑厚。

《格言联璧》

【注释】

①金缨(生卒年不详):字兰生。清代道光、咸丰时名士。生平事迹不详。他辑录先贤典籍中的格言妙语编成《格言联璧》,该书言简意赅,含义丰富。

②厚味：油腻的菜肴。
③谿刻：苛刻，浅薄。

【赏读】

人各有性格，有的人内向含蓄，有的人外向活泼，不同的性格决定了不同的行为处事的方式和方法，这原本不必刻意，个性使然嘛。但是言与行应该有个基本的尺度和标准，不足则不能达到目的，过分则会损害结果。

凡事不应过度。虽然人们内心明白此道理，但行动上却往往管束不住自己的欲望。在《格言联璧》中有不少格言告诫人们如何把握行事的尺度：忌酗酒、贪色、厚味、饱食、多动多言、多忧多思、久睡久读，因为超过了限度则伤神、乱神、挠神，对身体不好，对健康不利。这个社会诱惑和欲望很多，但健康的生活应该"寡欲"，因为欲望多了人会变得自私、狭隘，欲求少了心胸才更加开阔，心境自然安闲，气魄也更加刚强。

每个人都是在社会这个庞大的群体中生活，一个人的言行不可避免地会影响到他人，不当和错误的言行于社会有害。为了社会这个整体健康有序地运转，我们必须遵守社会的基本准则，检视我们的不当行为，健康地生活。

当厄之施甘于时雨 金 缨

当厄之施,甘于时雨;伤心之语,毒于阴冰。

为善之人,非独其宗族亲戚爱之,朋友乡党敬之,虽鬼神亦阴相①之;为恶之人,非独其宗族亲戚叛之,朋友乡党怨之,虽鬼神亦阴殛②之。

为一善而此心快惬,不必自言,而乡党称誉之,君子敬礼之,鬼神福祚之,身后传诵之;为一恶而此心愧怍,虽频掩护,而乡党传笑之,王法刑辱之,鬼神灾祸之,身后指说③之。

积德于人所不知,是谓阴德;阴德之报,较阳德倍多。造恶于人所不知,是谓阴恶;阴恶之报,较阳恶加惨。

《格言联璧》

【注释】

①相:辅佐,帮助。
②殛(jí):诛杀。
③指说:谴责,指斥。

【赏读】

民间有种说法,人要为自己"积点德",以便日后到阴间有个好待遇。当然，这是迷信。但从朴素的情感来看，人要有爱心、善心，这是社会普遍的价值观。当有人遇到困难时伸出你的手帮人一把，对你是举手之劳，但也许就是那个人一生命运的转折点。

用爱心做好事、善事应该是情感的自然流露，不要为逃避灾祸而勉强施善心，也不必为留好名声而大张旗鼓。赠人玫瑰，手有余香。你的善举会让你活得安心，活得踏实而快乐。

金缨博览群书，摘抄先贤典籍中的名言警句编成《觉觉录》，该书风靡各地。之后，他又选取其中精华重新编辑成册，取名《格言联璧》，意在借前代贤士的至理名言和经验之谈启迪与鞭策人们珍视生命价值，领悟人生哲理，做一个于世有用之人。读《格言联璧》如炎炎夏日中，清凉的水沁人心脾，先人的智慧透过连珠妙语散发出无穷的魅力。

行之须量力有渐 叶玉屏[①]

心可逸,形不可以不劳;道可乐,身不可以不忧。

欲当大任,须是笃实。

克勤小物最难。

朱晦庵[②]曰:莫说要待顿段工夫方做得,如此便磋[③]过了,只今便要做去,断以不疑鬼神避之[④]。需者[⑤],事之贼也[⑥]。

只据而今地头,立定脚跟做去,栽种后来根株,填补前日欠缺。

汪信民[⑦]曰:人常咬得菜根,则百事可做。

许鲁斋[⑧]曰:人精神要使在当处,于不当用处用了,殊可惜也。

接人要和中有介,处事要精中有果,认理要正中有通。

大事难事看担当,逆境顺境看襟度,临喜临怒看涵养,群行群止看识见。

所见所期⑨，不可不远且大，然行之，亦须量力有渐。力小任重，恐终败事。

《六事箴言》

【注释】

①叶玉屏（生卒年不详）：清代中后期人，生平事迹不详。有《六事箴言》传世。《六事箴言》是叶玉屏广泛收集从秦至清代一百多位前人的语录妙论辑录而成的箴言集，论理精辟、语言绝妙。

②朱晦庵：即朱熹，号晦庵。

③磋：即蹉跎光阴，白白浪费时间。

④"断以"句：决不要以各种借口躲避要做的事。

⑤需者：等待。

⑥事之贼也：坏事的根源。

⑦汪信民：即汪革，字信民，北宋学者。著有《青溪类稿》若干卷，已佚。

⑧许鲁斋：即许衡，元代理学家，学者称为"鲁斋先生"。

⑨所见所期：所认识到的和所期望的。

【赏读】

《六事箴言》分为持身、持家、居官、居乡、处事、处人六篇，堪称一部人生指南，作者以独到的眼光，筛选出前辈人生体验的精华，言简意赅但思想深邃。

本文的箴言选自持身篇，内容主要阐述为实现目标如何行动。人生在世必须为自己树立远大的志向和目标，这是人生的意义所在。

但目标如何实现呢?道理很简单,就是要脚踏实地。踏踏实实,一步一个脚印,量力而行;勤勤恳恳,一言一行循序渐进。目标远大但前行的路漫长,需要给自己一种责任感、紧迫感,从现在做起,过于冲动和没有计划万万不行,一味等待和拖延或者以种种借口推诿逃避更不行。人的潜力巨大,精神和精力无限,可这精力一定要用在适当的地方,用来追求那远大的理想和目标,否则只会事与愿违,那目标便永远只是镜中花、水中月。

勤奋、踏实,不怕苦和难,遇大事和难事勇于承担重任,逢逆境和困境处事精心果断,这就是古人的经验之谈和成功之法。

所谓得志者 王 侃①

士子郁郁时,发牢骚语,恨不得志。所谓得志者,不过名挂科目②,身居职位,声色货利毕来于前耳。呜呼!以此为志,岂不有负七尺之躯耶?

清净地忽有遗矢③,蝇蚋④营营,驱之复集。一旦既尽,寂不知其何往矣。世人之于势利如此。

《江州笔谈》

【注释】

①王侃(1795~?):字迟士,号栖清山人,温江(今四川成都)人。清代文人。著作有《巴山七种》,《江州笔谈》是其中之一。

②科目:科举功名。

③遗矢:遗屎。

④蚋:一种小昆虫。

【赏读】

文人清高,他们不屑于趋炎附势,拒绝官场倾轧,他们追求的是心灵的开放和思想的自由。就像王侃,他以贡生授州判而不就,在他的著作中谈天论地,说古道今。以上两则格言典型地道出了王侃特立独行的处世态度。

士人郁闷时会发出不得志的牢骚语。一般人认为得志的标志不过是考取功名，身居要职，钱财美色奉于前而已。王侃认为如果以为这便是得志了，那太辜负了堂堂七尺之躯了。显然，人的志气不能只盯着眼前这些小名微利。常言说，好男儿志在四方。志向高远、志存天下，这才是堂堂七尺男儿的得志之说。

　　王侃反对鼠目寸光的得志说，彰显了他高傲的心气，也反映了他对世俗的某种不屑与反感。

霜晨月夕笑之时也　朱锡绶①

奇山大水，笑之境也；霜晨月夕，笑之时也；浊酒清琴，笑之资也；闲僧侠客，笑之侣也；抑郁磊落，笑之胸也；长歌中令，笑之宣也；鹃叫猿啼，笑之和也；棕鞋桐帽，笑之人也。

凶年闻爆竹，愁眼见灯花，客途得家书，病后友人邀听弹琴，俱可破涕为笑。

忧时勿饮酒，怒时勿作札②。

感逝酸鼻，感恩酸心，感情酸手足。

爱则知可憎，憎则知可怜。

乍③得勿与，乍失勿取，乍怒勿责，乍喜勿诺。

《幽梦续影》

【注释】

①朱锡绶（生卒年不详）：字筱云，号弇山草衣，太仓（今属江苏）人。清代文人。博学多艺。著有《幽梦续影》等。《幽梦续影》仿《幽梦影》而作，是语录体的清言杂感，语言雅致，清丽工巧，饱含真情实感，韵味醇厚。

②札：信件。
③乍：忽然。

【赏读】

喜怒哀乐是人之常情，快乐时欢笑，忧伤时落泪，因为此情此景触发了人们内心深处的情感，于是，或悲或喜、时乐时哀，都在于人们情感所系。

朱锡绶认为忧愁时不该喝酒，因为喝闷酒不但不会解忧，可能愁思更长。愤怒时不要写信，因为盛怒之下写的话会很冲动，很有可能伤害对方，待清醒之后就会后悔莫及。同样的道理，刚得到的东西不要轻易赠与别人，刚丢失的东西不要急于追回，怒火刚起时不要匆忙地指责别人，高兴时也不要心血来潮地许诺别人。因为感情正盛时容易冲动，可能做出不合时宜的举动，所以要冷静行事。

谁都希望永远拥有快乐的心情，而与自然天地和谐相处正是令人快乐的源泉。奇山秀水是欢笑的场所，晨曦中与夕阳下是悠然微笑的时刻，以酒助兴，用琴声相伴，还要有志同道合的开心的伴侣。快乐的时候很多，旅途中得家书是高兴的事；病后有人邀听弹琴也开心；虽然年景不好，但新年时声声爆竹，依然让人感到喜庆和温暖；虽然愁绪满怀，但看到落落灯花，内心一片温馨安然。

人生苦短，我们要学会时时感受那些不经意的快乐瞬间，幸福便会不期而至。

唐人之诗多类名花　朱锡绶

　　汉魏诗像春，唐诗像夏，宋元诗像秋，有明诗像冬，包含四时，生化万物，其国初诸老①之诗乎？

　　唐人之诗多类名花，少陵②似春兰，幽芳独秀；摩诘③似秋菊，冷艳独高；青莲④似绿萼梅，仙风骀荡⑤；玉谿⑥似红萼梅，绮思婢娟⑦；韦柳⑧似海红，古媚在骨；沈宋⑨似紫薇，矜贵有情；昌黎⑩似丹桂，天葩洒落；香山⑪似芙蕖，慧相清奇；冬郎⑫似铁梗垂丝；阆仙⑬似檀心磬口⑭；长吉⑮似优钵昙⑯，彩云拥护；飞卿⑰似曼陀罗，琼月玲珑。

《幽梦续影》

【注释】

①国初诸老：指清朝开国初的诗人，如钱谦益等。

②少陵：即杜甫，自号少陵野老。

③摩诘：即王维，字摩诘。

④青莲：即李白，号青莲居士。

⑤骀（dài）荡：使人舒畅；放荡。

⑥玉谿：即李商隐，号玉谿生。

⑦婢（pián）娟：美丽的样子。

⑧韦柳：指韦应物和柳宗元。

⑨沈宋：指沈佺期和宋之问。

⑩昌黎：即韩愈，自谓郡望昌黎，世称韩昌黎。
⑪香山：即白居易，晚年号香山居士。
⑫冬郎：即韩偓，小名冬郎。
⑬阆仙：即贾岛，字阆仙。
⑭磬口：腊梅的一种。
⑮长吉：即李贺，字长吉。
⑯优钵昙：无花果树的一种。
⑰飞卿：即温庭筠，字飞卿。

【赏读】

  诗歌是中国文学繁荣的标志，从光辉的起点《诗经》开始，楚辞、乐府诗直到唐诗宋词，构成了中国文学的灿烂星空。尤其是唐代，诗人辈出，诗作海量，诗风多样，成为唐代文学的不二代表。

  这两则语录是朱锡绶对诗歌的艺术理解和对唐代诗人诗风的形象解读。杜甫的诗像幽芳的春兰，王维的诗似冷艳高雅的秋菊，李白的诗如仙风飘逸的绿萼梅，韩愈的诗像丹桂，白居易的诗如荷花，温庭筠的诗似曼陀罗，还有像紫薇的沈佺期和宋之问的诗，像铁梗海棠的贾岛的诗和像无花果的李贺的诗，等等。这些诗人的诗如各色鲜花，品性多样，风骨各异，组成了百花园中色彩斑斓、争奇斗艳的美丽奇观，读之沁人心脾，观之赏心悦目。

  把唐人的诗比做鲜花，富于形象性和极佳的想象力。而把不同时代的诗比做四季，则是对一个时代的诗歌特征的整体构图。汉魏的诗像春天，朝气勃勃；唐代的诗像夏天，浓郁热烈；宋元时的诗像秋天，冷静肃杀，意蕴开阔；明代的诗像冬天，冷峻自然。四季各有自然的意蕴，不同时代的诗风也有与四季自然相适宜的风格。这也正是诗歌跨越时空吸引历代读者传诵的魅力所在吧。

花是美人后身 朱锡绶

花是美人后身①。梅,贞女也;梨,才女也;菊,才女之善文章者也;水仙,善诗词者也;荼䕷,善谈禅者也;牡丹,大家中妇也;芍药,名士之妇也;莲,名士之女也;海棠,妖姬也;秋海棠,制于悍妇之艳妾也;茉莉,解事雏鬟也;木芙蓉,中年侍婢也;惟兰为绝代美人,生长名闺,耽于词画,寄心清旷,结想琴筑,然而,闺中待字,不无迟暮之感。优此则绌彼,理有固然,无足怪者。

鹤令人逸,马令人俊,兰令人幽,松令人古。

水仙以玛瑙为根,翡翠为叶,白玉为花,琥珀为心,而又以西子②为色,以合德③为香,以飞燕为态,以宓妃④为名,花中无第二品矣。

臞字不能尽梅,淡字不能尽梨,韵字不能尽水仙,艳字不能尽海棠。

《幽梦续影》

【注释】

①后身:本指来世人身,此意为化身、象征。
②西子:即西施,春秋时人,貌美。

③合德：汉代美女，西汉汉成帝宠妃。

④宓妃：传说中的洛水女神。

【赏读】

"花是美人后身"，朱锡绶一言以蔽之，花是美人转世。以花喻美人，似乎是人类思维的某种定式，可能是花的美艳、妩媚与美人的特质相似。朱锡绶的独创在于发掘花的特性并与人的个性相融合。梅花是贞节女子，梨花是才女，菊花是善写文章的才女，水仙是擅长诗词的才女，荼蘼是善于谈禅的女子，牡丹是大家闺秀，芍药是名士之妇，莲花是名士之女。不是只有所谓高贵之人才与花相称，那可人的茉莉是小丫鬟，质朴的木芙蓉则是老成的中年婢女。

花有精魂，人有灵性，花之精魂与人之灵性相吻合，便具有了通灵之性。这种通灵与遵循自然规律的花木原本并无必然关联，只是人们的某种情感寄托而已。

岂不哀哉 黄钧宰[1]

庭前大树，众鸟争投，枝叶凋落，掉头不顾，岂不哀哉！

残花依树，系属甚微，微风忽至，奄然而堕，岂不哀哉！

檐前蛛网，自在分明，蝇蚊昧昧[2]投之，欲脱不得，岂不哀哉！

众雀高飞，饥鹰仰视，岂不哀哉！

腥膻所在，群蚁丛之，百沸之水将浇，千万聚而不走，岂不哀哉！

狐穴城社[3]以居，狐族愈盛，穴城愈空，城久而倾，压狐同死，岂不哀哉！

狐兔蹲踞墟墓间，冷面看人，岂不哀哉！

《述哀情》

【注释】

①黄钧宰（1826~1876）：原名振均，字均衡，别号天河生、钵池山农，山阳（今江苏淮安）人。清末文学家。善诗文，著作有

《金壶七墨》《述哀情》等。《述哀情》反意模仿金圣叹的《快说》。

②昧昧：糊里糊涂。

③城社：此处指城墙。

【赏读】

在《述哀情》中，黄钧宰模仿了金圣叹《快说》的体例，但含意上却完全相反，金圣叹记录快乐的事、抒发快乐的心情，黄钧宰则是记录哀伤的事情、抒发哀伤的心情。他看到了许多人世间的哀伤，也看到自然界万物的哀伤。

蝇蚊、狐兔、鹰雀还有花、树，我们的生活中离不开这些动物和花草，它们有些让人讨厌，有些则让人陡生怜惜之心。观自然世界也像观看人类自身，有喜剧，有悲剧，也有无奈。

本篇几则语录，黄钧宰以细致的观察描绘了动物界的哀与愁，这未必仅是动物的哀伤，其实也是人类的哀伤。人类感同身受，他们在动物界看到了自己的世界。与人类世界一样，动物世界同样有喜怒哀乐，那些令人感伤和哀伤的情景同样触动了人类情感的神经。

春风和气　王永彬①

观朱霞,悟其明丽;观白云,悟其卷舒;观山岳,悟其灵奇;观河海,悟其浩瀚,则俯仰间皆文章也。对绿竹,得其虚心;对黄华②,得其晚节;对松柏,得其本性;对芝兰,得其幽芳,则游览处皆师友也。

俭可养廉,觉茅舍竹篱,自饶清趣;静能生悟,即鸟啼花落,都是化机③。一生快活皆庸福④,万种艰辛出伟人。

愁烦中具潇洒襟怀,满抱皆春风和气;暗昧处见光明世界,此心即白日青天。

心静则明,水止乃能照物;品超斯远,云飞而不碍空。

《围炉夜话》

【注释】

①王永彬(生卒年不详):字宜山,人称宜山先生。清代后期人,主要活动在道光咸丰年间。所著的《围炉夜话》包含二百多则格言,语言通俗亲切而寓意深刻,属语录式的感悟与品味之作,是著名的清言小品集。

②黄华:菊花。

③化机:造化的生机。

④庸福：普通人的福分。

【赏读】

　　法国作家蒙田开创了一种叫随笔的文体。有别于前人严肃深奥的文笔，蒙田的随笔轻松活泼、闲适安逸，即使是严肃的话题也以一种随意轻松的语体风格道出，就如同三五好友闲坐客厅，围着壁炉边喝咖啡，边海阔天空地畅谈。

　　大约三百年后，中国清代咸丰年间，王永彬写成了《围炉夜话》，王永彬也似蒙田一样与至交好友围炉谈话。宁静的窗外暗夜沉沉，温暖的屋内谈意浓浓。谈人生、聊生活，从身处自然的惬意到置身尘世的感悟，倾诉的是心灵世界，沟通的是精神力量，这样的人生岂不快哉？

　　夜晚，端坐捧读《围炉夜话》，仿佛在和古人神谈，尤其爱读他将天地万物与人生喜怒的巧妙勾连。明丽的朱霞、舒卷的白云、灵奇的山岳和浩瀚的河海，寥寥数语便勾勒出一幅美丽图画，令人心胸为之开阔。

信字是立身之本 王永彬

为学不外"静敬"二字,教人先去"骄惰"二字。

人心统耳目官骸①,而于百体为君,必随处见神明之宰;人面合眉眼鼻口,以成一字曰苦(两眉为草,眼横鼻直而下承口,乃"苦"字也),知终身无安逸之时。

"信"字是立身之本,所以人不可无也;"恕"字是接物之要②,所以终身可行也。

忠有愚忠,孝有愚孝,可知忠孝二字,不是伶俐人做得来;仁有假仁,义有假义,可知仁义两途,不无奸恶人藏其内。

"伐"字从戈,"矜"字从矛,自伐自矜③者,可为大戒;"仁"字从人,"义"④字从我,讲仁讲义者,不必远求。

人犯一"苟"⑤字,便不能振;人犯一"俗"字,便不可医。

为善之端⑥无尽,只讲一"让"字,便人人可行;立身之道何穷,只得一"敬"字,便事事皆整。

《围炉夜话》

【注释】

①官骸：五官和躯体。
②接物之要：与别人交往的关键。
③自伐自矜：自我夸耀，自尊自大。
④义：繁体字为"義"。
⑤苟：苟且，随便。
⑥端：方法。

【赏读】

汉语是世界上最古老的语言之一，汉字的字形形象、词汇丰富，鲁迅先生总结汉字有三美，即意美、音美和形美。

从以上几则语录来看，王永彬对汉字有相当的理解与研究，在对汉字精确的阐释中有了独特的发现。"伐"与"矜"都有自夸自大之意，而两字的偏旁都是兵器，显然自我夸耀具有极大的杀伤力，此种行为必须戒除。"仁"中有人、"义"（繁体字为"義"）中有我，可见仁与义就在我们身边，在我们自己身上，实现仁义不必远求，就从我做起吧。"信"从人，人人都要讲诚信，要言而有信；"恕"从心，谅解要发自于内心。

汉字里许多从"心"从"人"的字词都意在从内心出发，以诚实的心对待自己和他人，对待生活和事业。久而久之，这些汉字的意美便深入人心，令人本能地产生好感，产生愉悦感。

贫贱非辱富贵非荣　王永彬

贫贱非辱，贫贱而谄求于人者为辱；富贵非荣，富贵而利济于世者为荣。讲大经纶，只是实实落落；有真学问，决不怪怪奇奇。

莲朝开而暮合，至不能合，则将落矣，富贵而无收敛意者，尚其鉴之；草春荣而冬枯，至于极枯，则又生矣，困穷而有振兴志者，亦如是也。

富贵惯习骄奢，最难教子；寒士欲谋生活，还是读书。

天地无穷期，生命则有穷期，去一日便少一日；富贵有定数，学问则无定数，求一分便得一分。

富贵易生祸端，必忠厚谦恭，才无大患；衣禄原有定数，必节俭简省，乃可久延。

《围炉夜话》

【赏读】

贫贱与富贵是常见的社会现象，也是社会矛盾。如何看待贫贱与富贵决定了人们面对人生与命运的态度。

贫贱与富贵原本只是相对而言，贫贱者不会一生困苦潦倒，富贵者未必毕生坐拥繁华。贫贱者只要有一颗进取的心，有高贵的灵魂，同样会拥有精彩的人生。富贵者靠的是机遇和命运，不经营无法持久，只有忠厚谦恭，心怀济世之心，才能避免祸端，顺畅平安地度日。

天地无穷期，而人的生命不到百年，倏忽即逝。贫贱者要图奋发，富贵者需常怀忧患。贫贱者欲改变命运，富贵者要永保名利，都必须勤奋。努力积累学问和知识，提高自身修养，做自身命运的主宰者。

天地自然良友 叶 鏄[1]

夜窗独坐,顾影凄凉,苦无良友共话。忽大悟曰:天清地旷,浩乎茫茫,皆我友也。如太空无言,照人心目,辄增玄妙,此禅友也;夕风怒号,击竹碎荷,败拥叶[2]飕飗,助我悲啸,此豪友也;眉月一弯,悄然步庭外,影珊珊如欲语,清光投我怀抱,此闺中友也;墙根寒蛩[3],啾啾草露中,如一部清商乐,佐西窗闲话,此言愁友也。审是天地自然良友,悉集堂中,莫乐于此矣。再得楮先生中书君[4]诸公,清谈娓娓,直可破晓,何愁寥落。

与良友登百尺楼,把酒问青天。酒后耳热,白眼[5]视红尘中,求田问舍,如蜣螂[6]转丸,茫无定所。因鼓掌发一大噱[7]。

冷然一灯,坐秋窗下,忽闻风雨交作,丛蕉淅沥,如与竹竿相斗。一缕尖寒从窗隙飞进,压我襟袖。此时灯昏鼠动,凄凉意况,如不自胜。忽闻叩门声,急持灯应之,则生平第一知己也。一大快事。

《散花庵丛语》

【注释】

①叶鏄(生卒年不详):字兰云,吴江(今属江苏)人。清代人。生平不详。著有《散花庵丛语》。

②败拥叶：成堆的落叶。
③蛩（qióng）：古书上指蟋蟀。
④楮（chǔ）先生：指纸。中书君：笔的别称。此二者指读书写字。
⑤白眼：冷眼。
⑥蜣螂：俗称屎壳郎。
⑦嚎：笑。

【赏读】

良友难觅，知己难求，尤其独坐寂寞之时，更苦无良友相伴，叶镶发出的感慨相信许多人都能感同身受。但是，夜窗下独坐时，他却悟出了道理：天地自然皆我良友。太空无言照人心目，这是禅友；夕风怒号助我悲啸，这是豪友；月影珊珊欲与人语，这是闺中友。天地自然良友悉数聚于一堂，乐从中来，再以纸笔为友手谈至天晓，哪还有寂寞之说？

朋友，是寂寞时为你排解忧愁的那个人，是登高时与你把酒言欢的那个人。秋夜中风雨大作，寒意侵人，而心有灵犀，叩门声中知己登门，凄凉顿消，内心温暖。当然，此种情形可遇不可求。而自然天地都是你的朋友，没有时空限制，随时随地与你对话、为你解忧，蟋蟀同你相伴，明月与你恳谈，这样的朋友则随时可有。

湖之鱼 林 纾①

　　林子②啜茗于湖滨之肆③。丛柳蔽窗,湖水皆黯碧若染,小鱼百数,来会其下。戏嚼豆脯唾之,群鱼争喋④。然随喋随逝,继而存者三四鱼焉。再唾之,坠钑荇⑤草之上,不食矣。始谓鱼之逝者皆饱也,寻丈之外,水纹攒动,争喋他物如故。余方悟钓者之将下钩,必先投食以引之,鱼图食而并吞钩,久乃知凡下食者,皆将有钩矣。然则名利之薮⑥,独无钩乎?不及其盛下食之时而去之,其能脱钩而逝者几何也!

《畏庐文集》

【注释】

①林纾(1852~1924):原名群玉,字琴南,号畏庐,闽县(今福建福州)人。清末民初文学家。工诗词古文,兼作小说戏曲,尤以译著名世。其文章典雅流畅。著有《畏庐文集》等。

②林子:作者的自称。

③肆:茶馆。

④喋:聚集争食的样子。

⑤荇:生于水中的一种植物。

⑥薮(sǒu):事物聚集之地。

【赏读】

　　林纾落座湖边喝茶,随意地喂食湖水中的小鱼儿,本是怡然自得的一刻，作者却借鱼喻人，由自然及社会，发出一通感慨：如果不克服贪欲，人总会面临危险。

钓鱼的人总要备好鱼饵，以引诱鱼儿咬钩，才能将水中之鱼钓上来。而那些不知根底的鱼儿也往往因为贪食而不幸成为人们餐桌上的美味。人是有思维有智慧的动物，鱼儿未必没有。林纾的发现正说明了这点。在钓鱼者出没的湖边，鱼儿已经有了警惕，它们没有一味地在同一地点觅食，而是换个地方继续争抢食物。林纾的感慨正是源于此。

鱼儿在险恶的环境中学会了生存，但如果不改贪吃的本性，它们仍然无法逃脱被钓的险境。人面临无数的名利诱惑，如果不能抵制并及时逃离，则终将上钩。避免人生悲剧的最好办法就是拒绝贪欲，坚守独立的人格。

从欣赏湖光山色之美的闲情逸致到领悟人生哲理，从鱼儿觅食到抒发人生感慨，林纾以小见大，从点滴生活现象推演出世间严肃论题，催人警醒，引人深思。

养心语录　　梁启超[①]

　　人之生也，与忧患俱来。苟不尔，则从古圣哲可以不出世矣。种种烦恼，皆为我练心之助；种种危险，皆为我练胆之助，随处皆我之学校也。我正患无就学之地，而时时有此天造地设之学堂以饷[②]之，不亦幸乎！我辈遇烦恼、遇危险时，作如是观，未有不洒然自得者。

　　凡办事必有阻力，其事小者，其阻力亦小；其事愈大，其阻力亦愈大。阻力者乃由天然，非由人事也。故我辈惟当察阻力之来而排之，不可畏阻力之来而避。譬之江河，千里入海，曲折奔赴，遇有沙石则挟之而下，遇有山陵则绕越而行。要之，必以至海为究竟。办事遇阻力者当作如是观。至诚所感，金石为开，何阻力之有焉！苟畏而避之，则终无一事可办而已。何也？天下固无无阻力之事也。

《饮冰室合集》

【注释】

　　①梁启超（1873～1929）：字卓如，一字任甫，号任公，别署饮冰室主人，新会（今广东江门市新会区）人。中国近代资产阶级启蒙思想家、维新派领袖、学者。其文平易畅达，"条理清晰，笔锋常带情感"，富有独特的历史视角，令人深思。其著作合编为《饮冰室合集》。

　　②饷：赠送。

【赏读】

　　1898年，梁启超与康有为发起戊戌变法，提出了一系列政治改革主张，意在变法维新。这场资产阶级改良主义政治运动遭到守旧派扼杀，维新派人士有的被杀，有的退隐、流亡，梁启超也逃亡日本。面对逆境，梁启超写下了许多文章，以鼓励同仁别灰心、不气馁，保持乐观、积极进取，《养心语录》即是其中一篇。

　　本文写于1899年9月15日，即戊戌变法失败一年后。这篇语录体的短文，是梁启超的思想心得，也是他在变法失败后的主要思想准则：面对忧患、危险，不要停步、后退，要化阻力为动力，勇敢地接受困难考验，不断进取，才能实现人生的追求。梁启超以此鞭策自己，也激励他人。

　　"人之生也，与忧患俱来。"梁启超的人生哲学是不回避痛苦，以积极乐观的态度面对忧患，将其当做练心、练胆的学校，为能够磨炼拼搏的毅力而庆幸。接着他就成功与阻力的关系指出，想成功必有阻力，此"乃由天然，非由人事"，面对阻力当"排之"而不应"避之"，只要"至诚所感，金石为开"。

　　梁启超用饱含情感的哲理性语言道出积极乐观的精神，将内心的思想精髓借助晶莹剔透的言辞付诸笔端，铿锵有力、直指人心。